大家小书·译馆

The Conduct of Life

[美] 爱默生 著

任晓晋 译

生活的准则

北京出版集团
北京出版社

图书在版编目(CIP)数据

生活的准则 / (美)爱默生著；任晓晋译. — 北京：北京出版社，2024.1
（大家小书. 译馆）
ISBN 978-7-200-13751-4

Ⅰ. ①生… Ⅱ. ①爱… ②任… Ⅲ. ①随笔—作品集—美国—近代 Ⅳ. ①I712.64

中国版本图书馆 CIP 数据核字（2017）第 324091 号

总 策 划：高立志 王忠波	责任编辑：王忠波
特约编辑：张锦志	责任营销：猫 娘
责任印制：陈冬梅	装帧设计：吉 辰

·大家小书·译馆·

生活的准则
SHENGHUO DE ZHUNZE

[美] 爱默生 著 任晓晋 译

出　　版	北京出版集团
	北京出版社
地　　址	北京北三环中路 6 号
邮　　编	100120
网　　址	www.bph.com.cn
总 发 行	北京伦洋图书出版有限公司
印　　刷	北京华联印刷有限公司
经　　销	新华书店
开　　本	880 毫米 ×1230 毫米　1/32
印　　张	9
字　　数	170 千字
版　　次	2024 年 1 月第 1 版
印　　次	2024 年 1 月第 1 次印刷
书　　号	ISBN 978-7-200-13751-4
定　　价	48.00 元

如有印装质量问题，由本社负责调换
质量监督电话　010-58572393

总　序

"大家小书"自2002年首辑出版以来，已经十五年了。袁行霈先生在"大家小书"总序中开宗明义："所谓'大家'，包括两方面的含义：一、书的作者是大家；二、书是写给大家看的，是大家的读物。所谓'小书'者，只是就其篇幅而言，篇幅显得小一些罢了。若论学术性则不但不轻，有些倒是相当重。"

截至目前，"大家小书"品种逾百，已经积累了不错的口碑，培养起不少忠实的读者。好的读者，促进更多的好书出版。我们若仔细缕其书目，会发现这些书在内容上基本都属于中国传统文化的范畴。其实，符合"大家小书"选材标准的非汉语写作着实不少，是不是也该裒辑起来呢？

现代的中国人早已生活在八面来风的世界里，各种外来文化已经浸润在我们的日常生活中。为了更好地理解现实以及未来，非汉语写作的作品自然应该增添进来。读书的感觉毕竟不同。读书让我们沉静下来思考和体味。我们和大家一样很享受在阅读中增加我们的新知，体会丰富的世界。即使产生新的疑惑，也是一种收获，因为好奇会让我们去探索。

"大家小书"的这个新系列冠名为"译馆"，有些拿来主义的意思。首先作者未必都来自美英法德诸大国，大家也应该倾听日本、印度等我们的近邻如何想如何说，也应该看看拉美和非洲学者对文明的思考。也就是说无论东西南北，凡具有专业学术素养的真诚的学者，努力向我们传达富有启发性的可靠知识都在"译馆"搜罗之列。

"译馆"既然列于"大家小书"大套系之下，当然遵守袁先生的定义："大家写给大家看的小册子"，但因为是非汉语写作，所以这里有一个翻译的问题。诚如"大家小书"努力给大家阅读和研究提供一个可靠的版本，"译馆"也努力给读者提供一个相对周至的译本。

对于一个人来说，不断通过文字承载的知识来丰富自己是必要的。我们不可将知识和智慧强分古今中外，阅读的关键是作为寻求真知的主体理解了多少，又将多少化之于行。所以当下的社科前沿和已经影响了几代人成长的经典小册子也都在"大家小书·译馆"搜罗之列。

总之，这是一个开放的平台，希望在车上飞机上、在茶馆咖啡馆等待或旅行的间隙，大家能够掏出来即时阅读，没有压力，在轻松的文字中增长新的识见，哪怕聊补一种审美的情趣也好，反正时间是在怡然欣悦中流逝的；时间流逝之后，读者心底还多少留下些余味。

刘北成

2017 年 1 月 24 日

目 录

1 命运
43 力量
69 财富
105 修养
137 举止
165 崇拜
199 随想
231 美
257 幻想

一

命运

空中飘浮着微妙的朕兆,
唯有孤独的吟游诗人方能真正看到;
鸟儿的翅膀预兆着祸福吉凶,
动听的吟唱唤醒人们的迷梦,
歌声诱人,歌声警人;
诗人因而大可不屑于认真,
不必学作书吏或信使,
更为宏大的字母在铸写着暗示;
在他的心灵上,每当黎明初露,
黄昏柔和的影像便已映出它的苗头;
因为意味深长的事物同先见之明

就是如此这般结成了姻亲；

或者且说，等待昭示的先知

同创造万物的神灵本来就是一体一事。

  几年前的一个冬天，适逢我们几座城市正热衷于讨论时代的理论。出于一种奇怪的巧合，有那么四五位名人正各自为波士顿或纽约的公民们进行一次有关时代精神的说教。碰巧，这个主题在同一个季节里伦敦所出版的一些出色的小册子和刊物中占有同样显著的地位。然而对于我而言，这个关于时代的问题却转化成一个有关生活准则的实际问题：我将怎样地生活？我们无力解释时代。我们的几何学不可能丈量现代流行思想巨大的轨道，不可能目睹它们的回归，并且调和它们之间的对峙。我们只能顺从我们自己感情的归向。倘若我们必须要接受一种不可抵御的意旨，那么我们就最好自己思考，选择我们自己的道路。

  在我们为了满足自己的愿望而迈出了第一步时，我们就会遇到无法克服的局限性。我们满怀火热的期望希冀改造人类。经过了多次试验之后，我们发现必须从更早开始——从学校开始。但是少年儿童们并非俯首帖耳；我们无法将他们陶冶成人才。我们断定他们绝非由好的材料组成。我们必须还要从更早着手我们的改造——从生育期开始：也就是说，这个世界有其命运，或者说是有世界赖以发展的法则。

  不过，假如真有不可抵御的意旨，那么这种意旨一定理解它自身。如果我们必须接受命运，我们就同样必须肯定自由，肯定个人的意义，肯定责任的崇高，肯定性格的力量。既然这一点是真实的，那么另外那一点也是真实的。可是，我们的几何学不可能比量这些极点，不可能使它们妥协。怎么办呢？通过坦率地服从两种之中每一种思想，通过抚弹或者——设若你愿意的话——重击每一种琴弦，我们就会最终了解它的威力。我们再同样去服从其他的思想，也就会了解它们的威力，因而我们就有某种理由希望使它们和谐一致，我们深信，尽管我们并不清楚这是怎么一回事，然而必然与自由确实并行不悖，个人与世界相辅而行，而我的倾向也与时代的精神正相吻合。时代的谜语每个人都自有一种解答。如果某个人意欲研究他所处的时代，那他就必须采用这套方法，即轮流地涉猎每一个属于我们人生系统的重要话题。而且，通过坚定地说明所有那些对于某一个人而言是愉悦适意的经历，而同时也公平对待在其他人看来是决然相反的事实，那么真正的局限性就会显现。任何一种对于某种因素过分的强调都要矫正，要创造一种合理的平衡。

但是，还是让我们坦率地陈述一下事实吧。我们美国素有肤浅的恶名。伟大的人物，伟大的国度，从来就不会是自吹自擂者和滑稽戏丑角，而是生活中恐怖现象的观察者。他们鼓足勇气去面对恐怖。斯巴达人本身就是他们国家宗教的化身，他们面对宗教的威严毫无疑忌，视死如归。土耳其人相信在他们来到这个世界的那一刻，他们的厄运就已经镌刻在那片铁叶之上，他们矢志不渝地朝着敌人的骑兵猛冲。土耳其人、阿拉伯人、波斯人，他们都接受预先注定的命运。

就在这两天，最好不必再逃离你的坟茔，
有一天并非末日，有一天则早已注定；
第一天，医生或药膏都无法拯救，
第二天，也绝非是宇宙将你诛戮。

碾压在命运之轮下的印度人也同样十分坚强。我们上一代的加尔文主义者也一样具有某种类似的尊严。他们感觉到宇宙的重负将他们牢牢地压迫在他们的位置之上，他们又能怎么办呢？睿智者察觉到有一些东西无法用空谈和选举加以消除，它们像一条绳索或皮带束缚着这个世界。

命运之神，人世间的主教，
处理着上帝所预示的一切祸福，
十分威严，
世人虽发誓违抗，
不论或是或非，
只要经过相当年月，仍然显应，
千年之中难得重逢。
确实，我们在人世的嗜欲，
是战是和，是爱是憎，

没有一件不由上天守视。

——乔叟：《武士的故事》[1]

希腊的悲剧也表达过相同的意思："凡命定者必定发生。主神朱庇特浩瀚无边的心灵无人可以逾越。"

野蛮人常常笃信某一部落或城镇的当地神灵。耶稣宽宏豁达的道德很快就被他们转变为狭隘的乡村神学，用以鼓吹天神的遴选或偏袒。而且，不时地会有一位和蔼可亲的牧师，像荣格·斯蒂林或罗伯特·亨廷顿，他们相信一种小恩小惠式的天道神意。每当有好人需要一份午餐，这种天意就会让某个人敲响好人家的门，为他留下半块美元。但是，大自然并非多愁善感之人，她并不宠养或娇惯我们。我们必须看到这个世界的凶蛮险恶，它不在乎溺毙一个男子或女人，反而会像吞下一粒灰尘那样吞噬你的航船。寒冷并不体谅人类，它刺痛你的血液，麻木你的双脚，直至将人冻僵，犹如一颗冰冻苹果。疾病、暴风雨、命运、地球引力、闪电，决不尊重任何个人。上天的手段颇有些残暴。猛蛇与蜘蛛的习性、老虎与其他嗜血如命狂扑乱跳类动物的猛咬、蟒蛇死命缠绕之下猎物骨断骨裂的噼啪爆响——这一切就存在于这个世界的系统之中，而我们的习惯也并非与它们有什么不同。你刚刚用过午餐，无论屠场是如何为人们小心翼翼而温文尔雅地隐匿在几英里的远处之外，食者与屠杀者也成为同案犯——这全都是一些穷奢极欲的动物种类——一种必须以牺牲其他种类来求得自己生存的种类。这个星球极易受到源自彗星的震荡和其他星球的摇撼；地震、火山、气候的变化，岁差的行进，都能把它劈开撕碎。森林的开发导致江河的干涸；大海的海床发生变化，城镇和郡县便纷纷倒塌，葬身海底。在里斯本，一场地震杀人如拍死苍蝇。在那不勒斯，上万人在3年前短短的几分钟内被压成碎泥。大海上的坏血病，西非、卡宴、巴拿马和新奥尔良气候的严酷，都如钢刀一般大肆屠戮人类。我们的西部平原在热病和疟疾之下发颤。霍乱、天花对于某些部落而言犹如霜冻之于蟋蟀一样被证明是置人于死地的疾病——蟋蟀让夏天充满喧嚷，而一夜之间的降温就会令它们死寂无声。即使不去揭示那些与我们无关的危害，即使不去计算有多少种寄生虫寄生于一只蚕蛾的身上，即使不去搜索肠道寄生虫，或者纤毛虫类海洋微生菌，即使不去说这些虫类一代又一代生殖繁衍，究竟有多少代，无人可以数清——单单是鲨鱼的外形、以捕食其他动物为生的咽颌亚目鱼、布满尖利牙齿的海狼的上下颚、逆戟鲸的利器和其他种类潜藏在大海之中的斗士，这一切就足以暗示出大自然内部的凶残。让我们上上下下都不要否认这一点。天道神意自有一条野蛮的、崎岖不平的、难以预测的道路通达它的目的。企图粉饰它那庞杂繁复的手段，或用一件干净的衬衣和神学院学生白色的领饰打扮这位令人畏惧的恩惠者，都是徒劳无益的。

你也许会说，威胁人类的灾难不过是些例外，而人们无须每天都去思考、斟酌天翻地覆式的灾变？是呀。然而发生过一次，就有可能再次发生。而且只要我们躲避不开这些打击，我们就必然畏惧它们。

不过，与其他那些每天都在悄悄地作用于我们的法则的威力相比，这些打击和破坏对我们的危害要逊色得多。命运是目的对手段的一种牺牲——是组织压制个性。动物园里供展览的动物，或者脊椎骨的形式和力量，是一部命运之书：鸟的喙，蛇的颅骨，都暴虐地决定了它们各自的局限性。动物种类的大小、气质的等级也是如此；性别、气候以及才能的副作用——它抑制了在某些方面所具有的活力——也都是如此。每一种精神都建造它自己的房屋，可是随之那房屋便囚禁精神。

粗俗的线条可以为愚钝者辨认：出租马车的车夫是现代的颅相学家，他紧盯着你的脸庞以盘算他的先令是否稳能到手。凸起的眉毛是一种表示；便便的大腹又是另一种象征；一次斜视、一个狮子鼻、头发的簇丛、表皮的色泽，它们都能显示性格。人们似乎深裹在坚硬的组织结构之中。你可以问问施普茨海姆，你可以问问医生们，你可以问问凯特莱，气质是否并不决定任何事情？或者又有什么东西气质不能加以决定？去读一读医学书中关于四种气质的描述吧，你会认为你是在阅读那些你尚未说出的思想。请找出黑眼睛和蓝眼睛在人群中所扮演的各自不同的角色吧。一个人又怎能逃避他的祖先，或者从他的血管里抽走他从父亲或母亲的生命里汲取的滴滴血液呢？在一个家庭里，前辈所具有的一切素质似乎常常都分别装入了几个罐子——有一些素质是家中每一位儿女都具有的主要素质；有时候，某种纯粹的气质，某种倔强不屈无法冲淡的本性，某种家庭的恶德，会为一个单独的个体所吸收，而其他儿女则相应地得到免除。我们有时会看见我们之中一位伙伴的表情有所变化，然后就会说他的父亲或是他的母亲——偶尔也会是他的一位远房亲戚——出现在他眼睛的窗户之上。在不同的时间里，一个人分别代表着好几位他的祖先，仿佛在每一个人的皮肤里都滚动着七八个他人，起码是七八个祖先；而他们就为他生活的崭新乐章组成了各种各样的基调。在街道的角落里，你仔细观察每一位过路人，从他们颜面的角度、面部的气色和眼睛的深度判断他们的可能性。是他们的父母决定了这种可能性。人们的特性由他们的母亲造就。你可以质问一架纺织毛巾布的织布机，为什么它不编织开司米——就如希冀一位工程师写出诗歌，而让一位零工做出化学新发现。你可以叫一位挖掘沟渠的工人解释一下牛顿的定律，然而从父亲到儿子，100年来的过度劳累和穷苦贫困使他们大脑精妙的器官已然萎缩。每个人从他们母亲的子宫里降生之时，天赋的大门就已在身后关闭。让他看重自己的双手和双脚吧，他毕竟都只有一双。与此同理，他也只有一个未来，并且早已在他的脑叶中预先确定，在他那小小的胖乎乎的脸庞、狭小而凹陷的眼睛和蹲伏的姿势上刻画出来。尘世间所有的特权、所有的立法都无法干预或帮助他成为一个诗人或是一位王子。

耶稣说过："当他盯着她看的时候，这人就已经与她犯奸淫了。"[2]不过，早在他看到那妇女之前，这人就已经是奸淫者了，因为在他的天性中有过多的兽性和思想的缺陷。无论是谁在大街上遇见他或她，都会看出他们早就成熟得足以成为相互间的牺牲品了。

在某些人身上，消化力和性欲占有着活力，它们越是旺盛，那个人也就越是衰弱。这就像雄蜂越是消亡得多，蜂巢也就越是兴旺。如果后来他们能够生育出某个优秀的个体，他们又有足够的力量赋予这一生灵以新的目标和达到目标的一整套装备，那么，他所有的祖先就会为人们高兴地忘却。大多数男人和女人不过是同类相聚的又一对。一个人的大脑不时地会有一个新的细胞或密室开启，从而得到一个建筑的或音乐的或语言的诀窍，或是找到某些已经迷失的趣味或才能，去欣赏鲜花、研究化学、辨别颜料、叙述故事、谙于作画、擅长跳舞，或是具有一个强壮的体魄去周游世界，等等。这些技能决不会改变一个人在自然标尺上的等级，却又能聊以度过时光，尽管感觉的生命依然如故。最后，这些迹象和趋势会固定于某个方面，或者某些类型之中。每一个都吸收了充足的食品和力量，其本身成长为一个新的中心。新的才能迅速抽走活力，速度如此之快以至于不再为兽性功能留下足够的精气，甚至于不足以维持健康；如此而然，倘若他们的第二代出现了同样的天赋，健康显而易见日趋凋萎，生殖的能力备受损伤。

人们在出生时就或者偏重于精神或者偏重于物质——同母异父的兄弟就注定有着这种背道而驰的目的。而且我以为，如果采用高倍放大镜，弗劳恩霍法先生或卡彭特博士在胚胎期的第四天就可以辨别出：这一位是辉格党，那一位是自由土地派。

人们曾富有诗意地试图举起这座命运之山,试图将这种源于种类局限性的专制特征与自由意志加以调和。它使得印度人说道:"命运无非是前世的所作所为。"在谢林的一句大胆的陈述里,我发现了东西方思维这两种极端的巧合之处:"在每一个人身上都有着某种感觉,他之如此是因为他永生永世皆如此,而绝非是现时如此。"说得通俗一些,就是在个人的历史中,所有的叙述从来就只是关于他个人品质和情况的叙述,他清楚他自己不过是他现世生活状态的参与者。

我们的政治大多与生理有关。时而会有一位富豪正值青春勃发,他会信奉给人以最大限度自由的信条。在英国,总是有些交际广泛的富豪在他年轻力壮的时候牢牢地站在进步的一边,然而,一旦他行将就木,他就会中止前进的把戏,召唤他的人马,成为保守分子。所有的保守派都是由于个人的缺陷才会如此。他们为身份和本性所削弱;他们因父母的奢侈享受而生来跛足或盲目;他们只能像老弱病残那样消极防御。但是强悍的天性、粗犷的边民、新罕布什尔的巨人、拿破仑们、柏克们、布鲁厄姆们、韦伯斯特们、科苏特们是不可阻挡的爱国者,除非他们的生命衰败,除非他们的弱点和痛风、瘫痪和金钱扭曲了他们。

最最强有力的思想常常是在大多数人的身上、民族的身上和最健康最强壮的人的身上找到自己的化身。选举也许是依据着常衡制。假如你能够在某个城镇里随意挑选出来的100位辉格党人和100位民主党人走过干草磅秤时，凭借着迪尔伯恩发明的弹簧秤称一称他们体重的吨数，或许你就能确切地预言哪一个党派可以赢得选举。总而言之，这总算是决定选票的最快方法，那就是把市政委员或市长和副市长放到干草磅秤上去。

在科学中，我们必须考虑两件事情：力量和环境。从每一次相互连接的发现之中，我们所了解的有关鸡蛋的一切就是另一个囊泡。纵然是在500年后有一位更敏锐的观察者，或是有了更好的显微镜，他也会在最后所观察到的那一个鸡蛋里发现另一个。在植物和动物的组织中，情况就是如此；初级的力量和抽搐所起的作用就是新的囊泡、囊泡。是呀，但这就是专横的环境！奥肯曾认为，一个处于新的环境的囊泡，一个生存在黑暗中的囊泡，就成为动物；而若生存在光明之中，就成为植物。生存在动物的母体之中，囊泡要经受变化，这些变化最终会揭示出那些一成不变的囊泡中所具有的奇迹般的能力；这囊泡也就会对鱼、对鸟，或者是对四足动物的头、脚、眼、爪开启自身。环境就是本性。本性就是你所能做的一切。有许多事你是无法做到的。我们有两种东西：环境和生命。过去，一俟我们思考，正面的力量就是一切。现在我们得知，反面的力量——或者说环境——也占一半。本性是暴虐的环境。它是迟钝的大脑、暗藏的毒蛇、沉重的岩石般的颚骨；它是无法避免的活动；它是暴力的趋向；它是一种工具的限定性条件——譬如火车头，在它的轨道上可谓效用强劲，可是一旦离轨就只能引起灾祸；又譬如滑雪橇，它是冰上的翅膀，地面上的枷锁。

自然之书是一部命运之书。她翻动着巨大的纸张，一页又一页，从不回转。她放下一页，那是一片花岗石地面；随后1000年逝去，那就是一片板石石床；再过上1000年，那成为一层煤炭；再过上1000年，那就是一片泥灰和泥土：植物的形状就开始出现。她展示的第一批动物形象丑陋：植物形动物、三叶虫类和鱼；随之便是蜥蜴类动物——那都是些原始粗糙的种类，在它们身上她只是画出了她未来的雕像的轮廓，同时在这些笨重的怪兽之下她隐藏起她未来的君主那美妙精致的形象。行星的表面渐渐冷却和干燥，种类改良，人类诞生。然而当一种种类的生命极限已到，它就不再回归。

　　世界上所有的东西都是受到条件限制的；它们并非是尽善尽美的，但又是现在可以生存的最好的东西。部族的等级：某个部族总是持续不断地赢得胜利，而另一个则连连失败，这一切同阶级的重重叠叠并无二致。我们知道在历史上一个民族可以具有多么重要的影响力。我们看到英国人、法国人和德国人牢牢地占据着美国和澳大利亚的每一片海岸和每一个市场，垄断着这些国家的贸易。我们喜爱我们家族中自己这一支系所具有的那种强健的、好胜的习惯。我们追随着犹太人、印第安人和黑人。我们清楚曾有人耗费了多么大的决心去消灭犹太人，但却是枉费心机，徒劳无功。看一看诺克斯（Knox）——一位令人反感的鲁莽的作家，但又满嘴都是令人难忘的尖刻的真理——在他的《种族残篇》中辛辣苦口的结论吧："自然尊重纯正的人种，而非杂种。""每一个种族都有它自己的自然环境。""将一块殖民地同其种族分开,它就会日渐衰落,如同一棵被人忘却的沙果树一样退化、衰败。"看出来这幅画的色调了吧。德国和爱尔兰的芸芸众生,同黑人们一样,在他们的命运中也有着大量的鸟粪[3]。他们坐船渡过大西洋,坐着马车来到美国,为的是开沟挖渠,苦干苦熬,使谷米便宜;随后他们就早早地躺倒在平原上,化作一片青草地。

统计学作为一门新科学,是这些金刚石般坚硬的桎梏中又一种束缚。现在这已经成为一条规则,即便是最偶然最异常的事件——只要是拥有足够广泛的人口基础——也会变成刻板计算的材料。确切地说出什么时候在波士顿会诞生一位波拿巴式的上尉、一位詹妮·林德式的歌唱家或一位鲍迪式的航海家,这的确难有把握;然而依据着20亿或2亿人口的意见,某种精确性似乎就可以获得[4]。

学究式地确定某些特殊发明的日期未免显得轻佻。它们的成功都是经过了一而再,再而三的50次发明。人就是主要的机器,从人自身汲取的所有那些变化都是玩具模型。每当出现紧急情况,人就根据需要的程度,通过模仿和复制他自己身体结构的方式来帮助他自己。人们很难发现谁是真正的荷马、索罗亚斯德或门鲁;更难断定土八该隐、武尔坎、卡德默斯、哥白尼、富斯特、富尔敦就是无可置疑的发明者。他们成百上千。"空气中到处都是人。"这种积极地制造工具的效率是人的一种天赋。这种天赋人皆有之,仿佛它牢牢地黏合在化学原子之上,仿佛人所呼吸的空气就是由沃康松们、富兰克林们和瓦特们构成。

毋庸置疑，在每一百万人中就会有一名天文学家、一名数学家、一名滑稽诗人、一名神秘主义者。人们在阅读天文学史的时候不会看不出哥白尼、牛顿、拉普拉斯并非是创始人，或者说他们并非是一种新人。泰勒斯、阿那克西美尼、喜帕恰斯、恩培多克勒、阿里斯塔恰斯、毕达哥拉斯、俄诺庇得斯早就先于他们而存在；他们每个人都有着同样高度紧张的几何头脑，擅长于同样饶有活力的计算和逻辑，他们的心灵同世界的运行保持着平行。罗马哩的依据大概是源于对子午线长度的测量。穆斯林和中国人也知道我们所知道的闰年、阳历以及岁差。正像运送到新贝德福德的每一桶玛瑙贝里都有一粒精美的热带海贝，在千百万的马来人和穆斯林中也必然会有那么一两个具有天文头脑的人。在一座大城市里，常常会发生一些其美妙之处正在于其偶然性的最最偶然的事情，它们的发生就像面包师傅为早点制作的小松糕一样准时地和按照规定地生产出来。《滑稽》周刊每周都会十分精确地开一个第一流的大笑话；报纸也会挖空心思地每天为人们提供一条好消息。

抑制的法则——自然功能遭受破坏时所带来的报应，其效用也并不逊色。饥荒、伤寒、霜冻、战争、自杀和衰竭的种族，也必须被视作这个世界系统之中可以预料的部分。

这些不过是些从高山上滚下来的卵石，不过是围堵禁锢我们生活的那些界限的痕迹；它们显示出我们所谓偶然的和意外的事件具有一种如同织布机和碾碎器一般机械性的精确度。

我们用以抵御这些洪水般趋势的力量显得是那样势单力薄和荒唐可笑,以至于我们的所作所为简直就微不足道,仿佛面对千百万人的强制,唯有一个人提出抗议和批评。在风狂雨骤之时,我似乎看见人们落入波涛之中奋力挣扎,被大浪冲得七零八落。他们明智地瞟着对方,然而互相又无可奈何、无能为力,他们能够独自继续漂浮下去就已经算是不幸之中之大幸矣。不错,他们有权控制他们的目光,而其余的一切只能听凭命运了。

我们不能忽视这一现实,这一在我们这个植物繁茂的花园似的世界核心之中露出头角的现实。对生活的描绘若是否认这些可憎的事实就不可能具有真实性。一个人的力量正是由一种必然性来加以聚集。通过多次试验,人可以接触到那必然性的方方面面,直至掌握它的弧光。

那种贯穿整个本性,通常为我们称作命运的因素,在我们的知识里就是局限性。无论什么限制着我们,我们都将其称为命运。如果我们是野蛮残暴的,命运本身就呈现出野蛮残暴令人恐怖的状态。随着我们变得高尚,使我们受到阻抑的处境也就会变得较为文雅驯顺。如果我们达到了精神文化的高度,敌对势力也就以精神的形态出现。在印度传说里,毗湿奴曾经随着摩耶夫人经历过她所有的向上变化的过程:从昆虫到龙虾再到大象;无论她变化成何种动物,他都随之变为那种动物的雄性形象,直到她最终变化成女人和女神,而他也就变成男人和男神。随着灵魂的净化,局限性也就得到改善,然而到了最高

17

之处，仍会受制于必然之环。

当古代斯堪的纳维亚天空中的神灵无法用钢或大山的重压束缚芬里斯魔狼的时候——他猛扑猛咬这一位天神，又用脚跟踢开那一位天神——他们就在他的脖子上绑上一条比蚕丝和蜘蛛网还要柔软的链子，而这就能将他制服：他越是踢蹬，链子就缠得越紧。命运之环也是那样的柔软和坚牢。无论是白兰地，是神酒，是硫酸醚，是地狱之大，是神灵之液，是诗歌，是天才，都不能除掉这条柔软的带子。因为，如果我们赋予命运以诗人在论及它时所使用的那种崇高的意义，那么甚至连思想本身也不能凌驾于命运之上：思想也必须按照永恒的法则起作用，思想中所有任性和异想天开的东西都是与思想最基本的本质相反的。

最后，在道德的世界里，命运远远高于思想。它犹如一位守护神，夷平高傲，激扬低沉；它要求人们富有正义感，而且或迟或早总会在正义丧失之时给予一击。有用的终会延续，有害的终会没落。希腊人说过："行为者必会受罪。你必要安抚一位无法安抚的天神。"威尔士的三合诗也说过："上帝本身不会对邪恶者实行善举。"西班牙的吟游诗人说道："上帝也许会应允，但那毕竟只是一时。"人类的悟性无法超越局限性。即便在它最后的、最最崇高的升腾之中，悟性本身和意志的自由也只是命运温顺的一分子。但是，我们决不能急于得出过于笼统的结论，而是要展现自然的限度或者本质的差别，同时尽量公平地对待其他的因素。

我们就是这样追溯着命运：在物质中，在心灵中，在道德中——在种族中，在阶层的落后中，同样也在思想和性格之中。无论在哪里，它都是束缚与局限。然而命运自己也有主人，局限性本身也有局限。从上观察和从下观察，从里观察和从外观察，它们自身不尽相同。这是因为，尽管命运是无穷无尽的，力量——它是这个二元世界中另一方面的事实——也是无穷无尽的。如果说命运紧逼着力量，限制着力量，那么力量也伴随着命运，反抗着命运。我们必须尊崇命运为自然的历史，可是历史绝不仅仅限于自然的历史。因为是谁是什么在探究和评判着这个物质世界呢？人不光属于自然秩序，不是一袋袋玩意儿，不光是肚子连着肢体的生物体，不光是自然链条上的一环；人也不是什么卑鄙可耻的荡妇，而是了不起的对抗者，是宇宙极限的硬性聚合。他暴露出了他与低劣于他的生物的关系——粗笨愚蠢、小头小脑、形似鱼类、四足皆可当手用。这种四足兽的外貌不扬，尚未完全演化成二足动物，而且他要获得新的能力就必须付出损失某些原有能力的代价。但是，在他的身上有着使行星爆炸使行星成形的电光；在他的身上可以发现行星与恒星的创造者。在他的一边是自然的系列：砂岩与花岗岩、岩礁、泥炭沼、森林、大海和海滨；在他的另一边，是构成和分解自然的思想与精神——在这里，它们是肩与肩并立的上帝与恶魔、心灵与物质、国王与阴谋家、皮带与冲动；它们一起在每个人的眼睛和大脑里平静地向前行进。

人也不能无视自由意志。不妨冒一次自相矛盾的风险吧：自由就是必然。如果你愿意，你可以站在命运的一边，说：命运就是一切；然后我们要说：人们的自由就是命运的一部分。灵魂中选择与行动的冲动永远在喷涌。智识废除命运。只要一个人在思考，他就是自由的。虽说没有什么能够比奴隶——大多数人就是奴隶——得意扬扬地叫喊自由更加令人讨厌；虽说没有什么能够比那些从来就不敢于思考或行动的家伙非常轻率地就把某些《独立宣言》之类的纸上论道或者法定的选举权错当成自由更加令人憎恶；但是，人们能够两眼避开命运，而瞩目于另外一个方向——着眼于现实就是另一种观点，这是一件十分有益于人们身心的事情。人与那些现实事物的正常关系是使用和支配，而不是在它们面前卑躬屈膝。神谕道："莫要注视自然，因为她的名字叫宿命。"过多地考虑那些局限性会导致自卑。那些大谈天数和命星之类的人处在一个更为低下的和危险的水平上，他们是在自己招惹他们所害怕的厄运。

我曾谈到过那些富于直觉和英雄的民族，把他们作为自豪的命运信仰者。他们和命运一起同心协力；每遇事变都能忠实地听天由命。但是，当这一信条为弱者和懒惰者所持有时，它就给人以另一种不同的印象。正是懦弱和恶毒的人们才把过错归咎于命运。若要正确地利用命运，就应该把我们的行为提高到崇高的自然状态。自然力是粗犷的，是非它们自己就无法战胜的。那么就让人也是如此。让他从胸中清除掉虚幻的自以为是，以达到自然水准的风度和作为去显示他的主宰地位。让他意志坚定，仿佛他的意志是用地球引力的绳索加以固定。没有任何力量，没有任何劝词，没有任何贿赂能够使他放弃自己的目的。一个人应该在与江河、橡树或者高山相比时占有优势地位。他应该更加善于流动和伸展，更加善于抵制这一切。

对命运的最佳利用方式是教导人们具有一种不畏生死的勇气。当你明白你是在命运天使的指引下，你就自然而然地去直面大海上的烈火，或者是你朋友家里的霍乱病，或者是你自己家里的夜盗，或者是你职责道路上的一切危险。如果你相信命运于你有害，那么起码为了你自己的利益，去相信它吧。

因为，假如命运是这样盛行，那么人也就是它的一部分，因而可以用命运去对付命运。假如宇宙有这么一些凶残的不测，那么我们的分子在抵抗时也同样凶残。倘若不是我们体内空气的反作用力，我们就会被空气压扁。一支用薄薄的玻璃片制成的玻璃管若是同样装满了海水，就能够抵挡海洋的震荡。如果在打击中有着无限的威力，那么在反冲击力中也会同样有着无限的威力。

1. 不过，用命运对付命运只是回避和防御；而同时也应有高贵的创造力。思想的启示把人们引出了奴役状态，进入了自由的天地。关于我们自己，我们恰当地说道：我们出生，随后我们再生，并且多次再生。我们有一连串的经历，它们是那样的重要，因而新的经历忘却了旧的经历，由此也忘却了关于七重天或九重天的神话。生命的节目是伟大的一天，是最重要的一天；在那一天，心灵的眼睛将会睁开，看到万物的统一性，看到法则的无所不在——它会看到存在的事物就是必然存在的事物，就是应该存在的事物，就是现存的最好的事物。这种达到极致的幸福从上天降临大地，将我们浸染，而我们便能看见。它存在于我们的身上，可我们更是存在于它的体内。如果空气能够到达我们的肺部，我们就能呼吸和生存；否则，我们就会死亡。如果光明照亮了我们的眼睛，我们就能看见；否则，我们就会失明。而如果真理进入了我们的心灵，我们就会忽然间膨胀扩充，达到同真理一致的尺寸，仿佛我们长大成天地一样大小。我们就像法则的创立者；我们为自然代言；我们推测，我们先知。

这种洞察力使得我们突然转变为宇宙精神——这种精神与天地万物相对，也像与其他一切相对一样与我们自己相对——的同类，与它享有共同的利益。一个凭借着洞察力发言的人断定心灵所认为真实的东西就是真实的：由于心灵是不朽的，他就说，我是不朽的；由于心灵不可战胜，他就说，我强壮有力。心灵不在我们之中，但是我们在心灵之中。它属于创造者，而不属于被创造者。一切事物都为心灵所触摸和改变。它使用他物，而不为他物所使用。它将那些分享着它的人们，与无法分享它的人们分隔开来。而那些没有分享它的人们就是牛羊一般的家畜。它起始于自身；而非起始于前人或者更高尚的人，也不是起始于福音书、宪法、学院或是习俗。无论它在哪里闪耀，自然都不再是侵入者；相反，所有的事物都留下一种如音乐如画的印象。人们的世界显得像一出没有笑声的喜剧：全体的人类、利益、政府、历史，所有的一切都是一家玩具店里的玩具造型。心灵并不过高估计个别的真理。当一位智者的话语被引用时，我们热切地聆听着他的每一种思想和每一个字词。但是，就在他的面前，我们自己的心灵也会激发起活力；我们很快就会忘记他的话语，我们对自己的思想所起到的新作用要比对他的任何思想更感兴趣。猛然间我们已经登高进入一种威严的境界；正是这种境界，这种无我的状态，这种对自我主义的鄙夷，这种法则的领域，在使我们聚精会神。过去，我们曾朝着这边迈出一小步，又朝着那边迈出一小步；现在，我们仿佛搭乘热气球，我们并不过多地考虑我们的出发点和我们的目的地，而是思考着这条道路的自由与荣光。

你能增加多少智慧，你就能获得多大的有机体的力量。能够洞穿意图的人就能够操纵这种意图，而且必然要立志实现那些必须实现的事情。我们尽可以坐下来统治一切。尽管我们会睡觉，我们的梦思却会起而代之。我们的思绪，哪怕只有1个小时那么长，却证明了一种最古老的必然性，即神灵与思想不可分割，与意志不可分割；它们肯定一直是共同存在。它使我们知道了它的至高无上的权力与神性，而这些至高无上的权力与神性都拒绝与它分离。它并非是我的思想或你的思想；它是所有心灵的意志。它被倾注于所有人的灵魂之中，并作为灵魂本身使人们成为人。我不清楚在我们大气层的上层是否真有如同有些人所宣称的那样一种永远向西的气流，它承载着一切能够飘升到那一高度的原子。但是我能看见：当人们的灵魂达到一定程度的清晰的感觉时，他们能够获得一种超越自私的知识和动机。意志的一口气息能够吹遍灵魂的宇宙，能够终古不息地朝着正确的和必然的方向吹去。它是所有的智慧所吸入和呼出的空气；它是那股把天地万物吹入它们的顺序和轨道的风。

思想通过把心灵提高到一个万物皆可塑造的领域而分解物质的宇宙。在两个人之中，每一个人都遵循着他自己的思想；思想最深刻的那一位就会具有最强有力的性格。情形永远是这样：一个人会比另一个人更能在一段时期里代表神圣天道神意的意志。

2. 如果思想创造自由，那么道德情感也同样如此。精神上的神秘的变化过程，其混杂状态容不得人们对它加以分析。但是，我们可以看出：对真理的感知是和对真理必定取胜的渴望相互连接的。那样一种感情对于意志而言是十分必要的。再者，每当一种坚强的意志出现，它通常是组织达到某种统一的结果，犹如所有肉体和心灵的能量都朝着一个方向流淌。所有伟大的力量都是真实的和本质的。坚强的意志是不可能制造出来的。若要与一磅平衡，就必须有另一磅。无论力量是显示在意志的哪一个地方，它都必须依赖于宇宙之力。亚拉里克和波拿巴一定是坚信他们正依靠着某种真理，否则他们的意志就可能被收买或是屈服。任何有限的意志都有可能被贿赂。然而与宇宙整体目标心心相印却是一种无限的力量，是无法被收买或屈服的。无论是谁曾经有过道德情感的经历，他都无法进行选择，而只能相信无限的力量。源于那一心脏的每一次跳动都是上帝的誓约。如果"崇高"这个词不会向一个幼儿昭示一种可怕的力量，那么我就不知道这个词究竟是什么意思。一部英雄主义的教科书，一位勇者的名字和逸事，都不是自由的论点，而是自由的警句。其中之一是波斯人哈菲兹的诗行："它就写在天堂的大门上，'他是多么的不幸，竟然容忍命运背叛他自己！'"阅读历史会让我们成为宿命论者吗？而相反的意见又有什么样的勇气不曾显示出来！渴求自由的意志哪怕只是一时间稍有冲动，它就足以勇敢地与变幻莫测的宇宙相抗衡。

然而洞察力并非是意志；感情也并非是意志。感知是冰冷的，善也会在渴望中死去；正如伏尔泰所说："un des plus grandsmalheurs des homêtes gens c'est qu'ils sont des lâches。"（高尚的人若是懦夫，这是他们最大的不幸。）感知和渴望必须相互融合才能产生意志的能量。除非把人转化成他的意志：使他成为意志，使意志成为他；否则，绝不可能有其他任何推动力量。也许人们可以大胆地说：如果一个人不是已经感受到真理的反冲力，从而已经有准备成为真理的烈士，那么他就不可能对任何真理有正确的感知。

意志是自然中一种严肃而又可怕的东西。社会缺少意志就会奴颜婢膝。因此，世界需要救星和宗教。有一条道路是正确的前进道路：英雄看见了这条道路，就朝着那一目标前行，他将整个世界置于身下作为根基和支柱。在他人看来，他就像是这个世界。他的认可就是荣誉，他的反对就是耻辱。他的眼色具有阳光的威力。当一个人的威信高高耸立起来之后，我们的记忆之中就只有那些他所代表的有价值的东西；这样我们就会高兴地忘却数目、金钱、气候、地球引力和其余的命运。

倘若我们知道局限性是人们成长的测量器，我们就能够容忍局限性的存在。我们面对命运，就像孩子们在他们父亲的房子里面对着墙壁，年复一年地刻下他们的身高。但是，当小男孩长成大人，他就成为房间的主人；他推倒那面墙，再建立起一面更大的墙。这只不过是一个时间问题。每一位勇敢的青年都在接受训练，要骑上和驾驭这条飞龙。他的科学是要使那些热望和阻碍力变成武器和翅膀。现在，面对命运和力量这两种东西，我们是否可以获准去相信它们的统一性了呢？大多数人相信有两个上帝。在这间房子里，作为朋友和父母，在社会的圈子里，在文学上，在艺术上，在爱情上，在宗教上，他们接受着一种统治；但是在机械学方面，在对付蒸汽和气候方面，在贸易方面，在政治方面，他们又认为他们处在另一种统治之下。而且，他们认为，把一个方面的处事方法和方式移用到另一个方面去就犯了一个现实性的错误。在家里十分善良、诚实和慷慨的人们，在交易所里就会变成豺狼和狐狸！在客厅里十分虔诚的人们，在投票站就会为上帝所摈弃的邪恶投上一票。从某种意义上讲，他们相信自己享受着一种天道神意的眷顾。但是，在一艘蒸汽船上，在一场流行病中，在战争里，他们就相信是一种凶恶的势力在起支配作用。

但是，关系和联系并不限于某地和某时，而是到处皆有、永远存在。神圣的秩序不会终止于人们视力可及的范围。友好的力量在另一个农场、另一个星球按照同样的定律发挥作用。不过，在那些人们还没有经验的地方，他们会同命运产生对立，从而伤害他们自己。由此可见，命运专指那些仍未经过思想火焰锤炼的事实——专指那些尚未为人们识破的道理。

然而，每一股喷泻而出、威胁着要扑灭我们的混乱的浊流，都可以被智慧转化成为有益的力量。命运是尚未为人识破的道理。海水淹没船只和水手，如同淹没一粒灰尘。可是一旦学会游泳，学会顺风扯帆，曾经淹没人船的海水就会被它们劈开，它会像载着自己的泡沫一样载负着它们，宛如一叶羽毛为千钧之力所载。寒冷并不体谅人们：它刺痛你的血液，并把人冻得恰似一滴露珠。可是一旦学会滑雪，冰雪就会为你提供一种优雅的、甜蜜的和富有诗意的运动。寒冷能够激励你的四肢，振奋你的大脑，促使你成才，成为时代最前列的人物。寒冷和大海将会锻炼出一个至尊至贵的撒克逊民族。大自然不忍抛弃这个民族；而且，在把这个民族封闭于大洋彼岸的英格兰 1000 年之后，大自然又赐予其 100 个英格兰、100 个墨西哥。它将吞并和统治所有的生命，而不仅仅是几个墨西哥；海水与蒸汽的奥秘，电流的振荡，金属的可塑性，空气动力汽车，有舵气球；这一切都正在等待着你。

每年死于斑疹伤寒的人数远远超过了战争的屠杀，然而正确地排液就可以消灭斑疹伤寒。航海时由于坏血病导致的灾难可以通过柠檬汁和其他可以携带或者可以获得的食品来加以消弭。霍乱与天花引起的人口减少已经由于排液和接种疫苗而告结束。而其他任何一种瘟疫也都同样连接在原因与效果的链条上，可以为人们所击退。每当用人工去抽取毒液，它通常都能从被征服的敌人身上强索出某些益处。任性的洪水在人的教育下转而为他们辛苦劳作；野兽成为人们可用的食品、衣服，或者用来进行劳动；化学的爆炸已为人们所控制，人们对付爆炸犹如摆弄钟表一般。这一切现在都已成为人类骑乘的骏马。人类以各种各样的方式运动：以马的腿，以风的翅膀，以蒸汽，以气球的气体，以电力；他踮起脚来声言要凭借自己的本领去猎取雄鹰。他要使一切的一切都成为他的使役。

一直到前不久，蒸汽还是我们所畏惧的恶魔。每一把由任何一位人类的壶匠或黄铜匠制作出来的水壶都会在它的盖子上留有一个释放敌人的小洞，以免它会掀起水壶和屋顶，将整幢房屋掀到一边。然而沃塞斯特侯爵、瓦特和富尔顿却认为：哪里有动力，哪里就有上帝，而非恶魔；动力必须被利用，而决不能放掉和浪费。这头恶魔能够如此轻而易举地就把水壶、屋顶和房屋掀起来吗？那它就正是他们要寻找的工人。它可以被利用去掀走、拴锁和强迫另外那些更为难以对付和危险的恶魔，即大面积的泥土、高山、水的重量或阻力、机械以及世界上一切人们的劳动。它将延长时间，缩短空间。

即便是更为高级的蒸汽，迄今也并未产生过什么别的不同结果。大众的舆论曾经是这个世界上一件令人害怕的事情。喜好娱乐的民族就曾经做过尝试，要么是把大众的舆论驱散和浪费掉；要么是把它堆压在社会的阶层之下——一层是士兵，上面一层是领主，最上面是一位国王；全部都用城堡、驻军和警察的铁钳和铁箍加以钳制。但是，有时候，宗教的原则会插入其间，冲破铁箍，并且把每一座置于其上的高山撕裂开来。政治上的富尔顿们和瓦特们相信有统一性；他们看出大众的舆论是一种动力。通过满足这种动力（因为正义令每一个人满意），通过对社会进行一种不同的安排——把它集合在一个相同的层次上，而不是把它堆积起来形成一座山——他们努力使那件可怕的事情成为一个国家的最无害、最有生气的形式。

我承认，有关命运的课程非常令人讨厌。又有谁喜欢让一位衣冠楚楚的颅相学家来断言他的命运呢？又有谁愿意相信，在他的头颅、脊椎和骨盆里，他已经隐藏下撒克逊或凯尔特民族所有的恶德呢？——他曾经被激起过多么伟大的希望与决心，而这些恶德却肯定会把他贬低成为一头自私自利、自吹自擂、奴性十足、躲躲闪闪的动物。一位博学的医生告诉我们，这一事实对于那不勒斯人也不例外：当他们成熟时，他们就会变成地地道道的无赖。这是有些夸张，但也可以说得过去。

但是，这一切是仓库和军械库。一个人必须感谢他的缺陷，而对他的才能却多少要有些畏怯。一项出类拔萃的才能会汲取他过多的力量，使他残废；而一种缺陷却会在另一边为他带来收益。忍耐是犹太人的标记，现在它已经使犹太人成为地球统治者的统治者。如果命运是矿石和采石场，如果邪恶在发展过程中是善,如果局限性就是应有的力量,如果灾害、敌对势力、重负就是翅膀和方法——那么,我们就妥协吧。

命运包含着改善。关于宇宙的陈述若是不承认它向善的努力,那么这种陈述就不可能具有任何正确性。整体和局部的趋向都是朝着利益,而且与生命力形成正比。在每一个个体的身后,组织已关闭;而在他的前面,自由正展开——那是更善,那是最善。第一批的种类最低劣,它们已经死亡。第二批的种类尚未完善,它们正在消亡,或者等待着成长为更高的等级。而在最近的这一种类,在人类中,每一种慷慨的行为,每一种新的感知,每一种他们从同伴那里所强求来的爱与赞颂,都证明他们已然走出了命运,进入了自由。意志的发展已经突破了组织的桎梏和枷锁;意志的解放正是这个世界的目的与志向。每一次灾难都是一次鼓舞和珍贵的暗示。不管在哪里,人类的努力虽然没有奏效,却都可以作为趋势显示出方向。动物生命的全部循环过程——以牙还牙——贪婪的战争,掠夺食物的战争,痛苦的叫喊,得意的哼哼声,直至最终的整个动物园、整个化合而来的总体,都已变得成熟,变得高尚,可以服务于更高层次的用途——人类只要能够站在一个足够远的地方来观察这一演化过程,就会为这种发展感到高兴。

不过,要想目睹命运是如何渐渐地转变为自由,而自由又是如何渐渐地转变为命运,那就得仔细观察每一种创造物的根基蔓延开来有多么遥远,或者是——如果你能做到的话——找出它们毫无关联线索的那一点。我们的生命是一致的,遥遥相关的。这个自然之结缠绕得是如此扑朔迷离，没有谁能够有足够的智巧去找到它的两端。自然是错综复杂的、相互重叠的、混杂交织的、无穷无尽的。克里斯托弗·雷恩曾经这样谈到美丽的国王学院礼拜堂："如果有谁能告诉他应该在哪里放下第一块石头，他就会再建起一座这样的建筑物。"然而我们又能到哪里去寻找这座人之栖所的第一个原子呢？它的各个部分是那样的平衡、严丝合缝，简直是浑然一体。

关系的网络体现在自然环境中，体现在冬眠之中。过去，在观察冬眠时，发现某些动物在冬季蛰伏，而另一些则夏季蛰伏。冬眠因而并不是一个确切的术语。长长的睡眠并非是寒冷的结果，而是由适宜于该种动物的食品的可供量加以调节。每当它所食用的果子或猎物不应季节时，它就入眠；而当食品备足时，它就再次焕发出它的活力。

眼睛适于光亮，耳朵适于刺激听觉的空气，双脚适于大地，鱼翅适于水，翅膀适于天空；每一种创造物都适宜于造物主在创造它们时意欲让它们生存的环境，它们之间的关系极为融洽。每一个地区都有它自己的动物群。动物与它的食物、与它的寄生虫、与它的天敌之间有着一种互为调谐的关系。平衡须得保持。不容许数量上有所减少或有所超额。这种调谐关系对人也同样存在。当他来到时，他的食物已经煮熟；他的煤在煤坑里；他的房间透好了空气；大雨后的泥泞已经变干；他的同伴们也在同一时刻到达，正满怀着爱意、演奏着乐曲、饱含着泪水、朗朗地笑着等待着他。这些都是些明显的谐调关系；

而那些无形的谐调关系也并不少见。每一种创造物所拥有的东西都不仅仅限于他的空气和食物。他的本能必须要满足，他也具有天生的力量去征服周围的一切，使其适合于他的用途。除非无形的和有形的东西都已适合于他，否则，他不可能生存。有鉴于此，可见但丁和哥伦布这些人的出现都是在告知我们，天空中和大地上，在那更美妙的天空中和大地上，已经发生了一些什么样的变化呀！

这一切是怎样实现的呢？自然并不穷奢极侈。相反，她要走最巧妙的捷径以达到她的目的。正像将军对士兵们说的那样："你们想要堡垒，那就建一个堡垒。"自然也同样迫使每一种创造物自己劳作，自己生存——无论它是星球，是动物，或是树木。星球自造其身。动物的细胞自造其身——随后，还要自造其所欲之物。每一种动物，鹬鹩或飞龙，都要自造它们自己的巢穴。一旦有了生命，也就有了自我导向，有了对物质的吸收和利用。生命是自由；生命与自由的限度成正比。你可以确信，新生之人决不会没有生气。生命在它周围的环境里所起的作用既是自觉自愿的，也是神乎其神的。你难道以为，这位正在伸展、辐射、推进的家伙是可以根据他的体重磅数来加以评价，或者他是可以被包裹在他的皮肤里的吗？最小的蜡烛也可以用它的火亮照耀一英里，而一个人的触突可以延伸到每一颗星星。

当需要做某件事情的时候，这个世界知道如何完成这件事情。在需要时，植物的芽眼自会创造种子、果皮、根茎、茎皮或刺；第一个细胞按照要求自动演化成胃、嘴、鼻或指甲：这个世界自会让它过上一个英雄的或者牧羊人的生活，并且把他放置在需要他的位置上。在他们那个时代，但丁和哥伦布是意大利人；而若在今天，他们就会是俄国人或美国人。事物一旦成熟，新人自会来临。这种顺应性并非是变化无常的。那种隐藏在背后的目标，那种超越它自身的目的，那种使得星体沉降、成形，随后赋予野兽和人类以生命的相互关系，将不会终止，而会演进成为更加美好的细节，并从更加美好达到最最美好。

这个世界的奥秘在于个人与事件之间的联系。个人创造事件，事件也创造个人。什么是"时期"和"时代"？不就是一些深谋远虑的个人和一些生龙活虎的个人代表着一个时代吗？——像歌德、黑格尔、梅特涅、亚当斯、卡尔霍恩、基佐、皮尔、科布顿、科苏特、罗斯柴尔德、阿斯托尔、布吕内尔和其他一些人。一个人与时代和事件之间的关系，必须像两性之间的关系，必须像一种动物种类和它的食物，或者它利用的较为低级的动物种类之间的关系一样，保持着一种合宜的联系。他以为命运于己是相异的，那是因为二者的结合点是隐匿的。然而灵魂包含着将要降临于它的事件，因为那事件只是将它的思想付诸实现；而我们向自己所祈求的东西永远都会得到认可。事件是你的形态的印迹。它像你的皮肤一样适合于你。每个人所做的事情都与他自己相称。事件就是他的肉体与心灵的孩子。我们得知命运之魂就是我们自己的灵魂，正像哈菲兹

所吟诵的:

> 唉!直到现在我方知晓,
> 我的向导与命运的向导竟是一体。

所有那些令人们着迷并为人们玩弄和争夺的玩具:房子、土地、金钱、奢侈、权力、名誉,都是完全相同的东西,只不过是有那么一两片幻觉的薄纱覆盖在上面。而在所有那些令人们愿意打破脑袋,并且导致他们每天早晨都郑重其事地出去游行的鼓噪声和喧阗声中,最令人惊叹的就是那种使得我们能够相信事件是独断独行的、独立于行动之外的声音。在邪术师那里,我们看得见他用以操纵他的木偶的头发丝;而我们的眼睛却无法尖锐到足以看清连接着因与果的线索。

自然通过把命运塑造成为一个人的性格所结出的果实,从而十分神奇地让人与他的命运相匹配。鸭子喜爱水;雄鹰喜爱蓝天;涉水禽鸟喜爱海边;猎手喜爱森林;职员喜爱会计室;士兵喜爱前线。事件与人也是这样同根生长;它们是亚种人。生活的乐趣有赖于享受生活的那个人,而不是有赖于工作或场所。生活是一种若狂的欢喜。我们清楚爱情常常是多么的疯狂——是什么样的力量在用上天的色彩刻画出一个卑劣的物体。正像失去理智的人们对于他们的衣着、饮食和其他膳宿状况漠不关心;正像我们在梦中做出了最为荒谬的举动而安之若素;在我们生活的酒杯里若再滴入一滴葡萄酒也就同样会让我们与陌生的伙伴和工作和睦相处。每一种创造物都从它自身发掘出它自己的环境与范围，正如蛞蝓在梨树叶上含辛茹苦地构筑它黏糊糊的房屋；棉蚜虫在苹果上不辞辛劳地营建它的床铺；鱼类艰难惨淡地经营它们的甲壳。年轻时，我们以彩虹装扮自身，我们的行走如同黄道带一般英勇。年老时，我们又渗出苦涩的汗——痛风、热病、风湿、古怪、怀疑、焦虑和贪婪。

一个人的命运是他的性格所结出的果实。一个人的朋友是他所具有的魅力。我们向希罗多德和普鲁塔克寻求命运的例证，然而我们自己就是例证。"Quisque suos patimur manes."每个人都会表现出他天性里所具有的素质。这种倾向早在古老的信念中就有所表达：我们为了逃避自己的命运而付出的一切努力，结果只会把我们自己引向命运。我曾注意到，一个人喜欢别人表扬他自己的优点，但更喜欢人们恭维他的地位，以此来证明他最根本的或是最全面的卓越之处。

一个人将会看到他的性格在那些似乎是与他迎面相遇，而实际却是出自于他自身并陪伴着他自己的事件中表现出来。事件随着性格而扩充。就像他曾经发现自己置身于玩具之中一样，现在他又在庞大的系统之中扮演一个角色；而他的成长会在他的抱负、他的伙伴和他的行为中加以公布。他看上去仿佛是在碰运气，其实不过是一种因果关联——他是一块马赛克，磨好了棱角以便契合于他本应去填充的间隙。因此，在每一座城镇里都有那么一些人，他们的智慧和行为是那座城镇在耕作、生产、工厂、银行、教堂、生活方式和社会等方面的一个注释。假如你未碰巧遇上他们，你所看到的一切就会令你稍稍有些困惑；如果你见到了他们，那么一切就非常简单明了。我们知道在马萨诸塞州是谁建立了新贝德福德，是谁建立了林恩、洛厄尔、劳伦斯、克林顿、菲奇伯格、霍利约克、波特兰和其他许许多多类似的人声鼎沸的市场。假使这些人中的每一位都是透明的话，那么在你们看来就不太像是人类，而是活着的城市。无论你把他们放在哪里，他们都会建造起一座城市。

历史是自然和思想这两大因素的作用和反作用，有如两个男孩在人行道的石栏上相互推搡。每一种事件都是推动者或被推动者；因而物质和心灵处在永恒的倾斜与平衡之中。当人软弱时，地球就会为他撑腰。他种下他的智慧和情感。渐渐地他就会支撑起地球，把他的花园和葡萄园整理得美丽而有序，体现出他的思想。宇宙里每一种固体都准备着在心灵的探索之中变为液体；而化固体为液体的力量正是衡量心灵的标准。设若那墙壁依然坚如磐石，它会归罪于思想的缺乏。若换了一种更为巧妙的力量，它就会如流水般化为新的形式，表达出心灵的特征。我们现在正坐在这座城市里。它是什么？不就是顺从了某些人的意志而用一些不太和谐的物质堆积起来的吗？花岗岩并不心甘情愿，但人类的手更为强健，花岗岩也就来到了这里。铁深深地埋在地里，同石头融为一体，但却无法逃避人类的火焰。木材、石灰、原料、水果、橡胶，它们散布在大地上和海洋上，却没有丝毫用处。然而在这里，它们却在每一位日常劳动者的伸手可及之处，任他们随心所欲。整个世界都是流淌的物质，它们流过思想的导线，到达电极和电流接触点，并在那里进行建设。人类各民族在诞生时都事先拥有一种思想，那思想支配着他们；他们分化成各种党派，他们早就武装齐备，怒火万丈，准备为这一玄虚的抽象概念而作战。思想的素质使得埃及人和罗马人、澳大利亚人和美国人有所不同。我们会发现，一段时期同时出现在舞台上的人们都相互关联。某些观念悬浮在空中。我们都很容易受到它们的感召，因为我们就是由它们构成。我们都很容易受到感召，但是有一些人要胜过其他人，而且他们最先表达出这些观念。这一点就能说明发明和发现为什么具有那种奇妙的同时发生性。真理悬浮在空中，最敏感的大脑会首先显示它；但是几分钟后，所有的人都将会显示它。因此，作为最敏感的人，妇女是即将来临的那一时刻的最佳标志。因此，伟大的人物，即那些最受时代精神感染的人们，是最易受到感召的人——他们的性格敏锐、灵敏，犹如碘之于光线。他能感觉到极其微小的吸引力。他的心灵要比其他人更加健全，因为他可以感觉到如此微弱的水流：这种水流只能用一根小心翼翼地保持着平衡的针去试探才能感知。

相互关系也表现在缺陷之中。默勒（Möller）在他的《建筑随笔》中曾教导人们：一座建筑，只要能精确地切合于它的目的，就会被证明是美丽的建筑，尽管那美是无意之中的美。我发现，在人的整体结构中，与此相类似的统一性却具有相当剧烈的危害且四处渗透弥漫：血液中的野性会出现在论点中；

肩部的驼背会出现在言谈和手工制品中。如果他的心灵可以被看透,那么他的驼背就会被发现。如果某个人的嗓音中有一种前后滚动的声音,那么那声音一定会窜入他的语句、他的诗歌、他的寓言的结构、他的思索、他的仁慈。而且,由于每个人都被他自己的恶魔所追猎,都为他自己的疾病而烦恼,这一点就会阻碍他所有的活动。

所以,每一个人,如同每一种植物,也都有他的寄生虫。一位强悍、严厉、易怒的人会有比现有正在侵蚀着我的树叶的蛞蝓和蛀虫更加残暴的敌人。这样一种人会受到象鼻虫、钻蛀虫和刀虫的骚扰;首先是一个骗子咬噬他;其次是一位诉讼委托人;接着是一位庸医;再接着就是那些圆滑世故、巧舌如簧的绅士,他们像莫洛克神一样恶毒和自私。

这种确实存在的相互关系可以推测。如果线索存在,思想就可以跟踪和显示它们,尤其是当一个灵魂敏捷和柔顺的时候。乔叟唱道:

> 或是人们推论
> 这灵魂本身纯正的素质,
> 自能预知未来,
> 因而假借幻景隐喻
> 以警惕每种遭遇,
> 可惜这类诫示
> 往往过于隐蔽,

人们的肉身

竟无从领悟。[5]

某些人是由韵律、巧合、预兆、周期和先见之明构成的：他们碰见了他们正要寻找的那个人；他们的伙伴准备对他们说的话，他们先对他说了出来。成百的信号为他们预示着即将降临的事变。

这张复杂的网是多么的精致和美妙；这种漂泊不定的生活所显现的那种策划和安排是多么的协调一致和美妙。我们惊诧：苍蝇是如何找到它的配偶的？然而年复一年，我们都能发现两个男人或两个女人，在没有法律或肉体关系的情况下，十分亲近地度过他们大部分最美好的时光。由此所展示的寓意是：我们终将获得我们所寻求的；我们所逃避的也在逃避我们。正如歌德所说："我们年轻时所企求的一切，在我们年老时会成堆地向我们压过来。"我们的祷告获得了满足，可我们却常常备受其苦。因此，千万千万要谨慎。由于我们肯定能够满足我们的愿望，我们就得小心，我们只能追求崇高的东西。

关于人类状况的奥秘，关于命运、自由和先知这类古老的症结，我们有着一种解答，一种解结方式：那就是建立双重意识。一个人必须轮流地骑在两匹马身上：一是他的个体属性，二是他的公有属性；就像是马术师们在马戏场里从一匹马灵活地跳向另一匹马，或是一只脚踏在这匹马背上，另一只脚又踏在那一匹马背上。因而当一个人是命运的牺牲品时，他的腰部会有坐骨神经痛，他的心灵就会发生痉挛；他会有畸形足，他的智慧就会产生畸形；他会有一张尖酸刻薄的脸，他的脾气就会是自私自利的；他的步态会显示出一种趾高气扬，他的情感中就会有一种自负和狂妄；或者，他会被他那一民族的恶德碾压成碎粉，他就会在他与宇宙的联系过程中重整旗鼓；他的牺牲使这种联系受益匪浅。他摆脱了那头受苦受难的恶魔，他将站在上帝的一边。通过他的痛苦，上帝促成了天地万物的利益。

为了弥补那些在气质和人种方面使得你变得低劣的缺陷，请你接受这一教训吧：在整个自然中都有着两种因素同时巧妙地存在。有鉴于此，无论是什么使你瘫痪或麻痹，它都随之以某种形式带来神力作为补偿。善的意图以意想不到的骤发性力量装备自己。当一位神灵意欲骑行时，任何碎片或石子都会绽蕾萌芽，长出四只带有翅膀的脚，成为神灵的坐骑。

让我们为神圣的统一性建立起圣坛吧。是它使自然和灵魂决然融为一体，并迫使每一粒原子去服务于一个共同的目的。面对雪花、贝壳、夏天的景色或繁星的闪烁，我并不惊愕。但是，面对着宇宙之上美的必然性，我惊奇万分。所有的一切都是而且必然是如图如画。彩虹、地平线的曲线、蓝色苍穹的拱顶，它们不过是视觉器官的产物。愚蠢的业余爱好者没有必要帮助我去赞美那满园的花朵、镀满金色阳光的云彩或瀑布，我不会看不到那光辉与优美。四处选取偶然的火花是多么的无聊，内心的必然性把美丽的玫瑰就插在这混沌世界的眉头，从而揭示出大自然要求和谐与欢乐的内在意图。

让我们为美妙的必然性建立起圣坛吧。假如我们以为人们在这种意义上是自由的——一种异想天开的意志就可以有一次例外地战胜事物的法则；那么，这就完完全全是这样一种意志，好像一个孩子的手也能把太阳拽下。假如一个人可以打乱自然的秩序，哪怕这只是最个别的情况；那么，还有谁会接受生命这种礼物呢？

让我们为美妙的必然性建立起圣坛吧！是它确保了天地万物皆由一体构造；是它确保了原告与被告、朋友与敌人、动物与星球、食物与食者都属于同一种类。在天文学上，空间虽然广阔却并没有任何异质的系统。在地质学上，时间虽然无限，过去的和现在的法则却完全相同。我们为什么要畏惧自然，它不就是"哲学与神学的化身"？我们为什么要害怕被野蛮的自然力压得粉碎，我们不正是由这些相同的自然元素所构成？让我们逐步地上升到那美妙的必然性的层次吧！是它让人类勇敢地相信他们无法躲避预定的危险，也无法招致并未预定的危险。让我们逐渐地达到这种必然性的水平吧！是它或粗暴或柔和地教育人类应该觉察到世上并无偶然性，而法则统治着整个存在状态。这一种法则不是才智，而是智慧——它既不是个人的智慧，也不是与个人无关的智慧。它藐视词句，超越理解；它消溶个人；它赋予自然以生气；然而它也恳求纯洁的心灵去汲取它所具有的无限的威力。

一

力量

他的舌头专为音乐而构造，

他的手生来就有技巧，

他的脸是美的模型，

他的心脏是意志的宝座。

迄今为止，人们除了能够把一个人的见解奉为金科玉律之外，还无法为一个人所可能具有的能力开列出一张清单。又有谁能够为一个人的影响力划定一条界线呢？有那么一些人，他们凭借着自身与民族相互感应的吸引力，把整个民族吸引到身旁，并且引导着人类的活动。倘若世间真有这样一种联系，无论人的心灵走到哪里，自然都会陪伴着他，那么，也许有些人的确具有强大无比的磁力，可以牵引物质的和自然力的力量；而且无论他们出现在哪里，各种各样无穷无尽的手段都会自动组合在他们的周围。生活就是对力量的追求。这个真理渗透了整个世界——在每一个瞬间，每一条罅隙，它都无所不在——因而所有真诚的追求都会得到报偿。人应该珍视事件和财物，将它们视为一堆矿砂，正是在这堆矿砂中他找到了力量这种美妙的矿物质。假如事件、财物和身体的呼吸可以把它们的价值以一种力量的形式增添到人的身上，那么人完全可以放弃事件、财物和呼吸。如果人已经得到了长生不老的仙丹，他就能够把那些从中蒸馏出仙丹的广阔的花园加以割舍。自然所要达到的目的，是一位品德高洁之人，他具有求知的智慧、行动的勇气；而所有这一切地质学与天文学所结出的花果，就是对意志的培养。

所有成功者都在一件事情上所见相同；他们都曾是因果论者。他们笃信事物绝非凭侥幸而发展，而是按照规律运行。他们确信，在那条连接着最初的和最终的事物之间的链条上，绝不会有任何一个薄弱的和破裂的环节。所有宝贵的心灵都具有一个共同特征：他们相信因果关系，或者说是相信每一件琐屑无聊的事情都与生存的原则密切相关；他们相信后果，相信报应，或者说是相信善有善报，恶有恶报。每一位勤奋的人所做的每一次努力，都必定受到这种信念的控制。最最勇敢的人最最相信法则的张力。波拿巴就曾经说过："所有伟大的首领都是靠着顺应技巧的规则，靠着使自己的努力适应于障碍，而获得了巨大的成就。"

解答一个时代的钥匙也许会是这一把，或是那一把，或者是另外那一把。年轻的演说家们就是这样进行着描绘。然而，愚蠢低能才是解答一切时代的钥匙。在任何时候，绝大多数人都是愚蠢低能的，甚至包括英雄们在内。除了在特定的杰出的时刻，他们通常也是愚蠢低能的；他们都是地球引力、习俗和恐惧的牺牲品。芸芸众生并不具备独立自主或自立独创的习惯——正是这一点才使得强者显得有力量。

我们必须把成功看作一种天然生就的体质特征。古时候的医生们曾经教导说（尽管他们的生理学略微有些类似神话，他们的意思却也不无道理）——勇气，或者说是生命力的强度，与动脉中血液循环的程度正相吻合。"每当激动、恼火、愤怒、角力、摔跤和搏斗的时候，体力的维持需要大量的血液，动脉里就集中了大量的血液，而静脉里只有少量的血液流入。刚毅勇猛的人历来就是这种情况。"只要动脉里流淌着充足的血液，勇气与冒险精神就会成为可能。一旦血液毫无节制地流入静脉，精神就会颓丧和软弱。若想创一番伟业，就需要一副特别强健的体魄。假如艾利克在离开格陵兰岛时是三十岁的年纪，身强体壮，睡眠充足，一切都处在鼎盛时期，那么，他就会朝西航行，他的船就会到达纽芬兰。不过，还是让我们把艾利克去掉，换上一个更健壮更大胆的人吧——比厄恩或索尔芬——那么航船就会同样轻而易举地再航行六百、一千或一千五百海里，抵达拉布拉多和新英格兰。在成就中没有机遇可言。对于成年人，如同对于儿童一样，先是一批人兴高采烈地加入游戏，随着令人眼花缭乱的旋转木马急速旋转，其余的人则冷冰冰地玩着扑克牌游戏，坐在一边旁观，或者仅仅是由于那些能够身负重荷的人们的兴致和活力才被拽入游戏。健康是第一位的财富。疾病却令人胆怯懦弱，因而百无一用：他必须节约自己的生命资源以苟延残喘。但是，强健的身体和充沛的精力却可以达到自己的目的，而且必然会有多余的生气溢出泛滥，淹没了邻居，注满了其他人贫乏的溪流。

一切力量都属于同一种类，都是天地万物本性的一个部分。与自然法则并行不悖的心灵就能顺应天下大势，就能凭借它们的力量而变得强壮有力。人的本质同事件的本质并无二致。他可以与事物的进程共鸣共振，对其做出预言。无论何事降临，都首先降临于他，因此他与即将发生的事件势均力敌。一位熟知人类的人必定善于谈论政治、贸易、法律、战争、宗教。因为，不论在哪里，人们的生活态度都是相同的。

强劲的脉搏所产生的裨益是任何劳动、艺术或者同心协力都无法取代的。它犹如气候，可以轻而易举地使一茬庄稼成熟；这是任何地方任何玻璃暖房、灌溉、耕作或肥料都不能匹敌的。它好像是在纽约或者君士坦丁堡这种城市里所获得的机遇，有了它就无须弄手腕去强取资本，也不需要强行发挥才能或强行苦干去达到目的。它们自会源源而来，仿佛洪水流向它一般。因此，一种广袤的、健康的、宽大的理解力似乎就躺在无形的江河、无形的海洋的岸边，江水、海水为汹涌的咆哮所遮盖，日日夜夜地朝着这岸边奔流。别人处心积虑想要获得的东西倾盆般泼入它的怀抱。它通晓每一个人的隐秘，预知每一个人的发现。如果说它还没有掌握天才和学者们的每一个事实，那是因为它庞大而行动缓慢；而且它认为你们所做的努力还不具有价值。

这种积极的力量某些人有，某些人却没有，就好像一匹马本身具有元气，而另一匹马的元气则依赖于鞭子的抽打。"在年轻人的脖子上，"哈菲兹说，"并没有一颗如同进取精神一般高雅的宝石在闪烁光彩。"如果你把沸腾的头脑——装满了蒸汽汽锤、滑轮、曲柄和齿轮的头脑——输入任何一个停滞不前的地区，譬如说输入纽约或者宾夕法尼亚这样一些古老的荷兰殖民地区，或者输入弗吉尼亚这样一个由任劳任怨的扬基佬种植园主组成的殖民地区，那么一切就会开始闪耀出价值的光辉。詹姆斯·瓦特或布吕内尔的到来为英格兰的水和土增加了多少价值呵！在每一个公司里，都不仅有着主动的和被动的性别，而且在男人们和女人们中间，还有着一种更为深刻和更为重要的心灵的性别。那就是：具有发明或创造能力的男人和女人，以及不具备发明创造能力或只知道听天由命的男人和女人。每一位较为出众的男人都同时是他那一帮人的代表。如果说他个人偶然占了上风，享有优势——那并不意味着他具有更多的或是更少的才能，只不过是意味着他具有一个士兵的或是一位教师的眼神，或是性情暴躁的或是令人驯服的眼神（这种眼神某些人有，某些人没有，好比某个人有黑色胡髭，而另一个人却是金色的胡髭）——那么，他所有的助手和寄食者就会非常容易地、毫无嫉妒地、心甘情愿地承认他有权吞并他们。商人使唤会计和出纳；律师的权威为职员们所追随；地质学家报告他的下属们的勘测结果；威尔克斯指挥官将所有那些参加了远征的博物学家们所获得的成果据为己有；托瓦森的雕像由石匠们完工；大仲马也有雇用的短工；莎士比亚是剧院老板，他利用许许多多年轻人的劳动，还有许许多多的剧本。

富有力量的人永远会有生存空间，而且他为许多人创造空间。社会是一支由思想家组成的部队，他们中间最睿智的头脑占据着最佳地位。软弱者可以看见那些已然围上篱笆和耕种完毕的农场，以及那些已然建立起来的房屋。强者却看得见那些潜在的房屋和农场。他的眼睛创造着农庄，如同太阳生成云彩一样迅捷。

当一个新的小男孩进入学校，当一个人在旅行中每天都碰上陌生人，或者，当一位新的加入者被引入任何一个古老的俱乐部时，那么，那种情况就必定会发生和降临：犹如当一头陌生的公牛被赶入了一个圈有牛群的牛栏或牧场，随即就会立刻在新来者和最棒的牛角之间发生一场角斗，并从此决出谁是首领。因而此时此刻，在相互陌生的两个人之间，也会有力量的角逐，那是非常客气但又是具有决定性的角逐。从此以后，两个人再次见面时，他们之间便会有一种默契。每一个人都可以在另一个人的眼睛里读出自己的命运。较弱的一方会发现，他所具有的知识和智慧都派不上太大的用场。他原以为他了解此或彼，而现在他却发现他忽略了此种情形的结局。他所知道的一切都无法命中靶子，而对手的箭却全是质量上乘，击发准确。不过，即便他通晓百科全书中的一切事实，那也不会有助于他；因为这种场合需要的是沉着、从容和镇定。对手背对着阳光，顺着风向，每一次发射都可以选择兵器和箭靶；在他本人与其他一些对手较量时，他的箭都飞行平稳，击中靶心。这是一个事关肠胃与体质的问题。第二位射手同第一位一样棒，兴许还要更棒；但他却没有第一位射手的那份结实或那副肠胃，因此他的智慧便显得过于纤巧或不够纤巧了。

健康是个好东西——它是力量、生命，它抵御疾病、毒害和一切敌人；它具有保护能力，也富有创造力。问题在于：每一年春天，无论你是用蜡来嫁接，还是用黏土来移植；无论你是洒石灰水，还是施钾肥，抑或是修修剪剪；关键的一点是树的生命力必须旺盛。一棵适应了土壤的好树能够在白天和黑夜，在各种各样的气候中和各种各样的条件下生长。它不畏灾祸和虫害，也无所谓修剪或无人照管。活力与领导才能必须先天具有，我们不可能在后天挑三拣四；如果原先就不干净，我们就不得不从脏水中拿起抽水泵。如果我们要做面包，我们就必须有发酵菌、酵母、酵素等诸如此类的东西，从而使得面团发酵；就好比一位迟钝的艺术家不惜一切代价追求灵感；或是借助于美德，或是借助于罪恶；或是乞求朋友，或是乞求恶魔；或是通过祷告，或是通过饮酒。而我们都有某种特定的本能,它拥有大量的生命力。尽管它是粗鄙的、邪恶的,它却有着自己的阻抑和净化机制,人们最终会发现它同道德的法则是和谐一致的。

我们常常带着一种怜悯式的好奇注视着孩子们身上所具有的那种不同程度的复原能力。当他们受到我们或者他们自己相互的伤害时,当他们成为年级里最差的学生,或是失去了年度奖,或是在游戏中惨遭失败时——假如他们灰心丧气,在家中自己的卧室里还牢记着他们的不幸,那么他们就会遭到一次严重的挫折;但是,如果他们活泼开朗,具有抵抗挫折的能力,在新的一刻又全神贯注于新的兴趣,那么,伤口就会愈合,纤维组织就会在遇到伤害时变得更加强韧。

在人们看到所有的困难都在健康的面前消失得无影无踪时,人们便终于开始看重这种有益于人的健康了。在国会里,在报纸上,听着危言耸听者的喊叫,看着各党各派的恣意妄行、放荡堕落——帮派利益猖獗到了如此地步:他们怒气冲冲,愤天恨地,无视一切后果;他们一手拿着选票,一手提着步枪,下定决心不顾死活地要走极端——当一个胆小怯弱的人听到和看到这一切时,他会轻易就相信他和国家的最好时光已经一去不复返了。他竭尽全力使自己变得坚强起来,以面对即将来临的毁灭。然而,在他多次以相同的信念预言这一切之后,在政府的百分之六并没有做出丝毫让步之后,他却发现在这件事情上发挥作用的巨大力量已经使得我们的政治显得无足轻重。个人的力量、自由和自然资源使得每一位公民的每一种能力都发挥到极限。我们如此精神饱满，意气风发，我们就像那些生命力旺盛的树木，无论冰雪、虱子、老鼠或蛀虫，都无法阻碍我们的生长；因此，我们也不会受到那群寄生在我们国家财富之上催肥了自己的害虫的伤害。巨大的动物养肥了巨大的寄生虫，而疾病所导致的憎恨却证实了体质的力量。古希腊平民所表现出的相同的力量就曾得到如此评论：民治政府的弊病往往显得要比实际大得多，但是，它所唤起的精神和能量可以弥补这些弊病。一个由水手、山民、农夫和技工组成的民族，他们所拥有的那种粗犷、敏捷的风格自有它的优势。力量可以教育有权有势之人。只要我们的人民还在引用英国的标准，他们就会自我贬低。西部有一位享有盛誉的律师曾对我说过，他真希望在这个国家把英国的法律书带进法庭就会被判刑，因为他在自己的经验中发现，遵从英国先例是那样的贻害匪浅。就以"贸易"这个词本身而言，它就只对英国有意义，限定于英国经验狭窄的迫切需要之中。河流贸易，铁路贸易，还有那些鬼才敢担保不会出现的气球贸易，肯定都会给早已漏洞百出的英国海军部添上一个美国分支；只要我们的人民还在引用英国标准，他们就会失去权力的自主。相反，就让这些粗犷的骑手——那些衣着随便、不拘小节的立法者——那些印第安纳人、伊利诺伊人、密歇根人、威斯康星人——或者随便什么由讲求实际的阿肯色人、俄勒冈人或犹他人派到华盛顿去代表他们的愤怒与贪欲的，半是演说家半是刺客的人——就让这些人随心所欲地驰骋吧，那么，对于领土和公有土地的处置安排，对于号叫着的大多数德国人、爱尔兰人和成千上万的土生土长的人进行平衡和遏制的必要性，就会最终赐予我们这些野牛猎手以敏捷、灵巧、理智、权威和庄严的风貌。人民的本能就是合理的。至于那些受到国家的尊敬而被推举执政的善良的辉格党人，人们对他们在与墨西哥、西班牙、英国或与我们自己那些不满者打交道的技巧方面所寄予的期望并不高，常常比不上人们对于某些犯上作乱的强者所寄予的期望——譬如杰斐逊或杰克逊，他们先是征服了自己的政府，然后又用同样的天赋去征服外国人。那些和波尔克先生的墨西哥战争政策持不同政见的参议员们并非是些更有见识的人们，而是些从政治立场而言可以如此作为的人们。他们并非是韦伯斯特，而是本顿和卡尔霍恩。

不错，这种力量并非裹在绸缎里。这是一种私刑的力量、士兵的力量和海盗的力量。它欺侮那些生性平和忠诚不贰的人们。但是，它也有自己的解毒剂，而这就是我的观点——通常，各种各样的力量：善的力量和恶的力量，心灵的力量和身体的健康，献身的狂喜和淫荡的愤懑，它们都同时出现。同类的元素总是同时存在的，只是有时候这些显而易见，而有时候又是那些显而易见。昨天置身于前台，今天则退隐在幕后；过去曾是表面，现在则是作为同样行之有效的基础。干旱越是持久，大气中就越蕴含水分。球移向太阳的速度越快，飞离时的力量就越大。在道德方面，疯狂的自由滋生铁一般的良心。特别冲动的天性必然拥有过人的勇气，会从远处回归。在政治上，民主党人的儿子将会成为辉格党；而父亲身上的红色共和主义是造化的一阵抽搐，它将会为下一个时代产生一位令人无法容忍的暴君。从另一个角度来说，胆小、狭隘的保守主义必定会令孩子们唾弃，驱使他们到激进主义中去呼吸一口新鲜空气。

那些最富有这种粗俗的能量的人们，即那些在县或州的政党秘密会议上和酒馆里遭到两面夹攻的"喜爱斗殴的家伙们"——他们自有他们的恶习，但他们也有如力量和勇气这些好的秉性。尽管他们凶狠、无耻，他们却往往坦诚、直率、不事虚伪。我们的政治落到了坏人的手中，但是大家似乎都一致认为：牧师和高尚的人并非是送往国会的恰当人选。政治是一种有害的职业，有如某些有毒的手工艺品。当权之人没有信念，然而无论是为了哪一种信念、哪一种目的，都可以找到廉价的当权之人——而且假如这不过是一个选择最最彬彬有礼的人或是选择最最强有力的人的问题，那么我倾向于后者。这些印第安纳人和伊利诺伊人的确要比哭哭啼啼的反对派强得多。起码他们的愤怒是大胆果敢的，有男子汉的气魄。透过人民一致的宣言，他们却看到了人民可以容忍多少罪恶。他们一步又一步地前进。他们对高贵的阁下们、新英格兰的总督们、尊敬的法官们和新英格兰的立法者们所做的预料果然是准确的。人所共知，总督们的训示和州议会的决议不过是表达了一种貌似公允的愤慨，随着事件的发展，这种愤慨肯定会露馅。

在贸易方面，这种能力同样常常带有一丝凶狠。慈善机构和宗教机构一般并不从圣人中选用他们的行政官员。迄今为止，由社会主义者建立起来的社团——耶稣会、十七世纪法国高僧教派非神职人员团体，以及在新哈莫里、布鲁克农场和佐阿的美国社区，只有在把犹大们作为管事后才能成为可能。其余的职位则可以安插善良的议员。虔诚的和仁厚的地主常常会有一位并不那么虔诚和仁厚的工头。最最和蔼可亲的乡间绅士却特别喜爱那只守护着他的果园的恶犬的牙齿。至于震颤教会老是把恶魔送到市场上去，这在从前的乡村里几乎已是家喻户晓。为了表现上帝的力量，绘画、诗歌和通俗宗教总是从地狱里汲取神谴天罚的例证。这些感觉成了一种神秘莫测的社会信条：些许的邪恶有益于锻炼体力，仿佛良心无益于手脚，仿佛可怜的、衰微的、拘泥于法律和秩序的君子们不可能像野山羊、野狼和野兔一样奔跑。正像医药里需要用毒，世界少了恶棍就无法运行；何况在歹徒中间也能发现公心和巧手。极端自私的和政治的行为却与公心和融洽的邻里关系正相巧合，这种事例并不罕见。

我认识一位博尼费斯，他身材魁梧，多年来在我们那儿一座乡下的重要城市里经营一家客栈兼酒吧。他是一个无赖，镇子上的人几乎都不能饶恕他。他善于交际，是一头浑身充满情欲的动物，贪得无厌，自私自利。没有什么罪恶他不曾或不能犯下。然而，他与市政行政官员们相交甚笃。当他们在他的酒吧里就餐时，他用最好的排骨招待他们；而且他对法官阁下非常热情,紧紧地握着他的手。他把所有的魔鬼——男的和女的——都引荐到城市里来;他集暴徒、纵火犯、骗子、酒店主和夜盗的身份于一身。夜里,他剥下那些戒酒人家的树皮,割掉他们马儿的尾巴。他率领那帮"酒徒"和激进分子参加市政会议,还发表演讲。与此同时,在他的客栈兼酒吧里,他却礼貌周全,为人随和;他肥乎乎、胖墩墩,丝毫不差的是一位最最热心公益事业的公民。他积极支持修路,栽树遮阴;他捐助喷泉、煤气和电报;他引进了新式的马拉耧耙、新式的刮削器、婴儿连衫裤,以及诸如此类的由康涅狄格州送给令人崇敬的公民们的东西。他做这件事更是易如反掌:小商小贩们住进他的客栈;他替他们保管东西,作为报答,他们在店主的院子里替他设下新的陷阱。

虽然创新和完成工作的能力是这样极度地扭曲了它自身,因而好像我们的斧头砍下了我们自己的手指;但是这种弊病并非无可救药。人所求助于的一切自然力量,有时全都会成为他的主人,尤其是那些最具有神秘的力量和不可思议的力量的自然力。那么,他是要抛弃蒸汽、火和电吗?抑或是要学会同它们打交道吗?概括所有这一类行为的法则是:所有的附加物都是善的,只是要把它们放在恰当的位置上。

像这样动脉里流动着过量血液的人们不可能以坚果、汤药和哀歌为生。他们不会以读小说和玩惠斯特牌来取乐。他们无法在星期四的演讲会上或者波士顿的图书馆里满足他们所有的欲望。他们渴望冒险,必定要前往派克峰。他们宁愿死在波尼族印第安人的斧下,也不愿意每天从早到晚地待在一张会计室的桌子旁。他们生来就是为了战争,为了海洋,为了采矿,为了狩猎,为了开拓;他们生来就是为了九死一生的奇遇,为了巨大的风险,为了坎坷一生所带来的幸福。某些人不能容忍海上哪怕是一个小时的宁静。我就记得一位可怜的马来厨师,他在一艘利物浦的邮轮上工作。每当一阵暴风骤起,他就按捺不住他的喜悦。"吹吧!"他喊叫着,"我要告诉你,吹吧!"他们的朋友和统治者一定得留意给他们一些机会,供他们宣泄那火暴的天性。在家里注定要声名狼藉的喧闹者一旦被送到墨西哥,他就会"为你覆满荣耀",作为英雄和将军荣归故里。美国有那么多的俄勒冈、加利福尼亚和探险远征,足以让我们发现他们在自找苦吃,自找罪受。年轻的英国人是优秀的动物,他们血气方刚。当没有战争可以发泄他们躁动不安的勇猛气概时,他们就去寻找那些犹如战争一样危险的旅行。他们潜入挪威西海岸的大漩涡;他们游过达达尼尔海峡;他们登上冰雪覆盖的喜马拉雅山;他们在南非追猎狮子、犀牛、大象;他们在西班牙和阿尔及尔同博罗一起流浪;他们在南非与瓦特顿一道骣骑鳄鱼;他们伙同赖尔德一起利用贝都因人、阿拉伯酋长和巴扎老爷;他们在兰开斯特海峡的冰山间泛舟乘艇;他们在赤道线上窥探火山口;或者,他们在婆罗洲马来人的冰碛皱褶间奔跑。

在大众的历史中,如同在个人的生活中和工业的发展中一样,过剩的精力也有着相同的重要性。强悍的民族或者强悍的个人最终都需要依靠自然的力量。这些力量在野蛮人的身上达到了最佳状态。野蛮人就像他周围的野兽一样，仍然从自然的乳头山吸吮乳汁。设若割断了我们所做的任何事情与这种原始源泉的联系，那么我们所做的事情就会显得浅薄。人民依赖着这种源泉，因而民众也就不像我们有时在辩论中说的那样糟糕透顶，因为他们有着这样一个好的方面。一位法国代表曾在讲坛上说过："你若不同人民一道前进，你就会迈进黑夜。他们的本能是天意的指针，永远指向真正的利益。然而，如果你只是拥护某个奥尔良的党派，或某个波旁皇室的成员，或某个蒙塔朗贝尔的党派，或者是任何一个并非和人民息息相关的政党，那么，即便你的用心是善良的，你也只是具有了一种人格，而非一种原则。这种情况必定会把你拽入一条死胡同。"

关于这种力量，我们可以从探险家、士兵和海盗所过的那种野蛮的生活中得到最好的掌故。但是，又有谁关心杀手们的冲突、熊之间的搏斗或者流冰之间的摩擦碰撞呢？天然的力量没有价值，什么都没有。雪堆中的雪，火山和琉质喷气孔中的火，它们都并不值钱。冰的珍贵在于热带国家和仲夏时日。火的珍贵在于我们的壁炉里恰好需要那么一点点。至于电，并非是荷电乌云的阵阵闪耀，而是电池导线里温顺的溪流。精神或力量的乐趣亦复如此。谦谦君子身上所残留的力量比太平洋上所有的食人生番都更有价值。

在历史上，伟大的时刻常常是野蛮人正好停止成为野蛮人的那一时刻。浑身毛发的他把所有皮拉斯基人的气力都用在开化他的美感上——你们知道的有培里克里斯和菲狄亚斯——而此时,野蛮人尚未完全进入科林斯文明。自然中和世界上一切美好的东西都存在于转折的那一刻。那时候,黝黑的液体还在大量地从自然中流出;不过,它的苦涩和辛辣已为伦理和人道所去除。

和平的胜利算得上是战争的近邻。当双手依然熟悉剑把时,当行军露营的癖好在绅士的气色和举止中仍然可见时,他的智力就已经达到顶点;这些严峻局面的压力和张力锻炼出最美妙最柔和的艺术,而在和平安宁的时代,这一切是极其难得的,除非是通过某些类似的活力,而这种活力必定要从那些有如战争一样艰苦的职业中汲取。

我们说,成功乃先天固有。它依赖于心灵和肉体的健康条件,依赖于工作能力,依赖于勇气;它在延续世界这个方面起着主要的作用。尽管对于一件商品而言,它极少处于正常的状态,而是常常显得过多过滥,因而使它具有危险性和毁灭性;然而人们却少不了它,而且必须以这种形式来拥有它,并且提供吸收剂来除去其边缘。

正面的阶级垄断着人类的忠诚。他们创造和完成所有伟大的业绩。在拿破仑的大脑中所盘绕的是一种什么样的力量呵!在艾劳,他的6万军队中似乎有3万左右是小偷和夜盗。在和平的社会里,对这些人我们是尽可能地用铁镣锁住他们的双腿,关在监狱里,由荷枪实弹的哨兵看押。但这个人却是那样亲近地对待他们,死拉硬拖地让他们去忠于职守,并依靠他们的刺刀赢得了他自己的胜利。

这种原始的力量若是在至高至雅的情况下出现，譬如说出现在纯艺术的专家们手中，那么就会给人以一种惊奇。当米开朗琪罗被迫为西斯廷教堂作壁画时，他对壁画这门艺术所知为零。他走进了梵蒂冈背后教皇的花园里，用一把铁铲挖出了红色的和黄色的赭石，亲自用胶和水将它们加以调和。经过了许多次试验后，他感到终于已经合乎他的心意。他爬上梯子，周复一周、月复一月地画好了那些女巫和预言家。他在粗犷的活力上，如同他在智慧的纯洁性和优雅的程度上一样，超过了他的继承者。他有一幅画最终未能完成，但他却没有被压垮。米开朗琪罗惯常先画出人物的轮廓，随后为他们裹上肉体，最后再为他们披上衣服。"啊！"一位勇敢的画家一边思考着这些事情一边对我说，"如果一个人失败了，你会觉得他是做了一场梦，而不是从事了一项工作。在我们的艺术中，你必须脱掉你的外衣，研磨好颜料，像一位铁路工人那样每天从早到晚地劳作。舍此之外，别无到达成功的途径可言。"

成功就是这样毫无例外地与某种正面的或积极的力量同行：一盎司的力量必定能够平衡一盎司的重量。尽管一个人无法再回到母亲的子宫，带着新的活力获得再生，但是有两种经济实用的方法是此种情况可以容许的最好的代用品。第一，断然中止我们繁杂多样的活动，集中精力于某一个或某几个关键，就像一个园丁，通过严格的修剪，迫使树木的元气集中到某一个或两个粗粗壮壮的树枝，而不是听任它细细地流入一束束的枝丫。

神谕道:"莫要强求汝等之命运,莫要强做非汝等该为之事。"在生活中,集中精力是一种明智;散耗精力是一种邪恶:无论我们的精力是分散在庸俗的还是崇高的目标上,是分散在财产及其牵累上,抑或是朋友,是一种社会习惯,是政治、音乐或节日庆典上,那都没有任何区别。凡事只要能够再剔除掉一件玩物和一个幻想;凡事只要能够把我们撵回家中,再激励我们诚心诚意地干一下工作,那就都是好事情。朋友、书籍、图画、较为低级的职责、才干、谄媚、希望——所有这一切都令我们精神涣散,让我们搭乘的热气球振荡,引人目眩,使得我们无法保持平衡,无法采取一条笔直的航向。你们必须选择你们的工作;你们只能获得你们的头脑所能获得的东西,并且放弃其余的一切。唯其如此,那种生气勃勃的力量才能积少成多,从而才能采取步骤,由知而行。不论一个人具有多么强的察觉懒散的能力,他也会很少采取由知而行的步骤。然而这一步是跨出愚蠢低能的粉笔圈并进入累累硕果的一步。许多艺术家就是因为缺乏这一步而缺乏一切:他们绝望地望着雄赳赳气昂昂的米开朗琪罗或切利尼。在他们的思想里,他们也能够与自然和第一动因并驾齐驱。可是他们却没有那种鼓起劲来将他们全部生命迅速投入一次行动的爆发力。诗人甘贝尔说过:"一个习惯于工作的人能够胜任他所决心要取得的任何成就。对于他来说,鼓舞他的诗才的力量不是灵感,而是需要。"

力量的集中是政治、战争、贸易——总而言之，是一切人类事务管理的秘密所在。这个世界上最精彩的一段逸事，就是牛顿对这个问题所做的回答："他是怎样才能够做出他那些发明的呢？"——"是因为我的心总是盘算着要去发现。"或者，如果你是想要一句政治学方面的引语，那么就请记住普鲁塔克的这句话："在整座城市里，人们只能在一条街上看见培里克里斯，那就是那条通向市场和市政厅的大街。他婉言谢绝了一切参加宴会、欢聚和集会的邀请。在他执政的整个时期里，他从未在任何一个朋友的桌面上用过餐。"或者，我们想要从商业方面寻求一个例证：一位善人曾对罗斯柴尔德说过："我希望您的孩子们不要过于喜爱金钱和经商；我肯定您不会愿意那样。""我肯定我会愿意那样。我希望他们把全部的思想、灵魂、心灵和肉体都用于经商，因为那是达到幸福的途径。要想发一笔大财，就需要拥有相当的勇气和相当的谨慎，而当你得到了这笔财富，那就需要 10 倍的智慧去守护住它。如果我去倾听所有那些对我提出的建议，我就会很快毁了我自己。年轻人，干一件事就要坚持下去。把你的酿酒事业坚持下去（他曾对年轻的巴克斯顿说过这句话），你就会成为伦敦伟大的酿酒商。不管是酿酒商，是银行家，是商人，还是制造商，你都会很快出现在报纸上。"

有许多人，他们有见识，有悟性，有韧性，但是他们没有迅速做出决定。然而在我们源源流动的事务中，我们必须做出一项决定——如果可能的话，就做出最好的决定；但任何决定都要聊胜于无。要去某一个地点,可以有20条道路,其中一条是最佳捷径;不过还是立刻动身踏上其中的一条吧。一个人若是能够镇定自若,能够一瞬间调动起他所知道的一切,那么他在准备行动时就顶得上一打虽然也有如许见识却又只是慢慢地才能达到清醒意识的人。议院里好的演说家并不一定需要在理论上通晓议会的策略,而是需要能够即席做出决定。好的法官无须吹毛求疵地公平对待每一种辩护,他的目标是实质上的公正,他需要做出某些明确无误的裁决,以指导原告。好的律师不必对可能发生的事情面面俱到,不必具备所有的资格,他只需要全心全意地投身于你的一方,他就能把你从困境中解救出来。约翰生博士在他的一句流畅的名言里说过:"所有悲惨的名声在其不幸的程度上都不及这样一对倒霉的男女:他们注定要预先把家庭生活的一切细节都归纳成为抽象的理论原则。有些事情,话须少说,事须多做。"

气质的第二种替代是反复的练习,即运用和恒常的能力。与阿拉伯的巴巴利马(barb)相比,驽马更善于长途旅行。在化学上,动电电流缓慢但有持续性,它的力量与电火花相等,是我们技术中一种更为理想的动能。人类的行为也是如此。我们以反复练习的连续性来弥补爆发性力量的不足。我们并不是把力量浓缩在某一个时刻,而是把等量的力量铺展在相当长的时间上。此处一只球的含金量和那儿一片树叶的含金量是一致的。在西点军校,总工程师比福德上校用一把铁锤猛烈地敲打一门加农炮的炮耳,直到把它们敲烂。他又连续上百次地速射一门大炮，直至它的炮膛炸裂。那么现在，是哪一次敲击破坏了炮耳呢？是每一次敲击。是哪一次爆炸炸裂了炮膛呢？是每一次爆炸。亨利八世常说："Diligence passe sens。"（勤奋意义非凡。）或者说：伟哉，反复的练习。约翰·肯布尔说过：在完完整整地演出一出戏时，最蹩脚的一班乡下专业演员也会比最优秀的一班业余演员强。巴兹尔·霍尔喜欢证明最糟糕的正规军也能打败最出色的志愿军。练习的意义非同小可。对于演说家而言，不断地对民众进行演说就是最好的练习。所有伟大的演说家起初都是糟糕的演说家。7年的横穿英伦的旅行演说，使得科布登成了一位无与伦比的辩论家。14年的横穿新英格兰的旅行演说，锻炼了温德尔·菲利普斯。学习德语的方法，是上百遍反复地阅读那几十页同样的内容，直到你熟知每一个单字和虚词，并能记住它们的发音和重复它们。没有哪位天才在初读一首歌谣时就能够像一个平庸之人在第15次或第20次阅读它时那样把它牢牢地背诵下来。为了热情款待客人，为了按照爱尔兰人的"奉菜"方式招待客人，惯常的做法就是在一年之内每天都吃同样的正餐。最后，奥肖内西夫人终于学会了如何精美地烹调食物，男主人也学会了如何切肉，而客人们都受到了良好的招待。我的一位幽默的朋友认为，大自然之所以在她的艺术中表现得如此完美，她之所以能够描绘出如此不可想象的美妙的日落，是因为她凭借着再三重复同一件事情的力量终于学会了描绘的方法。一个人在谈及某个他已有经验的话题时难道会比他谈论一个新的话题还要差劲吗？在交易所里，只有那些已经有过一次特殊经验的人的意见才会受到重视。一旦离开那个地方，他们的意见也就不再具有价值。德谟克利特说过："更多的人并不是凭借着天赋，而是通过练习，才变得有本领。"自然里的摩擦是如此的巨大，我们无法节余任何力量。问题不是如何表达我们的思想、选择我们的道路，而是如何在我们所做的任何事情中克服掉物质和媒介的阻力。因此就要反复地练习；因此业余爱好者在与行家里手抗衡时便显得一文不值。每天在钢琴旁花上6个小时，只是为了灵巧地弹奏；每天在绘画上花上6个小时，只是为了自由地掌握讨厌的物质：油画颜料、赭石和画笔。大师们说，他们可以仅仅通过观察双手在琴键上的姿势来确定一个人是否是钢琴大师，尽管掌握这种乐器是那样一种艰难而又重要的行为。机械师和职员的力量在于：通过上千次的操作，学会工具的使用方法；通过无休无止的加减，学会计算的技巧。

在英国，为了确认一种我在家中常有的体验，我曾发表过这种意见，即在文人的圈子里，出版商、编辑、大学教务长以及教授、主教这样一些受人信赖、令人景仰的人们，他们绝不是最有文学才能的人，而常常是些智力低下和普普通通的人，具有一种商人的活动力和工作的才干。无论是在古老的英格兰抑或是在新英格兰，通过把他们的力量推向一个有利可图的地方，或者是通过使用力量，不足为奇的驽马和平平常常的凡人就可以超越那许许多多高人一等的人。

我并没有忘记有一些超凡的原因限制了才干与表面成功

的价值。我们很容易过誉世俗的英雄。有一些源泉我们还没有去汲取。我知道我在回避什么。我把关于这个话题所不得不要说的话留到有关修养和崇拜的论章里。不过，这种力量或精神，它是自然创造日常万物所依赖的手段。只要我们还重视家常生活，还重视世界的奖赏，我们就必须尊重这种力量或精神。我以为，对于力量，可以应用一种经济法则。同液体和气体差不多，力量也从属于精确的规律和计算。它或是可以被节约地使用，或是可以浪费掉。每个人都只有在他成为这种力量的容器或者盛器时才是一个能者。而在历史上，除非合理运用力量，任何非常的举动或成就都不会成为可能。这种力量不是金子，却能制造金子。它不是名望，而是丰功伟绩。

如果这些力量和这种节约方式是我们的意志力所能及的；如果它们的规律可以为我们所解答，我们就可以推知，所有的成功，所有可以想象得到的人类的利益，也或迟或早都是人类力所能及的。而且，这一切都有它们自己供人类获取它们的最节省的方法。世界是精确的，在它所有浩茫无际、平滑如流的曲线里不存在偶然。成功并不比我们在工厂里编织的方格花布和平纹细布更稀奇古怪。我们在美国所有河流的两旁都建起了成行的工厂。对于我们忙忙碌碌终日谋划的新英格兰的大脑来说，我所知道的最令人感动的一课莫过于走进一家这样的工厂。人似乎只有在开始按照自己的形象创造电报机、织布机、印刷机和火车头之后，才知道他在多大程度上是一架机器。但是，在这些机器中，他必须清除他自己的愚蠢和障碍，因而当我们去到工厂时，机器比我们更有道德。就让一个人大胆地走到一架织布机前，瞧瞧他是否能够与它媲美。就让机器面对着机器，瞧瞧它们的结果究竟如何。世界工厂比印花布工厂更为复杂，它的建筑师也要少一些自贬。在一家纺织方格花布的工厂里，一根断头的棉纱或一块碎片会毁了一匹上百码的棉布。通过追根究源，可以找到纺织棉布的女工，降低她的工资。当股东得知这件事后，他高兴地搓着双手。利润先生，你难道是如此的巧妙，你难道还指望在你织出的那匹布中诓骗你的主人和雇主吗？日子是一块比任何平纹细布都要华丽的布，创造这块布的机械装置要更为巧妙。那是一种无穷无尽的巧妙，因此你无法掩盖你在这匹布上偷偷搁置进去的粗制滥造的、欺诈舞弊的和腐朽堕落的时光。同时，你也不必担心。任何诚实的棉纱，或者更为纯净的钢铁，或者更为不屈不挠的柱子，都会在这匹布上得到证实。

一

财富

谁能说出当初发生了什么,

在那遥远的太古时代,某个时光,

巨变降临到一片死寂的地球上,

它的上空悬挂着群星与太阳。

大自然遵循了哪一位神祇的旨意?

用什么样的风吹拂着地上的苔藓,

播撒开细小的力量种子,

将它们植根在岩石与石缝中间?

而那人类最初的拓荒者,

深知上苍分派给他的职责,

他默默无言地度过漫长的洪荒岁月,

为自己的心灵建造起一座坚实的家园。
多少个世纪从天空慢慢地爬行而过,
给大地营造起低矮广阔的灌木王国。
它们肯定是时光撒下的落叶,
为的是遮盖起花岗岩裸露的面目,
也为了往后的小麦能炫耀自己金色的收获。
是哪一位铁匠,在什么样的熔炉里翻腾
(那昏暗无声的岁月漫长得令人烦闷
人类眩晕的头脑又如何把它算清)
锻炼出黄铜与铁,还有铅和黄金。
哪一颗古老的星星能够显灵,
去保佑那些不幸民族的名声,
他们濒临绝境,渐渐用白骨把大地铺平。
尘土就是他们的金字塔与藏身地,
它们坐视小草和大树的厄运,
看他们被埋入轰鸣的大山的胸襟,
渐渐变成了安全保存的煤层。
可是当人们运来了采矿工具,
他们却造成了无用的浪费,
直到来了一位聪明精细的长辈,
人们才从一片泥土和混乱之中,
靠智慧清理出他们渴望的宝贝。
随后便建造起众多的庙宇、城镇与市场,

以及劳动的作坊，艺术的殿堂；

人们随后又扬起风帆跨越海洋，

以便用热带的果实去喂养贫瘠的北方。

风暴骤起，波涛翻卷，

人们在河流的岸边扎下营盘；

新近买来的奴隶满足了诗人的梦幻，

交流电线，又加上蒸汽机的法力无边。

此后人们盖起了轮船码头和巨大的粮仓，

仓库里的金锭银锭堆积如山。

然而，虽然轻浮的人们容易健忘，

我们还是要牢记物质应得的赔偿：

在它那无尽的微粒与丰富的资源里，

汇聚了巨大的能量与自然的法律，

它约束着世上万物狂野的潜力，

使之服从于一个孩子的良知。

一旦有个陌生人被介绍进入某个团体，大家急于得到答复的第一个问题便是：此人依赖什么谋生？对此众人还要求得到理由充分的解释。一个人，在他学会清白地谋生之前，算不上是个完整的人。一个社会，在它未能让每一个勤劳成员都获得正当无欺的生活手段之前，仍然处于野蛮阶段。

每个人都是消费者，而且应当成为生产者。一个人若想得到良好的社会地位，他就必须不仅仅偿还自己的债务，而且应该为公众财富的积累做出某些贡献。如果他无法对世界提出比简单维持生命更多的要求，他也就不可能发挥自己的才智，使之得到应有的评价。他天生就是一个能挥霍的人，他需要发财致富。

财富植根于人类心灵针对大自然的应用之中，简单如笨拙地挥舞铁锹与斧子，复杂如潜心探索艺术的最终秘密。在思想和所有生产活动之间有着维持双方联系的紧密纽带。这是因为，制订完善的计划可以节省大量笨重的体力劳动。所有的力量和阻碍都来自大自然，但是人的智慧却致力于调节盈亏，平衡供需，进行优化合并，指导有效工艺的实践，并创造更多的价值——这在美术、演讲、歌咏或记忆的再生产方面都是如此。财富存在于心灵对自然的应用过程之中；而致富之道不在于辛勤劳动，更不在于节俭储蓄——它在于头脑清醒，计划周密，在于行动及时，地点合适。此人的优点是胳膊强健或双腿硕长。可是另一个人却更为高明：他能从河流走向与市场发展趋势中看出潜在的土地需求，因此及早在河畔平整土地，坐等抛售。于是他一觉醒来已经变成富翁。蒸汽机的威力与一百年前相比并无增长，可是它得到了更好的应用。当初有个聪明的家伙熟知蒸汽机的广泛用途，他也看到密歇根州的小麦和牧草在白白地腐烂。于是他机敏地把蒸汽应用于磨面机械。这样一来，"噗噗"吼叫的机器声四面响起。它依然像以往那样轰鸣着，扩展着。可是这一回它使得密歇根州开始向饥饿的纽约和英国提供面粉。厚厚的煤层自洪荒以来一直被埋在地底下，直到有人用镐头和绞车把它从地下挖出来。我们可以称它为黑钻石。每一筐煤炭都蕴藏着能量和文明。因为它是一种可以转移的气候，能够把赤道的热量送往拉布拉多和极地。同时它又是把自己运往任何急需之地的燃料。瓦特和斯泰芬森悄悄地向人类说出了他们获悉的秘密：每半盎司煤炭即可把两吨货物牵引一英里。以煤运煤，火车和轮船很快就使加拿大变得像加尔各答一样温暖宜人，随之而来的便是当地的工业实力。

当农夫把他的桃子从果树下面运进小镇时，这些水果面目一新，其价值也比留在树枝上、摔落在地上的那些要贵上一百倍。商人的本领就是把货物从盛产之地运送到它稀缺的地方。

财富是在这样的情况下开始积累的：当人们拥有结实的屋顶，它能够抵挡风雨的侵袭；当你有了一台优良的水泵，它能汲出大量清甜的水源；当你置备两套外衣，可以在汗湿之后及时更换；当你有干柴可烧，有双芯油灯照明，有一日三餐充饥，有一匹马或一列火车载你穿过大地，有一条船去航海，有干活的工具，有可读的图书，并且，靠着这些工具和附属物品，你能在各个方面尽可能广泛地增强我们的威力，这就好比你自己增添了手脚、眼睛、血液、时间，以及知识和善意。

财富是在这些必需品之上建立起来的。这里我们必须重申大自然为北方寒冷地带所规定的严酷法则。首先，她要求这里每一个人必须养活自己。假如他的父辈碰巧没有给他留下任何遗产，那么此人必须动手工作，省吃俭用，辛苦积累，才有可能免除他自己濒于痛苦和受辱的境地——这种境地是大自然强加给乞丐的处罚。大自然在他能够养活自己之前，是绝不会让他休息的。她用饥饿逼迫他，嘲弄他，折磨他，并且夺走他的温暖、欢笑、睡眠、朋友和享受日光的权利，直到他通过拼搏，终于获得自己的面包。此后，大自然以稍微温和一些，却又足够强硬的态度催促他获得自己应有的必需品。每一座仓库和商店的橱窗，每一株果树，每时每刻兴起的念头，都向这个人展示出一种新的需求，而这需求又涉及他能否使自己得到满足的能力与自尊。试图通过争辩来使人放弃欲望是毫无用处的。哲学家们已经证实了人类清心寡欲的重大好处；然而，一个人难道会满足于他仅有的茅舍和一点点枯燥的平静吗？他生来就想发财。他处处与金钱相关。而且由于受到他自己口味与好奇心的挑逗，他总想着要征服大自然的这个或那个部分，直到他在对地球或其他星球的利用中发财致富。在获得温饱之外，财富还要求拥有大城市所能提供的自由，地球上的自由，以及旅行、机器、科学的便利，音乐和美术，最好的文化，最好的伙伴。那种能够利用人类一切福利设施的人才是真正富有的人。而只有那种知道如何从最大多数人身上、从遥远的国度，并且从古代文化中获得利益的人，才能算得上是最富有的人。在人的干渴与潺潺泉水之间，存在着人与自然之间全部的关系。地球上的各种物质向人提供着服务。冲击着赤道与极地的大海也有它可怕的用处——那些强大帝国追寻海洋的统治权，费尽心机，厚颜无耻。"当心我，"大海说，"如果你能掌握我，我就会成为通向一切大陆的钥匙。"烈火以它的方式提供了相同的威力。火焰、蒸汽、闪电、地心引力、岩层、铁矿、铅、水银、锡、黄金都离不开火。还有各种树木的森林，不同气候下生长的水果，各种各样的动物，以及人类耕种的牲畜，化学工厂的纤维，织布机上的梭网，火车的巨大牵引力，机械厂的神奇发明——所有伟大与精致的东西，包括矿产、煤气、电波、热情、战争、贸易、政府等，都是人的自然伴侣；并且，它们依照每一个人身体和智力的组合程度，形成了他追求应用工具的兴趣。整个世界都是他的工具箱。他是成功的，或者说他的教育仅仅达到这一步，就像他同大自然的联姻恰到好处，或者他吸收知识的程度刚好够他应付世界。

强大的民族之所以强大，就体现在这些方面。撒克逊民族是世界的商人。经商千年之后，它现在已成为领先的民族，仅仅凭借他们的个人独立气质，而其中具体的一条便是财政独立性。他们不依赖政府的面包和猎物，没有家族制度的庇护，没有那种靠首领岁收维持的长老制生活方式，也没有联姻裙带关系——任何一种封建的臣民关系都不能与之相适应，倒是它要求自己的每一个人都必须承担义务。他们习惯地认为，人人都应该照顾自己，并且依靠自己的努力——舍此便无法维持和改善其社会地位——由此，英国人享受了繁荣与和平。

经济问题又同道德密切相关，因为它关系到人的独立性能否得到保障这一决定性道德问题。贫穷使人道德沦丧。一个负债者的地位与奴隶相去不远；华尔街认为，一位百万富翁很容易恪守诺言，成为讲信用的人；而在失败的环境中，绝不可指望此人的道德良知。当一个人在东海岸大城市的旅店和华丽厅堂里目睹富人们的奢侈习气、纵情声色、无所节制，以及他们对家族和亲朋关系的漠视，他便会感觉到，在一个男人或女人陷入经济困境时，几乎不可能指望他们保持道德上的完整坚定——这就好比美德突然地变成了一种昂贵的奢侈品，或者如柏克所说，"它成了普通人不可企及的高档商品"。他可以把自己的生活必需与享受水平限定在任何使他满意的界线上，但是他若希望拥有权利和思想的特权，自行设计自己的前途，并且让社会按照他的条件行事，那么他就必须要把自己的欲望限制在自己力所能及的范围之内。

真正的男子汉是那种尽力而为、量力而行的人。天底下到处都是些只说不干的轻薄花哨之徒，他们怂恿美女和天才们穿上他们设计的华服，以便让这些人发表华而不实的言论，去证明自食其力的人不值得尊敬，而那些只知消费不知挣钱的人才算得上高明。这种蛇蝎般的理论也会出自那些具有先见之明的选民之口，因为聪明人并不总是聪明无误的，他们通常会五次三番地根据自己的趣味或雅兴随意说话，而仅仅只有一次按照理智发表意见。一个坚毅勇敢的工人，只要他在实践中不被困难击败，他也有可能在自己的举止中流露出上述感觉。他必须靠着完成工作之后的收益，去填补他被剥夺了优雅情趣的空虚。无论他是鞋匠、雕刻匠人或是制定法规的人，情况都是如此。这是一种特权：任何人在圆满完成了工作之后，都有权获得一定的自傲感。他有资格不接受别人的安抚调解，因为他出色的工作能够为他作出答复。站在机器跟前的工匠心情平静，神色安然，他同所有大人物打交道时都平起平坐。艺术家画出了如此惟妙惟肖的图画，以致对他的批评都化为乌有。新落成的雕像美轮美奂，它不但没有染上市场的铜臭，反而把拍卖场所变成了鸦雀无声的艺术殿堂。那位年轻律师承接的案子简直微不足道到了可怜的地步——一桩鸡毛蒜皮小事引起的纠纷。可是这个坚定的年轻人发现了其中的裂隙，乘机打进他致命的楔子，从而一举扭转了案情的琐碎性质，并用他的理智与精力给蒂特尔顿鼻烟盒制造厂赢得了声誉和利益。

  大城市的社交圈十分幼稚，它把财富变成了玩具。那里的享乐生活充满着自我炫耀的气息，以至于浅薄的旁观者以为这必定是人们一致肯定的花钱方式，而且不论如何矫饰虚伪，其结果总是豢养了宠物。然而，如果这就是花费剩余资本的主要用途，它必定要使我们义愤填膺，最终筑起街垒，焚烧城市，向富人宣战。有理智的人尊重财富，把它看作是从大自然身上吸取的乳汁，是将地球的元气与汁液转化为适于人类需要的营养品。他们所要求的是能力——而不是糖果——那种能实现自己设想的力量，那种能使自己的思想长出手脚、具备形体的力量——这对于头脑清醒的人来说，恰是世界存在的最终目的，为此，人们可以运用一切自然资源。哥伦布认为地球的形状造成了航海的困难，并且给书本上的几何学带来了问题。在国王及其臣民们答应给他探险装备之前，他始终把他们都看成是陆地上的胆小鬼。地球上很少有人比哥伦布更加忠诚地属于这个地球。可是他仍然被迫让他的地图留下了大片的空白。他的继任者继承了他的地图，也继承了他那种急于完成填图的焦躁心情。

于是，那些开发矿山、架设电报、建立工厂、绘图测量的人——这些在集市上、在办公室里高谈阔论的偏执狂，百般引诱别人入伙投资。除了听信这帮鼓吹者的宣传，任由他们胁迫老实的民众盲目入股，我们又有什么样的办法能建立自己的工厂，并且把北美洲迅速铺满铁路网呢？这种民众的疯狂岂不是为了少数人的盈利吗？可是投机天才仅仅反映了少数人为谋求全球利益的疯狂本性。最终，计划的设计者被牺牲了，公众成了真正的受益者。每一个这种类型的理想主义者，当他为自己的设想努力工作时，只要可能，他就会把它变成非常霸道的计划。他不断遭遇其他投机家，并且与这些同样狂热的家伙发生对抗。平衡由于这些相互对抗而得以保持，就像森林里一棵树压倒了另一棵树，可它并不能夺走土壤里所有的养分。而大自然提供给铁路大亨、铜矿矿主、交通枢纽管理者、烤烟制作业主和消防队等各种人的机会，也像碳素、明矾、氧气等物质的比例一样，受到大自然分配原则的限制。

发财致富就意味着拥有一场去见识杰作和各民族头面人物的入场券。它意味着你能够靠着航海而控制大洋，去参观名山大川，领略尼加拉瓜瀑布、尼罗河、大沙漠、罗马、巴黎和君士坦丁堡；去游览画廊、图书馆、兵器库和各种大企业。读过洪堡的《宇宙》一书的人，都曾经追随过书中那个人的挺进步伐——他的眼睛、耳朵和心智全都用科学、艺术和其他一切人类所积累的工具装备起来，而他正在利用这些便利为人类库存增添花样。丹农、贝克福德、拜尔宗尼、威尔金森、拉雅德、凯恩、莱普休斯和利文斯顿的情形也是如此。"富人无论在何处，即便在自己家里，都受到别人的期待"，萨蒂说。富人把更多的东西带进了人的生活。他们的势力所至，囊括了城市乡村，进抵海岸，登上怀特山丘（the White Hills），遥达远东和欧洲的古老庄园，为的是获取所谓的可利用原料。整个世界都归其所有，他有钱去征服它。他来到海边，那里为他横渡波涛汹涌的大西洋已经备好一艘铺设地毯的华丽轮船，它就像狂风恶浪之中逍遥前进的豪华旅馆。波斯人说过："这种人为了穿一只鞋，不惜使用能够铺满地球的皮革。"

据说国王们的手臂很长。但是每一个普通人也应当有长手臂去抓取生活机会，并从太阳、月亮和星星那里获得他的工具、力量与知识。那么，人们力争发财致富的要求不就成了合法的吗？然而，我至今未曾见到过一个真正的富人。我从没有见过一个人达到他应有的富足境地，或受到大自然足够的启迪。教会讲坛和报社使用许多平庸论调来谴责人们对财富的渴求。可是一旦人们听从了这些卫道士的逸言，放弃致富的目标，他们就会卷土重来，不顾一切地重新点燃人们争夺权力的欲火，以免文明的毁灭。人们受到自己思想的驱策，要尽快掌握控制自然的权力。在不同的时代，文化都产生于财富之中，比如古罗马的恺撒皇帝、利奥十世、法兰西的那些英明君主、塔斯坎尼的大公们,以及英格兰丹文夏尔、唐莱、维尔农、皮尔斯等地的郡主,或是任何富有的领主。世界上能有梵蒂冈和卢浮宫这样装满了昂贵艺术品的宝库,又拥有大英博物馆、法国植物园、费城的自然历史研究院,以及波德利安、安姆布洛西安、皇家图书馆与国会图书馆——这符合所有人的利益。同样对所有人有益的是我们曾经有过各种开发探险活动,例如库克船长的环球航行,罗斯、富兰克林、理查逊、凯恩等人致力于发现磁场与极地的努力。随着地球表面得到不断的测量,我们也逐步变得富裕起来,我们的航海图也增加了安全系数。我们有关宇宙构造的知识是多么紧密地依赖于此啊!——在这些要求的名义之下,国家或个人的经济打算都会忘却节俭的原则。

尽管每个人都认为自己的利益不但在于生活的悠闲方便,也在于拥有某种财富与剩余产品,但是这些财富和产品不一定非要由他亲手掌握。他往往对此并无欲求。歌德说得好:"只有那些理解财富的人才配发财。"有一些人天生就适于拥有财富,他们能够使整个行业活跃起来。其他的人却不行。他们有钱,却毫无优雅可言,仿佛是财富与其个性妥协的结果:他们好像是偷来了自己的利润。唯有那些善于管理的人才配拥有财富,而不是那些囤积货物、欺行霸市的家伙。有些财大气粗的业主,他们仅仅是些胃口很大的乞丐——这些人也不配发财。真正有资格当富翁的是那些靠自己的工作创造就业机会、为所有人开辟出路的经营家。这种人一旦成为富人,人民也将变得富裕；而当他们贫困潦倒时，人民也就沦落无助了。这就是说，如何为艺术珍品和自然的杰作提供机遇，这是有关文明兴衰的问题。我们当前的社会主义思潮已经发挥了很好的作用。它促使人们开始思考某种文明方式的优点，以及目前为少数富人享受的东西，如何才能为众人分享。比如说，为所有人提供科学的和艺术的手段和设备，正是其中一例。有许多东西仅仅是为了一时之用，而拥有它们的只是少数人。人人都希望能亲眼观看土星的光环，以及木星和火星的卫星与环带，还有月球上的山峦与火山口。可是有几个人能买得起天文望远镜！即便买得起，又有谁愿意不怕麻烦地保养它、展览它呢？像电器和化学仪器这类东西，也有同样的问题。每个人往往都需要去查阅图书，而他又无意拥有这些书籍，诸如百科全书、字典、表格、图纸、地图、官方文件，以及那些他想了解却不知名目的各种鸟、兽、鱼、贝、树、花的标本图样。

对有准备的头脑来说，设计艺术具有优雅精致的感染力，它就像音乐的魅力一样，是无法从别的来源获取的。然而，绘画、雕刻、塑像、铸造艺术品除了它们制作时的费用之外，还需要其他的花销，诸如租用画廊和保管手续，以便不时将其开放展出。普通人能够利用这些艺术品的机会太少了，因此这些艺术品的价值也将由于大多数人得以欣赏它们而大大提高。在希腊城邦里，任何人假充拥有艺术品都被视为是亵渎罪行，因为艺术品是属于全体人民所有。有时候我会这样想——我能否只按照自己的意愿欣赏音乐——我能不能住在一个大城市里，随心所欲地尽情点奏我心爱的曲子，让这些音乐的波涛像沐浴一样浸遍全身。

假如每一个州、城镇和夜校都拥有这一类财产的话，它们自然会使得居民关系变得更为紧密。一座城镇的存在将拥有某种文化目的。在欧洲，那里的封建秩序确保财富在某些家族中延续下去，而这些家族购买和保存珍贵物品，并使之对公众开放。可是在美国，民主制度把土地产业分割成许多小块；再过几年之后，公众利益应当进入小块地产的领域，并向公民提供文化娱乐。

人是生来应当富裕的；或者说，只要发挥自己的能力，将自己的思想吻合于大自然，人就会不可避免地富裕起来。财产是思想的产物。这种思想游戏要求参加者头脑冷静，推理正确，反应敏捷，并且富有耐心。高级智力劳动能大量地消灭笨重体力劳动。无数机敏的人们，在过去漫长的岁月里已经找到了最好、最省力的工作方法。而这些技艺在艺术、文化、农耕、医学、制造业、航海、贸易等领域积累下来，就构成了我们今天这个世界的价值。

商业是一种技艺的游戏，它并非每一个人都可以玩的，只有极少数人能够高明地玩它。好商人是那种才智平平、我们称之为"有常识"的人；他酷爱事实，凡事都要亲眼见过，才肯做出决定。他完全相信算术的正确无误。一个人的运气好坏，总是有原因的；赚钱也是有原因的。人们谈论赚钱，就好像其中有某种奇迹一样，他们相信奇迹，相信生活中的所有一切。而他知道，所有的经营活动都必须循规蹈矩，一分钱一分货——事出必有因，绝无便宜可言——而所谓的运气不过是"不屈不挠、志在必得"的代名词。他在每一次交易中都力求稳妥，并且喜欢赢得小笔可靠的利润。诚实的品格与实际的态度是做生意的基础。然而商业大师却在此之上增加了一系列精心算计。真正的难题是要以高度的精确与实事求是的态度，去汇拢众多发生在遥远地区的活动——而在较近距离内开展的小规模经营则容易得多——以便最终得到巨大的收益，却没有蒙受风险的可能。拿破仑喜欢讲述一个马赛银行家的故事。这位银行家有一位访客。客人领略了主人在豪华巨宅里的奢侈与好客，又痛感银行家在简陋的会计室里的庸俗铜臭，两者之间的反差之大令他吃惊。银行家却说："年轻人，你过于幼稚，无法了解民众是如何聚集的。真正而唯一的力量——无论它们是由金钱、水或人构成的，其实质都是相同的。民众只是聚于一种运动的巨大中心，但是它必须被人启动，必须由人监督着运动下去。"——这位银行家或许还说过，启动并运转民众的方法是依据物质法则进行的。

经济成功离不开人们准确地应用自然法则。由于这些法则具有思想与道德的本质，它们也就能获得人们思想与道德上的遵从。政治经济学就像一本书，从中我们可以阅读人类的生活，以及凌驾于所有个人的、敌对的影响之上的法律产生经过——这种好处比得上人类拥有过的任何圣经。

金钱具有代表性。它反映出金钱拥有者的本性和运气。硬币本身正是民俗、社会与道德变化的一种精细测量表。农夫贪图美元，这是有道理的。美元对他来说可不是捡来的。他晓得要花费多少劳动才能挣来这一块钱。为了挣钱，他累得腰酸背痛。他知道这钱也代表着多少土地，多少雨水、风霜和阳光。他还知道这些钱意味着他付出了多少谨慎与耐心，多少锄地与扬场的汗水。要拿起他的美元，你就必须举起所有这一切的重量。在城市里，金钱随着捉刀文人的笔尖流动，或者来自股票交易的一次涨价，因而那里的金钱被看得很轻。我希望农夫更加珍惜自己的钱财，仅仅用它去购买实在的面包，以求得真正的划算。

农夫的美元很沉重，而职员的美元则轻薄灵便，动辄便跳出钱袋，上了牌桌和赌场。然而更奇怪的是它对于哲理变化的感应能力——金钱是社会风暴的测量仪，它能宣告革命的动态。

公众设施的每一点进步，都使得人们手中的钱变得更有价值。在加利福尼亚那片不久前还是荒野的地方，钱能买到些什么东西呢？几年前，它能买到小酒馆、赤痢、饥饿、凶恶的旅伴，还有犯罪。此外还有像西伯利亚一样荒凉的乡村，在那里，如今你用钱几乎买不到什么东西，除了稍微减轻你受苦的程度。在罗马，金钱可以换来美与奢华。40年前，一块美元在波士顿买不了多少东西。现在它却能在我们这座古老城市里买到多得多的东西——这是因为有了铁路、电报、轮船，以及有了纽约城和全国巨大的发展。可是作为一个大都市，还应当拥有许许多多的货物——这些东西在本地仍然无法买到,即使你花大笔的钱也买不到。在佛罗里达的一块钱,值不了马萨诸塞的一块钱。美元本身并不是价值,它只是代表了价值,代表着最终的道德价值。我们用美元来衡量即将要收购的玉米的价格,或者严格地说,这不是指通常的玉米或住房,而是特指雅典的玉米和罗马的住房——我们花钱是为了吃上面包、住在房子里,分享并发挥自己的智慧、诚实与力量。财富具有精神的性质,也具有道德功用。美元的价值在于用它去购买适当的东西;随着世界上所有才能与美德的发展,美元的价值也将不断增加。在大学里花上一块钱,要比在监狱里花一块钱更有用;在一个温和有序、遵纪守法的社区里花一块钱,自然也要比花在那种充满着赌博、殴斗与纵火案件的犯罪地段为好。

《钞票侦探》是一份有益的出版物。但是现金本身——无论是银圆或纸币——恰恰是它们流通区域内一切善恶事件的揭发者。难道美元不正是由于社会公正程度的提高而迅速增值的吗?假如一个商人拒绝出卖他的选票,或者坚持某种讨厌的权利,那么他在马萨诸塞州会获得更多的平等,而伴随着他的举动,州里的每一英亩土地都将变得更加值钱。如果你从州议会大街拉走十位诚实的商人,换上十个声名狼藉的家伙,让他们去控制同等数目的资本——瞧吧,资产保险率将会立即说明此事的后果;银行的信用也会发生问题;公路将会变得不安全,学校随之受到影响;青少年则会把小包的毒品偷带回家,而法官们将为此坐立不安,判决时难免失误,因为他已失掉太多的自信与约束——而这种自信与自我约束是每个人都需要的；甚至连教会也将受其影响，放松它对社会生活的节制。一棵好好的苹果树，如果你每天挖走它根部的一堆肥土，持续几天这样做，再用沙子围住它的根基，那么这棵树很快就完了。苹果树是一种呆笨无知觉的生物。但是假如你持续不断地这样对待它，我想它也会觉得有什么地方出了错。同样地，你若是从经商的强大团体里拖走100个好人，换进去100个坏人，或者换一个后果同样的方法，即引入一种败坏道德的制度——那么，不比苹果树反应迟钝多少的美元，岂不也会很快地完蛋？美元的价值是社会性的，因为它是社会创造的东西。每一位来到这个城市的新人，只要他具有某种可供出售的才能或技艺，他便能向城里的每一个人提供劳动，并且提供一种新的价值。如果这世界上诞生了一位天才，无论他住在哪里，世界各国都将因此受益，并且大大提高它们的诚实程度。犯罪问题，曾经是各国主要弊端之一，目前也得到了控制。人们发现，欧洲的犯罪率与面包的价格同时升降。假如巴黎的罗斯柴尔德家族拒不支付账单，那么曼彻斯特、配斯里和伯明翰的人们就会被迫去当强盗，爱尔兰的地主也会遭暴民枪杀。警察的记录已证实上述后果。事件的影响还将波及纽约、新奥尔良和芝加哥。若非如此，经济力量也会通过民众牵动政治巨头的注意。比如，罗斯柴尔德家族拒绝了俄国的贷款，此后平安无事，收获保住了。罗氏承受了这一切，但是爆发了战争，人类的一大部分受到煽动，产生了各种可怕的后果，结果造成了革命，新制度诞生了。

财富随身携带着它自己的制约平衡机制。政治经济学的基础是不干涉政策，而唯一安全的游戏规则是在供需关系的自我调节之中被发现的。不必靠人去制定法规。如果你偏要参与其中，你必定会为那些节俭消费的法令扭伤筋骨。不要滥发奖金，而应该制定平等的法律，以此来确保你的生活与财产，你并不需要别人的施舍。去打开通向才能与美德的大门，它们自然会发挥应有的作用，这样财产也就不会落入坏人之手。在一个自由而公正的国度里，财产会迅速地从懒汉和笨人那里流失，流入那些勤勉、勇敢、有毅力的人手里。

自然法则贯穿于所有商业活动之中，这就像玩具中的电池会产生驱动作用一样。要保持海平面的高度很难，而要依据供需关系来保持社会的价格平稳则更加不容易。人们在使用计谋或调节手段时总会得不偿失，遭到物价反弹、商品饱和、破产等形式的报复。而至高无上的自然法则完全无动于衷地运行在原子与星系之中。谁能知道，在人们获得和消费掉一块面包与一品脱啤酒之时，天下又发生了哪些变化！人的愿望无法改变品脱与便士的严格限制；由于被人吃掉了许多，留在面包篮和啤酒桶里的存货不多了；但是消费掉的那一部分并非被人浪费了，而是消费得很值得。假如这些食物营养了人的身体，使他得以完成自己的工作——那么你就能够知道各个帝国国家预算所能教给你的全部政治经济学知识了。微小经济的有趣之处在于它能反映巨大型经济的特征——以此种眼光看来，一座房舍、一个人特有的方法，都能与太阳系发生联系。而交换原则在整个自然界都是通行的。无论我们如何厌倦那些虚伪伎俩——我们如同自杀一般用这些伎俩相互欺骗——但是每个人都还是能适当满足的：只要他接触到不可避免的事实。当他发现事物本身表明了价值——常规如此，而在大企业里更是一目了然——他就会变得满足。"你的纸张不够精细或不够粗硬——它太厚了，或者太轻了。"厂商说道。他将向你提供恰恰如你所需的厚度或薄度。纸的类型对于他根本无所谓。这就是他的原则——无论何种纸型，贵贱由它，都有它们自己特定的价格。一磅白纸是如此之贵，你可以把它做成你所喜欢的任何样式。

在我们所有的交易中，都有一种取代讨价还价的自我调节方法。你想去租一所房子，但是要价钱便宜。房东可以降低房租，但是他因为修理费用太高而做不到，于是房客未能得到他想要的东西，而是住进了一所糟糕的住房。此外，房东与房客之间建立了一种有损信任的关系。你解雇了自己的雇工，说道："帕特里克，一旦我需要你帮忙，我会重新雇你的。"帕特里克满意地走了，因为他晓得下个礼拜土豆地里会长出野草，葡萄也该栽秧了。哪怕你一百个不愿意雇佣他，那些个甜瓜、南瓜、黄瓜之类也非请他回来不可。谁不指望劳动力价格在市场上一清二楚、简单保险？如果它确实是最好的，它自然会那样。一年到头，我们总少不了要雇佣木匠、锁匠、园丁、牧师、诗人、医生、厨子、编织工、马车夫，等等。

假如圣·米歇尔的1只梨子要卖1先令，那么栽种它就需要花费1先令的本钱。如果波士顿最好的担保价格是1分钱12只梨，那么他们只有1分钱6只梨的风险。你可能看不出1只好梨要花掉你的1个先令，但是它却让整个社区花掉许多钱。这个先令代表了梨子有多少危害物，以及在它成熟之前可能遇到的风险。煤炭的价格反映出煤田的狭隘性质，它把矿工强制囚禁在某个地区。所有人的工资定额都是按照出工情况和风险程度规定的。"要是风向永远由西风转西南风，"船主说，"那么连妇女也可以驾船出海了。"可以说，所有的东西都只有一个价，既没有昂贵也没有低廉之分。而现在我们所见的明显价格差别只不过是小店主玩弄的把戏，目的是要隐匿讨价时所受的损失。一个来自新罕布什尔州的乡下小伙子，初进波士顿城时，头脑里仍然清晰地记得家乡膳宿费的价钱。他住进一家头等旅馆，确信自己要比富兰克林和马尔萨斯博士更加聪明，因为旅馆里的享受很便宜。然而在他花钱享用一餐较好晚饭的时候，他却失掉了某些有益的社会与教育机会。他失去了警惕性！失掉了上进心！或许他随后会慢慢地有所觉悟，认识到自己走进那家旅馆，是背离了艺术女神，去向复仇女神膜拜。金钱往往让人付出太高的代价。权力与享乐也绝不会便宜。古代诗人说，"诸神出卖一切东西，保证价格都很公道"。

在美国的商业史上，有一个这一类补偿损失的例子。1800年到1812年的欧洲战争打乱了世界航运，把它挤入美洲的腹地。这时，有不少美国商船不断被人劫持。当然，这对于船主来说是严重的损失，但是国家却可以得到战争赔款。由于我们签订了每磅棉花3便士、每磅烟草6便士之类的运输担保，这就给美国带来了巨大的繁荣，以及早婚、个人致富、城市兴起、各州的建设等好处。战争结束之后，我们收到了远远超出损失的经济赔偿，这是由条约规定的对所有劫持货物的补偿。于是美国人变得富裕强大起来。然而我们付账的日子还在后头。被我们的超额利润榨干了的英、法、德等国，不久就向我国遭送出上百万贫苦移民，他们被我们的富裕名声所吸引，都想来分一杯羹。起初我们雇用了这些移民，增进了自己的繁荣。可是随着我们采用并且扩展了社会与劳动保护的人为制度，不久便产生了种种限制与控制手段。我们开始拒绝雇佣贫穷的移民。但是他们根本不听这一套。他们降低工钱，而我们尽管不付工资，也必须付出同样数目的税单。然后，情况表明，犯罪案件的绝大部分是由移民造成的。我们必须承担犯罪造成的损失、法庭费用与监狱的开支，必须出钱供养一支预防犯罪的警察常备部队。至于我国教育后代所需的费用，我就不去计算了。可是，当初我们以为从1800年的外国人手里净赚了一大笔钱，现在却开始偿还所有这些附加的费用。想不付这些钱是徒劳无益的。我们不可能摆脱这些移民，我们也不可能无视他们渴求援助的愿望。这已成为我国政治中的一个不可避免的因素。并且，为了赢得移民的选票，两大政党都不惜巴结和支持他们，以便解决这个问题。更有甚者，我们的任务不是让移民得到他们在家乡能够满足的东西，而是付钱让他们享受他们在美国应享的权利。因此,这种观念、时尚与所有道德衡量的方式使得问题变得复杂起来。

尚有几条经济上的措施,提出来可以不至于让人生厌的。由于这个题目相当细致,我们很容易一听就烦。这就好比构成我们身体的一些可怕的动物特征——尽管这些特征说起来让人不舒服,它们却是我们强健身躯所不可缺少的宝贵部分。我们的天性与才能逼迫我们去重视结果,而实际上我们必须利用手段与方法。我们必须应用方法和手段,可是在具体的应用中,我们却以某种方式掩盖和遮藏它们,并且尽量以目的的光辉来反衬,彰显方法和手段的优点。这是一种聪明的做法,既顾及了目的,又调动了手段。闹事的暴民是被他们的手段所败坏的,他们的手段太猛烈,以至于忘记了自己的目的。

1. 措施中的第一条,即每个人要根据自己的性格脾气来决定消费水平。只要你有足够的才干去挣钱,你的投资就是保险的,哪怕你花起钱来像一个君主。大自然赐给每一个人某种特长,让他能够容易地完成其他人不能完成的事情,这就使这个人变得为社会所需。这一先天的安排决定了此人的劳动与花销程度。他需要拥有同自己的才能相适应的手段和工具。要保证这一点,就必须去协调每个人特有的能力与用处。好好做你的工作,要重视工作的质量,而不是马马虎虎。这里面包含着许多经济学知识,只要你能理解这一点,它几乎就是经济学的全部答案。一个人放荡淫逸,并不表现在他终年花钱、挥金如土上面,而是在于他花钱完全无助于他的职业进取。造成人们和国家破产的罪恶正是工作本身——它降低了原有的设计目标，横生出许多枝节。只要符合你的生活目标，任何事情都是有益的。相反，只要它背离你的目标，此事就毫无价值可言。我想我们必须在这里划出严格的区分界限，并且说明：除非每一个人都能够尽其所能，否则社会将不会繁荣，而将长久地衰败下去。

在你该花钱的地方花钱，节省不该花的钱。奥尔斯顿，那个画家，最喜欢说他建造了一座简朴的住房，布置了平庸的家具，因为他不愿意讨好任何一个与他趣味不投的访客。我们都富有同情心，并且像孩子一样，想得到自己见过的东西。然而，当一个人发现自己的才能，并不再需要虚浮的花销时，他就迈出了通向自立的一大步。这好比订了婚的姑娘，因为她获得了别人可靠的爱情，便从一个奴役制度中被解脱出来——这制度迫使她为了讨好所有男子而费尽心机、精心打扮——而男子一旦发现他自身的才干，他就可以敞开手脚，以此为生，不顾其他的花销了。蒙田说过："当他是个少年公子时，他奇装异服，招摇过市。可是成年之后，他的府邸和农庄自会表现他的爱好。"让贵族出身的人，即那些发现自己能够有所作为的人，摆脱掉事不关己的无谓浪费吧。让现实主义者不要再关心表面现象。他最好由别人去履行社交生活中烦琐的礼仪与修饰。美德属于那些节俭的人，但是他们也有某些邪恶之处。因此，在谦卑之后，我注意到骄傲也是一种很好的脾气。依我看来，正当的骄傲性格值得上一年500元到1500元的收益。骄傲是一种优雅而经济的品格，它消灭了众多邪恶，与它们不共戴天。如果人们用骄傲取代虚荣的话，似乎收获相当可观。一个骄傲的人不需要许多家用物品和漂亮衣服。他可以住在只有两个房间的住所里，只吃些土豆、马齿苋、青豆和老玉米。他能够在地里干活，能步行跋涉，与穷人聊天谈话，或者在上等沙龙里心满意足地默坐一晚。然而虚荣心却要劳民伤财，非得有骏马、时髦男女、健康与和平才能实现。尽管如此，结果却是一无所获，难有终局。两者相比，只有一点不足：这就是骄傲的人相当自私，而虚荣者则乐善好施。

艺术是一个善妒的女人。假如某个男人拥有绘画、诗歌、音乐、建筑或哲学方面的天赋，那么他就像一个糟糕的丈夫、一个蠢笨的供养者。他应当对风气的变化有所敏感，不要用职责限制自己的自由，弄得辛苦不堪，以至于不能完成正当的工作。20年前，我们这一地区的文化阶层当中，曾出现过某种田园牧歌式的狂热理想。这是一种急于亲近大地和原野的冲动，它企图将务农与知识进取结合起来。许多人以身作则，亲自去实验自己的理想。其中一些人变成了真正的农夫。但是所有的人都治愈了他们的狂热信念，不再认为学术与农耕可以结合为一体了（我是说，亲手去干是不可能的）。

皱紧眉头、下了狠心，那面容苍白的学者离开他的书桌去呼吸一口新鲜空气。在花园里略作散步之后，他得到了更好的表达思想的方法。他弯腰去摘一棵马齿苋，或一株羊蹄草，怕它们盖住幼小的玉米，结果发现有两棵野草，紧挨着还有第三棵。他伸手去拔第四棵,却看见远处还有数不清的野草。学者已经感到很热,身体也不舒服。他逐渐从他那白痴般的田园梦幻中清醒过来,回想起他早晨的思绪。他终于发现,尽管他来花园的时候目的十分明确,但他却被一株蒲公英挠昏了头。一座花园就像我们在报纸上经常读到的那种可怕机关,它们不停地抓住行人的上衣和手臂,吸进他的胳膊和腿,直到把整个人吞食干净。人一时间昏了头,便会拆掉围墙,为自己的庄园增加一些土地。土地可不是坏东西,但是有了它也能把事件弄糟。假如一个人拥有了土地,实际上便是土地拥有了他。现在你试试请他离开家乡,看他敢不敢。所有的树木与树苗,每一畦甜瓜,每一行玉米或树篱,以及他所有完成的和打算要做的事情都阻挡着他离去,就像是一群讨债者,拖住他的手脚。他现在发现自己对于那些树木和藤蔓的关心是十分有害的。而长时间的散步,出门走上几英里,则有助于他的身心健康。长途跋涉对他来说并不算辛苦。他相信自己在爬山的时候很容易酝酿出好的诗文。但是这种终年在狭小的花园里厮混的生活确实令人沮丧,并且让人胡思乱想。园中植物的气息使他全身疲软,剥夺了他的精力。他发现自己患上了骨骼硬化,而且变得易怒急躁、无精打采。阅读和园艺这两种才能实际上是相互抵触的,就像阴电和阳电那样排斥对方。它们中的一方致力于发出火花和电击,另一方却让人分散精力。因此双方都让主人无法去兼顾另一方。

一个雕刻家的双手必须是精巧有力的,它们决不能去垒石墙。戴维·布鲁斯特爵士曾就这种细致观察做出过准确的指标——"仰面躺下，将单片眼镜和物体置于你的眼睛上方"，如此等等。作为一个寻求抽象真理的学者，他总需要有单独工作的机会，集中精力思考，甚至恨不能使自己的灵魂出窍——这种人难道不该有更多的精细要求吗？

2. 依据你的才能去花钱，并且要有系统的计划。大自然的运动是有规则的，并非乱哄哄的游戏。经济学里面自然也有潜藏的系统。单凭节俭和不消费，无法挽救快要破产的可怜家庭。巨大丰厚的收入，也不能担保你的任意挥霍。成功的诀窍决不在于钱多，而在于收入与支出的关系。这就是说，当支出被限定在一定程度之后，新的、稳定的进项源源而来——虽然这些进项的数额不大，但是累积起来，就有了所谓的财富。然而在普通情况下，每当收益增加，花销也开始快速增长。结果是在英国和其他地方，人们发现巨额的收益并不能有助于财富增长——借债还息的侵吞机制很难降低它的贪婪本性。如果土豆已经被病菌侵害，再去大片种植土豆又有何益呢？在英国这个全球最富有的国度，精明的观察家曾向我保证，显赫的贵族及其夫人们几乎同平民一样，没有更多的钱去用作施舍；而财富自由，就如同在美国一样，是一种稀罕而又著名的美德。需求是一个不断长大的巨人，而现有财富的外套永远也无法把它遮盖起来。我记得在渥威克夏旅行时，有人带我去看一座漂亮的庄园，它的名字仍然同莎士比亚时代的一样。我被告知，这里的租金每年约 14000 英镑。但是，老主人的二少爷诞生之后，他父亲却不知道该如何供养他。长子当然要继承庄园；可如何处置那个多余的角色呢？于是有人向老爷建议，由教堂来收养二少爷，让他在教区安家立业——这教区本是这个贵族之家赞助建立的。结果事情办妥了。此事说明，巨额的收益于人无益——这在英国已成为定规。人们普遍注意到，暴得之财——比如抽彩中奖、巨额遗产之类，并不能让人永久富裕下去。它们没能为坐享财富的人提供一个学徒阶段。而且，伴随巨额财产的突然来临，也招致仓促的要求——新财主不知道如何抵挡这些要求，结果是财产迅速消失。

每种经济之中必定有它的系统，否则再好的方法也没有用。农场是件不错的经营：它每年播种收割，自养自食，用不着发工资或开商店来支撑它。这样一来，耕牛就成为农场经营环节中主要的一环。假如农场主出于固执或审美的需要，不重视养牛问题，同时又需要牛所能提供的好处，那么他只有靠乞讨或偷盗来填补这个缺口。当这一代人出生的时候，农场生产了人们所需要消费的一切东西。如果有人生病了，他的邻居们会来帮助他，每户帮他干一天或半天的农活，或者借给他一对耕牛、一匹马；为了不耽误他的农活，大家帮他锄土豆地里的草，晾晒干草，收割裸麦，等等——人人都知道没有人能花得起钱去雇短工，除非他出卖自己的土地。到了秋天，农夫可以卖一头牛或一头猪，同时用这点钱去完税。这时，农夫购买了他几乎是全部的消费品——铁皮器皿、布匹、糖、茶叶、咖啡、咸鱼、煤炭、火车票和报纸。

每一行都需要有它自己的大师，因为实践本身从来不只是对付僵死不变的对象——它们变化多端，个个不一。你原以为农庄的房舍与大片土地是一种固定不变的财产。其实它们的价值就像波浪一样起伏不定。它需要你密切地加以关注，就好像从桶里往外倒酒时那样小心翼翼。农夫知道该怎样对付这种事情，他会堵住所有漏洞，把滴洒的酒都装进储酒器，然后才倒空酒桶。但是有个从康希尔来的傻瓜试着倒了一回，他把所有的酒都洒掉了。这种情况在石板街道上、在储木场上都会发生，它同侍弄水果和鲜花一样让人费心。另外，人们的投资也不是一概万无一失的。如果你不愿意持续地看守它，它就会消失掉。这种例子比比皆是，只需看看过去那些人家企图将两代人的遗产留给后代的努力就行了。

当考凯因先生在乡下买了一幢农舍，并且养了奶牛的时候，他以为这奶牛只需要喂些干草，便可以一天挤两回奶。可是他买下的奶牛只挤了三个月的奶，后来就毫无所出了。该怎么样处理这头干瘪的奶牛呢？有谁愿意把它买走呢？他甚至还买进了一对耕牛，让它们干活活。但是这对耕牛也变得瘦弱残废了。该怎样处理这些病牛呢？农夫通常在春耕结束后把牛喂肥，秋天便宰杀它们。然而考凯因如何能做到这些？——他没有草场，每天都必须在上班时间乘车外出——他哪里有工夫去喂牛、杀牛呢？他想种一些树。但是树种在地里必须有一些庄稼间种才好。可是他能种什么庄稼！于是他放弃了种树，改为种草。一两年之后，草地必须全部犁掉，再种什么呢？可怜的考凯因!

3. 帮助来自乡间的风俗与天然束成之规。这种天然规定并非是单方的指令,也不是坚持让你去盲目执行自己的每一项计划——而是要你从实际中懂得大自然默默倾诉的秘密:天下万物都不愿意由人胡乱摆弄,并且它们只向那些善于观察的人展示自己的规律。不需要任何人去指手画脚,乡间的风俗自会安排一切。我不懂建筑和种植,也不知道如何去买柴,甚至在买下了宅基、田地或炭薪林地之后,我也不晓得该怎样料理它们。不用担心,这些事情在民俗之中早已有了妥善安排——是否铺沙子,是否用泥浆,何时耕翻土地,如何修剪施肥,是种草还是种玉米——这些都不用你操心,也用不着你去阻挡农事。大自然在每件事上都有她最佳的模式,而且她已经在某个地方把秘密明白无误地告诉了我们——只要我们注意观察和倾听就行了。假如我们忽视了这一秘密,她也会尽快让我们理解它的——因为我们自行其是不得结果,便会重新研究自然规律。我们应当反复提到外科医生的技艺——他在切除碎骨时,总是以矫正错位的骨头为目的,并且让骨头由于肌肉的运动而自动复位。在这种天然束成的技艺上,维系着我们所有的技艺。

近年来英国的铁路建造史上有两位著名工程师。其中之一的布鲁耐尔先生从发车站到终点站,穿山越河,横贯公路,从中隔断贵族城堡,破坏了它的地窖与阁楼的窗户,顺利完成筑路工程,结果让地理学家大为赞赏,却让他的公司付出了高昂代价。而另一位斯泰芬森先生与之相反，他相信河流自会引路，会顺着河谷蜿蜒而出——这其中的道理就像我们的西部铁路一路沿着威斯菲尔德河修建一样不言自明。结果斯泰芬森成了最安全、最省钱的铁路工程师。我们抱怨说奶牛已经毁了波士顿城。当然还有一些更糟糕的评论家。在我们草场上散步的每一个人都有足够的机会去感谢那些奶牛——它们从树丛中和小山上踏踩出一条条捷径。旅行者和印第安人深知美洲野牛迁徙道路的价值，它们肯定是翻越崇山峻岭最为便利的途径。

有一个城里人，刚刚离开码头广场和奶作坊街，便去乡下购买田地。这时，他的头一个想法必定有关他从未来窗户里所能看到的景观。他要求新书房窗户朝西。每天日落之际，晚霞将映照蓝山的山脊，沐浴着瓦楚塞特，以及蒙那道克、翁卡农努克山巅。什么？30英亩土地，外加如此美妙的景观，只需1500块钱？你卖上5000块都还算便宜了我。城里人立即着手买地，他的眼睛因激动流泪而变得昏暗，急着确定打地桩的地点。但是负责平整土地的工头却认为不划算，因为他将要运送300车碎石才能填平通往大路的地段。而承担筑墙任务的石匠觉得他要挖出40英尺的地基。送面包的人担心他永远无法把车赶到这家大门边。讲究实际的邻居则对新住户的谷仓吹毛求疵。结果，那个城里人发现，他土地原来的主人，那个农夫，选择了最宜于通风光照的位置建房，也考虑到泉水、污水处理以及通往草场、菜园、田地和大路的便利因素。因此，虽然码头广场产生了主意，事情依然按照它们自己的方式去发展。长年的实用经验使得农夫变得聪明起来,而愚蠢的城里人也学会向农夫请教。他处处碰壁,直到最后无条件地投降了。那农夫起初假装服从买主的命令。但是城里人说,"你可以随时随地、尽量向我提出问题,比方说该怎样建造围墙,怎样打井,怎样布置地里的作物。可是你踢出的球最终还是要回到你那里。我既不懂得也无须懂得与此相关的任何事情。这些问题本应该由你而不是由我来回答"。

在家庭里,也有同样支配性的潜在系统,它凌驾于主人和主妇、仆佣和儿童、亲戚与朋友之上。若要以才能、美德或性格的力量去同这种支配系统对抗是无益的。这是命中注定的约束。假如一个倒霉的丈夫在某本书里读到一种新的生活方式,并且决心要在家中实行它——那么很好,让他回家去试试看,如果他有胆量的话。

4. 经济学的另一个要点是:尽力寻求你所熟悉、与你相配的东西,而不要指望异想天开的收获。友谊能够换来友谊,公正换来公正,军事素质换来胜利,而好丈夫的品行自然能换来妻子、孩子和美满家庭。诚实的商人会得到巨额利润、船队、货栈与金钱。优秀的诗人能赢得声望和文学界的信任。但是商人与诗人的收获不能混淆交换。然而通常仍有一些人对此产生混乱的希望。郝茨帕是个今朝有酒今朝醉的家伙,他以此自誉,并且看不起善于守财的弗尔隆。郝茨帕当然穷困潦倒,而弗尔隆家境殷实。奇怪的是,郝茨帕本人却认为他这种有钱就花的习惯是高尚行为,为此弗尔隆应当让出土地来奖赏他。

我尚未讲完我的想法。但是只要不离开原题，我们也不妨看一眼问题的深处。有一条哲学原理认为，人是按程度划分的；世上没有任何一件事情不在他的身体里反复重演；他的身体就如同整个世界的某种缩影或归纳；他身体里所有的东西都在他心灵的天国里不断重复；而他头脑里的一切，也都在他心中更高一级的道德系统中运转。

5. 上述情况与大自然规律相吻合。万物都要向上发展或进步。经济学的关键原则是，它自身也必须发展进步，或者说，无论我们做什么，都应该抱定更高的目标。因此这就成为一条格言：Pecunia alter sanguis,[6]或者说，人所拥有的财产只是他身体的扩展——也需要像人体循环那样的各种调养。所以，对商人来说，没有哪条格言没有引申意义。诸如"最好的花钱方法是还债""生意是靠做出来的""时间值钱，机不可失""正确的投资是购置本行所需的工具"等商家惯用的口号。账房里的这些格言经过宽松的解释，便可作为宇宙的法则。商人的经济学是心灵经济学的一种粗糙象征。它是为了权力花钱，而不是为了享乐花钱。它对收入进行投资——这就是说，它聚少成多，日积月累，把它的文化生活、感情生活与日常生活集中起来，同时又继续增加它的投资。商人其实只有一个原则，即吸纳与投资：他的目标是做资本家。要把所有的碎渣废屑集中起来，送进熔炉；泄漏的煤气瓦斯也一定要用于燃烧；而利润不应当增加消耗，它应该去增加资本。这样，此人必定会成为资本家。他将花掉他的收入，抑或去投资呢？他的身体和每个器官都受到同一法则的支配。他的身体像一只罐子，其中储存着他生命的液体。他会花钱去购买享乐吗？这条通向毁灭的道路既短暂又容易。那么他将会杜绝消费，转而囤积资产吗？依照自然法则，万物力争上游，体力也会转化成心智与道德的力量——因此，商人的思想定会经历神圣的动荡与酝酿。他吃进的面包起初为他提供了力气与动物的生命欲；然后经过较高层次的转换，变成了想象力与思想；在更高级的层次上，它形成了勇气和耐久力。这就是人们所需要的复合利益——它是资本成倍、成十倍增值的结果，人因此被提升到他最有力的境界。

真正的节俭永远是在高水平上消费，是不断的投资，是充满急切的贪婪——渴望自己能够把钱花在精神创造方面，而不是花在不断改善的动物性生存上面。人所谓的富裕，不在于他不断地重复动物般的自我满足，而在于他通过新的力量与增长的快乐，亲身体验到高级生命的愉悦，并且已经踏上通向最高境界的道路。

一

修养

我们正在恭候的那位半个上帝,
规则或教师岂能培育?
他必定如同音乐一般
悠悠颤颤,乖巧敏感,
大地和天空微妙的影响,
他的内心都能感受。
男人或少女眼神的触摸,
他的感觉敏锐轻柔:
然而在他朴实的内心深处,
过去与未来的交融将十分迅速,
在他自己的模具中,
世界流淌的命运将得以重铸。

修养（culture）在今天已成为一个雄心勃勃的字眼。当整个世界都在追求力量，追求作为力量标志的财富时，修养却在校正着成功的理论。一个人是他自己力量的囚徒。条分缕析的记忆力使他成为一本历书；善辩的才能使他成为一位喜欢争吵的人；捞钱的本领使他成为一名吝啬鬼，也就是说，使他成为一个乞丐。修养则能减轻这些病症。修养借助于其他力量来对付那种占有优势地位的才能；它诉诸高贵的力量。它密切注视着成功。为了有所行动，大自然可以毫无怜悯心；她可以牺牲行动者以求达到目的，让他水肿或胀气。如果大自然想要一根拇指，她可以不惜牺牲手臂和腿来造就拇指。一个部位的力量若是有所过剩，作为代价，它邻近的一个部位就往往立刻会出现某些缺陷。

我们的能力在很大的程度上依赖于我们精力的集中，因此大自然在把一位显赫人物送到这个世界上来时，通常都会让他过分偏重于某一方面，牺牲他的匀称以保证他的工作能力。据说，每个人都只能写作一本书。倘若某个人有了某种缺陷，那就难免在他所有的所作所为中都留下那种缺陷的痕迹。如果自然界创造了一位像富歇那样的警察，那么他就是由猜疑和超越嫌疑对象的谋略所铸成的。富歇说过："空气中到处都是短剑。"桑克托利约斯医生把一生都花费在一台天平上，用它来称量他的食物。科克勋爵对乔叟做出了高度评价，因为《寺僧的乡士的故事》彰显了《亨利四世法令》第四章中严禁炼金术的内容。我曾经见过一个人，他坚信英国主要的灾祸都是由于对音乐会过于专心。不久以前，一位享有特权的公民曾对这个国家的人民解释说，华盛顿将军之所以能够取胜，其主要原因是他从共济会会员那儿获得了援助。

不过，比老是弹奏一根琴弦更为糟糕的是，大自然还赋予了个人一种自以为在这个宇宙中占有重要地位的极其自高自大的感觉，并通过这种途径促成了个人主义。自我主义者是社会的害虫。自我主义者有愚笨的，也有聪敏的；有神圣的，也有世俗的；有粗鄙的，也有高雅的。犹如流行性感冒一样，它是一种侵袭所有体质的疾病。在那种医生们称之为"舞蹈病"的病态中，病人有时候会转着圈圈，而且不停地在一个位置上慢慢地旋转。自我主义难道就是这种疾病的一种玄奥的变形瘟吗？人们沿着由他们自己的才能所构成的圆圈跑步，陷入了对它的崇拜，失去了与世界的联系。这是一种存在于所有心灵中的倾向。乞哀告怜就是它令人厌烦的形态之一。遭难者夸耀着他们的苦难。他们从伤口上撕去软麻布绷带，显露出他们本应受到起诉的罪状，从而让你能够可怜他们。他们喜欢病痛，因为身体的疼痛可以逼迫旁观者表现出某种关切。在我们的眼中，孩子们就是如此。每当大人们进来时，他们要是觉得自己受到了冷落，他们就会咳嗽，直到喉头哽噎，以期引起注意。

这种病态是才能的祸根——对艺术家、发明家和哲学家莫不如此。杰出的招魂术巫师绝不可能超然地对待他们自己的举动或言辞，他们不可能勇敢地正视这一切举动或言辞都是徒劳的事实。提防那些说什么"启示就要降临于我"的人吧。这种病态的习惯很快就会受到惩罚,因为这种习惯需要人们去纵容它,需要人们去温柔地对待那个病人,由此而将它幽禁在一种更为狭窄的自我主义中,把他从这个由上帝创造的、由快活而又难免有错误的男人和女人们所组成的伟大世界中排斥出去。既然我们是可以被侮辱的,那就让我们受到侮辱吧。宗教文献中有不少明显的例子。而且,如果我们浏览一遍自己所喜爱的那些诗人、批评家、慈善家和哲人的名单,我们就会发现他们也传染上了这种我们本应克服掉的水肿病和象皮病。

这种甲状腺肿大式的自我主义在名人显要中是如此常见,因而我们只好推测它肯定是有助于人的天性,它在人的天性中有很大的必要性,就像我们在异性的相互吸引中所看到的那种必要性一样。人类这个物种要保存下去,就是这种必要性的一个方面,即是说,自然是通过给人类超量装载了这种激情才获得了人类;大自然创造人类是不顾一切的,不惜冒着永久的罪恶与混乱的危险。所以,自我主义植根于一种最基本的必要性。正是基于这种必要性,每一个个人才能继续作为他自己而存在。

这种个人性质非但不是与修养格格不入的,而且正是修养的基础。每一种有价值的天性都是独立存在的。我们正在与其对话的那个学生必须具有一种他的修养所不能战胜的天生的智慧,这种智慧使用一切书籍、艺术、工具和交际中优雅的言谈举止,但却永远不会被它们征服,不会在它们中间失却本性。只有那些决心坚定的人才是像样的人。况且,修养的目的并不是要摧毁这种个性——上帝决不允许如此！——而是要除去一切障碍和杂质，只留下纯净的力量。我们的学生必须具有一种独特的风格和决心，成为他自己的专长的主人。但是，有了这一切之后，他必须把它们置于身后。他必须具有一种宽大的容量，一种眼见万物而貌似逍遥自在和优哉游哉的能力。不过，这种个人利益和自我是否真是装载得有些过重，以至于在人们想要寻求一个能够不带任何感情或任何自我倾向，能够客观地看待事物的伙伴时，他们几乎找不到任何一个能够令他们满意的人呢？大多数的人都患有一种冷淡、一种漠然，只要那些事物与他们的自我怜爱无关。尽管他们也谈论面前的事物，他们正在考虑的却是他们自己，他们的虚荣心正在设下小小的圈套以诱捕你们的崇敬。

但是，在一个人发现他个人的历史对于人类的重要性是有限的之后，他还可以同他的家人交往，或者是同他的几位伙伴们交往——也许是同邻里之间几位有名望的人物交往。在波士顿，生命的问题不过就是那么八个或十个左右的人物的名字问题。你们见过奥斯顿先生、钱宁医生、亚当斯先生、韦伯斯特先生和格雷诺先生吗？你们听说过艾维莱特、加里森、泰勒神父和西奥多·帕克吗？你们和蒂尔宾维尔先生、萨米特莱弗尔先生以及拉克弗罗比斯先生交谈过吗？那样的话，你们就尽可以去死好了。在纽约，这个问题是另外八个或十个或二十个左右的人物的名字问题。你们见过那几位律师、商人和股票经纪人——那几位学者、几位资本家和几位报纸的编辑吗？纽约是一只汲干了汁儿的橘子。当我除去那一打构成美国生活方式的国内的或进口的名人之后,所有的交往也就到此告终了。我们并不指望任何人还会成为别的什么东西,他们不过都是这些英雄们的模模糊糊的复制品。

生活非常狭窄。10年后,当你再次把一个俱乐部或是一帮子聪明人聚在一起时,如果有那么几位洞达事理、坦然镇静的天才人物能够让那些人直言不讳,那么随之而来的将会是一种什么样的对癫狂和愚蠢行为的坦白呀!我们曾经为之而牺牲自己的那些"事业"——关税或民主、自由主义或废奴主义、戒酒运动或社会主义——都会显得好像是仇恨的根源和愤怒的飞龙;我们的才能是那样的有害,仿佛每一种才能都受到猛禽的袭击,由于它的撕扯而远离幸运、远离真理、远离由诗人们组成的可爱的社会,成了某种狂热、某种偏颇;而且只有当才能现在已变得老朽年迈和衰弱无力时,猛禽才会松开它的魔爪;这时他才会清醒过来,清清楚楚地感觉到周围的一切。

修养是一种暗示,它来源于某些最优秀的思想。它表明:人具有一系列的亲缘关系,通过这些亲缘关系,人可以调节在他的音阶序列中占主导的刺耳的暴力主音,帮助他对抗他自己。修养恢复人的平衡,把他搁置在与他相同和比他优秀的人们中间,复活他那美妙的同情感,告诫他身处孤独和受到排斥的危险。

只向一个人请教跑马、蒸汽、剧院、就餐或书籍并不是一种恭维,而是一种贬损。不论他何时出现,通情达理的做法是把话题转向你所知道的他最溺爱的那个乳臭小儿。在我们斯堪的纳维亚的先辈们的天堂里，雷神托尔的住宅曾经有540层楼，人的住宅现在也有540层楼。人的长处是善于通过许多相关点来进行适应和转变，直至适应巨大的差异和各种极端。修养抑制人类的浮夸，扼杀他们对村庄或城市的自满。我们上街时，必须把宠物留在家中；与别人相见时，必须开朗豁达，本着善意和良知。没有什么行为值得人们忘却亲切和蔼。这是我们必须为那些被称之为艺术和哲学的花里胡哨的商品付出的残酷代价。在古斯堪的纳维亚的传说里，大神奥丁一直到抵押了他的眼睛之后才喝上了一口弥米尔所守护的泉水（那是智慧之泉）。而这里也有一位迂腐的学究，他不会因为是最优秀的人物打扰他就舒展开他紧皱的眉头，他也不会隐瞒他对打扰者的愤慨，除非他们的交谈能够顺着他一道漫无边际，不得要领——他在这里就是要让我们饱尝他的个性之苦。每一位学者都很容易自认为是社区里最最令人讨厌的人物。把他从这种过敏的监牢里拖出来吧。用健康的血为他洗净他那羊皮纸似的皮肤。替他复原他抵押在弥米尔泉水旁的眼睛。如果你是你的行为的牺牲品，又有谁会在乎你所做的事呢？我们可以饶恕你的歌剧、你的地名辞典、你的化学分析、你的历史、你的诡辩。你们的天才人物为了出人头地而付出了高昂的代价。他的头钻进了一个塔尖；他不再是一个健康、活泼和聪敏的人；他已经成为某个发狂的牧师。自然界毫不顾及个人。当她要达到目的时，她就会达到。有一些禽鸟天生就是要在沼泽地和海边蹚水；创造它们的目的丝毫不差地就是为了这一点，所以它们就被拘禁在那些地方。任何一种动物一旦离开它的生长环境就会挨饿。对医生来说，每一个男人，每一个女人，都是某一器官的放大。士兵、锁匠、银行职员和舞蹈家，他们的作用不可能相互调换。由此，我们成为适应性的牺牲品。各式各样令人感兴趣的东西，是矫正这种有机的自我主义的解毒剂。获取这些引人入胜的诱惑物的途径有：了解世界，了解那些有长处的人，了解社会的各个阶级，了解旅行，了解那些卓越非凡的人物，了解那些和哲学、艺术以及宗教有关的高尚的娱乐：书籍、旅行、社会和幽静的独居。

最顽固的怀疑者在目睹了一匹养驯了的马、一只训练有素的猎狗，或是在参观了一座动物园、参观了一次"勤奋的跳蚤"的马戏团表演之后，都不会否认教育的有效性。"在所有的野兽中，"柏拉图说，"一个小男孩是最邪恶的。"古代英国诗人盖斯柯恩也说过大意相同的话："一个小男孩要是没有受过教育，毋宁没有出生。"城市所培养的是一种谈吐和风度；偏僻的乡村则是一种不同的风格；大海所滋生的是另一种作风；军队则造就了第四种品格。我们知道，一支能够为人们所信赖的军队可以用纪律来塑造。凭借严格有序的纪律，所有的人都可以被塑造成为英雄。拉纳元帅曾对一位法国军官说过："知道吗？上校，只有一个胆小鬼才会吹嘘他从不胆怯。"勇气的绝大部分是以前曾经做过这件事的勇气。在人们所有的行动中，只有那些正在运用的能力变得强劲。罗伯特·欧文曾经说过:"给我一只老虎,我也能教育它。"怀疑教育的力量是不人道的,因为不断改善是自然的法则。人们受到尊重,正是因为他们努力向前或是运用了改善的力量。从另一个方面来讲,怯懦是一种公认的无可救药的自卑感。

无法改善是唯一的一种致命疾病。有些人永远无法理解比喻,无法理解赋予词汇的第二种或者是扩充了的意义,无法理解幽默。他们在听了70年或者80年的音乐、诗歌、修辞和妙语警句之后仍然拘泥于表面的字义。外科医生或牧师都无法帮助他们。不过,即使是这些人也能理解干草叉和救火呼救声的含义。而且我注意到,在某些这种人的身上,显然存在着一种对地震的憎恶。

让我们把我们的教育变得勇敢和具有预防性吧。政治是一种马后炮,一种可怜的修修补补。我们总是有些迟到。邪恶已经发生,法律已获通过,而我们才刚刚开始艰难的激烈辩论,以取消那些我们本该早就阻止其颁布的法律。总有一天我们将学会用教育来取代政治。我们对奴隶制、战争、赌博、酗酒所进行的所谓彻彻底底的改革不过是在医治表征。我们必须从更高的基点着手,那就是:从教育着手。

我们的技术和工具为那些能够掌握它们的人们赢得了战胜新手的优势,这种优势就仿佛是你把他们的生命延长了10年、15年或者100年。我以为,为每个高尚的灵魂提供这样的教育是良知的本分;我以为,在30年或40年以后,良知决不能这样说:"这个我本可以做,只是由于缺少武器才未能办到。"

然而我们承认，我们的教育大多没有取得效果。所有的成功都是侥幸取得的，而且是罕见的。我们大部分的代价和痛苦都已付诸东流。自然把这件事揽进了她自己的手中。虽然我们决不能忽略我们系统中的任何一点，但我们却难以确定它是否大有益处；或者说，我们难以确定是否一个不同的系统就真的不能产生同样多的益处。

书籍包含着对人类智慧的最细微的记载。在我们的修养概念中它们必定永远占有一席之地。自古迄今，一切最优秀的人物，培里克里斯、柏拉图、朱利乌斯·恺撒、莎士比亚、歌德、弥尔顿，都曾博览群书，受过全面的教育。他们智慧超人，决不会轻视书本知识。他们的意见之所以举足轻重，是因为他们有办法了解相反的意见。我们确信，一个伟大的人物应该擅长读书，或者说，其吸收能力应该同天生的能力成正比。好的批评是十分难得的，因而总是宝贵的。与其他一切作家相比，莎士比亚具有一种超验的优势。凡是能够看出这一点的人，我总是高兴同他们相识。我喜欢那些喜欢柏拉图的人。因为这种热爱同自满正好不相吻合。

不过，只有在一个小男孩情愿读书时，书籍才是有好处的。有时候，他迟迟不愿意读书。你把你的孩子交给一位老师，然而教他的却是一帮学生。你把他送到一个拉丁语班上，但是他受到的教诲却大多来自他在前往学校的路上所看到的那些橱窗。你喜欢严格的校规和漫长的学期，可他却在自己的旁门左道里找到了最佳向导，而且除了他自己选中的伙伴以外，他拒绝其他任何伙伴。他厌恶语法和韵律辞典，却喜欢枪、钓鱼竿、马和船。既然如此，这个孩子就没有错；而如果你的理论忽视了他的体育锻炼，你就不配对他进行培养和教育。箭术、板球、枪、钓鱼竿、马和船都是教师，都是令人感到自由的好东西。跳舞、服装、街头闲谈也都是如此。只要这个孩子聪敏能干，气质高贵，有创造性，那么这一切对于他的帮助不会亚于书本。他学会了下棋、玩牌、跳舞和演戏。与此同时，父亲则发现另外一个男孩学会了代数和几何。但是，第一个男孩从这些无聊的游戏中所获得的东西绝不仅仅是些雕虫小技。有几个星期他会对玩牌和下棋着魔入迷，但不久他就会像你一样发现：当他从迷恋得过于长久的游戏中站起身来时，他感到空虚和寂寞，从而鄙夷他自己。从那以后，这种感觉还会发生在别的事情上，并在他的经验里产生应有的重要影响。这些微不足道的技巧和成就，譬如跳舞，是进入人类这座戏院中最雅致的包厢的入场券，掌握了它们就能使一个年轻人对许多事情做出明智的判断；否则，他就会书呆子似的眯起眼来斜视这一切。兰道说过："我在生活中蒙受的不幸和苦难，它们加在一起也比不上我由于舞技差而遭受的罪。"但凡这个男孩是可教的（因为我们并不打算从朽木中雕出一尊塑像），那么足球、板球、射箭、游泳、滑雪、登山、击剑、骑马，凡此种种，都是在培养他的多才多艺，他的主要职责就是要学会这些技艺——尤其是骑马，瑟堡勋爵赫伯特曾经这样说过："一个好的骑手骑在一匹优良的马上，就好像是达到了这个世界所能够让他达到的超越自身和他人的极限。"再者，对所有那些使用它们的人们而言，枪、钓鱼竿、船和马可以造就秘密的共济会会员。他们仿佛同属于一个俱乐部。

这些技艺也有其消极的一面。对于青年人，它们的主要用处并不是娱乐，并不是用来作为诱人嫉妒的诱因，而是用来让人们了解他们。我们都充满了迷信。每一种人都把眼睛盯在自己所不具有的优点上：文质彬彬的人盯着粗壮的力气，平民盯着出身和教养。学院教育的一个好处就在于它向学生们证明了这种教育用处不大。我认识一位住在某个重要城市里的重要人物。他一心想要接受大学教育，却没能如愿，因此在他那些上了大学的亲兄弟们中间，他总感到自己低人一等。他轻而易举地就能超过众多的专业人员，可这种优越感却总是不能完全抵消他那种凭空想象的缺陷。在一个穷孩子的眼里，球类运动、骑马、酒会和台球是某种高雅而又浪漫的东西，而事实上它们并非如此。如若可能的话，就让这个穷孩子享受到同等的待遇，自由自在地玩上一次或两次，那么，他的醒悟就会比为此而付出的代价多出 10 倍的价值。

我并不十分倡导出外旅行。我见过一些人，他们因为在本国境遇不佳就跑到其他国家去；后来他们又回到本国来，因为他们在新的环境中被看作是窝囊废。从很大的程度上讲，只有无足轻重的人才会出外旅行。你怎么会没有什么工作让你留在家中呢？有人曾经引用我的话，认为我在旅行的问题上发表过吹毛求疵的言论。但是，我的意思是要公平。我以为，我们的人民有一种不安分的品性。这表明我们缺乏个性。每一个受过教育的美国人或迟或早都会前往欧洲——也许，正像这个国家的这种病态所可能暗示的那样，他们这样做是因为欧洲是他们精神上的家园。一位著名的女校教员说过："对女孩子们的教育，就是要让她们在各方各面都具备到欧洲去的资格。"我们就永远也没有办法把欧洲这条绦虫从我们国人的大脑里剔除出来吗？人们可以非常清楚地看待他们的命运及其必然结局。一个人在家里不能完成自己的职责，在国外也必定不能。他到国外去只是为了在一个更大的人群里掩饰自己的渺小。你不会以为你在那儿会看到什么你在家里所看不到的东西吧？所有的国家，其本质都是同样的。你难道以为会有哪一个国家，那儿的人们不用牛奶锅煮牛奶，不用褓褓包裹婴儿，不用砍下的树枝燃火，不用烤具烤鱼吗？在一个地方是真理，放之四海而皆准。就让他到他愿意去的地方吧。他所找到的美和价值也不过就是他随身带去的美和价值。

当然，对于某些人而言，旅行可能有用。博物学家、发现者和水手是天生的。有些人生来就是信使、交易人、使节、传教士、急件递送员，就像别人生来就是农民和工人一样。如果此人天性快活，喜好交际；大自然有意要为旅行设计和制造一个既有腿又长翅膀的动物，那么，我们就必须遵从她的暗示，孜孜不倦地为他提供那种既赋予他以价值又赋予他金钱的教育。不过，我们千万不要迂腐，应该让旅行充分发挥它的效力。在这个国家里，在农场里长大的孩子要是从来没有离开过农场，人们就会说他运气不佳。处于这种境地的孩子和成人甚至把铁路上的工作或城市里的苦活都视为一种机遇。佛蒙特州和康涅狄格州穷苦的乡下青年原先曾把他们所有的知识都归功于他们到南部诸州去沿街叫卖。而现在，加利福尼亚和太平洋沿岸各州取代了过去的弗吉尼亚而成为这类人的大学。照他们的话说，这是要"去碰碰运气"。而"见识世界"这句话，或者说去旅行，与人们心目中的优势和优越概念是同义语。毫无疑问，对于一个理智的人来说，旅行可以提供一些优势。他懂得如此之多的语言，他具有如此之多的朋友，他掌握了如此之多的技巧和手艺，那么，他作为一个人，他的力量也就会增长如此之多。外国是一个参照物，从那儿他可以对自己的国家做出判断。旅行的一大好处就是推荐家里的书籍和著作（我们到欧洲去是为了美国化）；旅行的另一大好处是去发现人。因为，正如自然把水果分布在不同的纬度上，每个纬度上都有一种新的水果种类；自然也同样将知识和高雅的道德品质寄存在相隔遥远的人们身上。由此而然，每一个人都想在他的同代人中间求教于六七个人，那么所发生的情况常常是：他们中间有那么一两个人居住在世界的另一边。

更有甚者，每一种体格的人都会有至点时刻。那时候，星辰在我们内在的苍穹里就会静止不动，就会需要某种外在的力量、某种转移或替换来避免停滞。作为一种疗法，旅行似乎是最有效的。考虑到伤痛、癌症和破伤风这样一类紧急的情况，当一个人目睹乙醚用于镇痛的那种极妙的效果时，他会为杰克逊医生这种宽厚仁慈的发现欢呼雀跃。同这种情形完全一样，当一个人凝视着巴黎、那不勒斯或伦敦时，他也会欢天喜地地说道："假如我会被人逐出自己的家园，那么至少在这里，在人类多少世代以来所能够发明和积累的最最慷慨的乐趣和消遣面前，我的思想可以得到抚慰。"

与到国外旅行的好处相类似，铁路的审美价值在于把城镇和乡间生活的优点结合在一起，而这两点我们缺一不可。人应该住在一座大城市里，或是住在它的附近。因为，不论他的天赋如何，他的天赋都会驱逐一些令人愉快和难能可贵的才能，其数量决不逊于它的吸收。在一座城市里，所有居民的总的吸引力却迟早总会征服排斥力，并且终有一天会把最最令人难以置信的隐士拖进它的城墙里。在城里，他可以看到游泳池、体育馆、舞蹈教师、游艺打靶场、歌剧、剧院和形形色色的景象；他可以看到药房、自然历史博物馆、美术馆和轮流上台演讲的爱国演说家；他还可以看到外国旅行者、图书馆和他自己的俱乐部。在乡下，他则可以享受幽静和阅读，享受适合于男子汉的劳动、便宜的生活和质朴随便的情调；他可以到荒野去打猎，上山去研究地质，或把精力奉献给小树林。奥布里写道："我曾经听汤姆斯·霍布斯说过，在德比郡得文伯爵的家中，他有一间不错的图书馆和足够的书籍，伯爵阁下在图书馆里堆满了在他看来值得购买的书。然而缺少良好的交流是一个非常大的不便。尽管他以为能像别人一样把自己的思想整理得有条不紊,但他却发现存在着一个极大的缺陷。在乡下,长时间缺少良好的交流,人的理解力和创造力就会像果园的围篱一样覆满青苔。"

城市给予我们碰撞。据说,伦敦和纽约可以使人不再胡说八道。我们大部分的教育是为了培养同情心和社交能力。由有知识和有教养的人们抚养成人的青年男女在他们的举止言谈中就显示出一种无法估量的温雅气质。富勒说:"拿骚伯爵威廉每一次脱下他的帽子都可以从西班牙国王那儿赢得一个臣民。"倘若不是整个社会都是如此温文尔雅,不可能会有一个富有教养的人。他们是相互支撑着以达到某个高度。特别是妇女——一沙龙又一沙龙的妇女,她们明丽可人,雍容大雅,吟诗诵文;她们已经习惯于娴静安逸,彬彬有礼;她们已经习惯于壮观的场面、绘画、雕刻、诗歌和高雅的社会——社会需要一大批具有修养的妇女,这样你才能见到一位史达尔夫人。商店的老板、重要的律师或重要的政客每天都要接触一群又一群来自全国各地的人们。车轮和各个部门的生意人也是如此。对于一个悟性极强的人来说,人们几乎再也没有办法为他指点出一个比这更为彻底的教育了。再说,我们必须牢记一百万人所具有的那种极大的社会可能性。今天,伦敦可以用来激发人们想象的力量就在于:在如此繁杂多样的条件和如此丰富多彩的人们中间,一个人可以确信那里会有可资浪漫多情的人生存的空间;在那里,诗人、神秘主义者和英雄有希望遇到他们的同类。

我祝愿城市能够在稳重的举止方面教出它们最好的课程。自命不凡是美国青年突出的缺点。饱经世故的人绝不会自命不凡，这是他们的标志。他们不发表演讲；他们的音调低沉，严肃认真；他们避免一切自吹自擂；他们是小人物，衣着朴素；他们决不许诺，实事多干，废话不说；他们牢牢地抱着自己的事实。他们用最卑下的名称来称呼他们的职业，因而缴下了邪恶的舌头最尖利的武器。他们的谈话紧紧围绕着天气和新闻，但他们却允许自己在惊异时陷入深思，并且开启他们的学识和哲学。有关某些伟人隐名化装——例如一位国王微服出访——的逸闻趣事曾经引起多么丰富的想象呵。拿破仑曾经在他金碧辉煌的宫廷早朝上佯装一名普通百姓；彭斯、司各脱、贝多芬、惠灵顿、歌德，或者是任何这样一位具有超验力量的人物，都曾被人们目为无名鼠辈。伊巴密浓达"从来就不说什么话，而永远是聆听"；歌德在同陌生人交往时喜欢谈论一些琐屑无聊的话题和使用一些平淡无奇的表述，他的穿着比平时更差而不是更好，他也比平时显得稍微有些反复无常。戴上旧帽子和穿着驭者宽松的外套自有它们的好处。我听说，在这个国家到处都有人对高级绒面呢表示出某种敬意，然而穿上这种面料的衣服却略微有些让人感到压抑，人们并不愿意委身于此种束缚。相反，驭者的宽松外套却宛如葡萄美酒；它令舌头获得自由，人们想到什么就能说出什么。一位古代的诗人说：

> 尽可远行，尽可节省，
> 因为你会发现这一点确切无疑，
> 你越是显得贫穷和卑贱，
> 你就越是能够把漠漠的沉寂看透。[7]

在"贱民歌谣"中，米尔恩斯也写下了大意相同的诗句：

> 对于我，人们就是他们自己，
> 他们从来不跟我穿戴面具。

奇怪的是，我们的人民脑子里没进什么水，但竟然充满了膨胀气体。一位尖刻的外国人曾经这样评说美国人："无论他们说什么，他们都有那么一点发表演说的气势。"然而，盎格鲁—撒克逊人却习惯于自轻自贱，那是他们在历史记载中所表现出的与众不同的特点之一。的确，在古老而又人口稠密的国家里，在一百万漂亮的外套中间，一件好看的外衣并不显眼，而滑稽搞笑的那件却会被看见。在一个英国党派里，一个风度一般、相貌平平、面如红色生面团的人却常常出人意料地表现出智慧、学问，他的话题涉及广泛，他同世界各地的仁人君子们私交甚笃，他的一切的一切直弄得你不得不认为是遇上了某个卓尔不群的人物。难道是美国的森林为古代虔信派教徒野蛮习性中某些即将枯死的莠草——对红色的羽毛、露珠和俗丽之物的热爱——重又注入了生机？意大利人喜爱红色的服装、孔雀的羽毛和刺绣。我记得有一个阴雨涔涔的清晨，在巴勒莫市的街道上是一片熠熠生辉的鲜红雨伞。英国人却具有一种朴素的情趣。高官显贵们的车马仆从就是朴素的。华丽的装束是新兴的和笨拙的城市富豪的标志。皮特先生和皮姆先生所见相同，他们都以为先生的称呼要胜过欧洲的任何国王。他们为在破旧、朴素和灰暗的议政厅里——下院的议员们就坐在这里，面对着炉火——统治整个世界而自豪。

我们希望城市能够成为这样一些中心，在那里可以求得最好的东西。然而城市却以夸大琐事琐物的方式来贬低我们。乡下人觉得城镇就是一家小饭馆，一爿理发店。他再也看不见地平线、山地和平原壮美的轮廓，他也随之而失去了清醒和高尚。他来到了一群唯唯诺诺、伶牙俐齿的家伙中间，他们活着就是为了炫耀，就是为了屈从于公众舆论。生活已然沦落成为一片喧噪声，充满了可怜的俗虑和灾难。你们断定诸神应该尊重这种与他们自己具有共同目标的生命，但是在城市里，他们却把你们出卖给了一片由微不足道的烦恼织成的云彩：

>   Mirmidons, race féconde,
>
>   Mirmidons,
>
>   Enfin nous commandons;
>
>   Jupiter livre le monde
>
>   Aux mirmidons, aux mirmidons。[8]

(诸神若是和密耳弥多涅人[9]较量，

诸神就会身处

不利之险境。

我们这些繁殖再繁殖的蚁族，

今天终于轮到我们了！

我们执掌起大权，

主神朱庇特把宇宙交在了密耳弥多涅人

密耳弥多涅人的手中。）

　　还有什么能够比噪声、比尖叫和哀号的人们更为令人讨厌呢？这些人的风向标总是朝着东方；他们活着就是为了吃饭；他们请医生；他们溺爱自己；他们在取暖器上烘脚；他们用诡计赚来一张软垫靠椅，坐在避风的角落里。要是听任他们数说一遍他们各种各样的病痛，那么日没西山之时他们的故事还会没完没了。就让这些无聊的人们令我们对琐屑的舒适感到厌倦吧。对于一个工作着的人来说，冰霜无非是一种颜色；至于风风雨雨，当他迎头扎入其中时，他就会忘却它们。让我们学会过粗陋的生活，着朴素的服装，并且躺在坚硬的床板上吧。控制味觉的这种小习惯有某些难以估量的良好效果。我们也就不会被迫陷入无聊的节制饮食。过于强调要吃某种特殊的食物是一种迷信。所有的东西归根结底都是由同样的化学原子所构成。

　　追求伟大的人感觉不到渺小的欲望。每当你想到机器和工人都是那么一钱不值时,你怎么会在乎饮食、床铺、服装、敬礼、恭维和财富呢?你不会留意你在伙伴们中间的表现;你甚至不会去完成任何事情。在威斯特摩兰,人们对我称赞华兹华斯,是因为他为乡邻们树立起了榜样:他的一家谦虚谨慎、质朴无华,然而在他家又能感觉到舒适和教养。一个柔弱的年轻人可以戴着褪了色的帽子,穿着因显小而不合体的外套,但这并不会妨碍他在大学里获得令人垂涎的地位,在图书馆里获得应有的权利;对他的教育可以取得相当大的成功。无论是在城市还是乡村,在破旧的中产阶级的住宅里,都还有许许多多的自我克制和男子汉气魄的典型尚没有进入文学作品,他们也永远不会再进入。但是,他们会使地球显得甜蜜;他们会避免不必要的浪费,他们会把钱花在生活的必需品上;他们有如铁器生出斑斑的锈色,教育年轻的人们;他们会卖掉马,但建立起学校;他们会从早到晚地工作,在工厂里看管两架、三架、六架织布机,但最终会偿清在抵押父辈的农场时所欠下的一切债务,然后高高兴兴地回家去重新开始工作。

我们不能放弃城市所带来的巨大的社会效益。我们必须利用城市,但应该谨慎小心、骄傲自豪——谁要是能够尽量地不去利用,城市就会把最有价值的东西赋予他。还是把城镇临时地保留下来吧。不过,应该养成退隐的习惯。独处是平凡的卫士。对于天才而言,它是严厉的朋友,是冷冰冰的、隐蔽的庇护所;在那里,天才的翅膀可以蜕换羽毛,从而载着它飞得比日月星辰还要遥远。一个人若注定要去激励和引导他的同类,就必须保护好他自己,不再同其他人的灵魂一道旅行,不再拘囿于他们那日复一日、陈腐不堪的舆论,不再按照他们的束缚去生活、呼吸、阅读和写作。毕达哥拉斯说过:"在清晨——须独处。"这样,自然才能对想象说话——在人群中她却永远不会像这样开口;这样,她的宠儿才能结识那些只向严肃的和抽象的思想展示自身的神圣的力量。显而易见,柏拉图、普罗提诺、阿基米德、赫尔墨斯、牛顿、弥尔顿、华兹华斯并不生活在人群之中,而只是作为恩人不时地降临其间:博识的导师将会谆谆地劝导年轻的灵魂们信服这种观点,并在支配和安排他们的时间与生活时一定要匀出独处的时间,养成独处的习惯。我可以这样说,大学生活的一个最大好处常常不过是必定可以得到一间单独的房间和独自享用的壁炉——父母可以毫不犹豫地让孩子在剑桥得到这一切,但在家里他们就会认为此举有些多余。我们说独处,是为了突出这种思想格调的特点。然而如果这种独处能够为两个或两个以上的人所分享,那么就会更为快乐,而决不会有损其高贵。尼安德曾写信给他神圣的朋友们说:"我们四个人在哈雷可以享受到一种 civitas Dei(上帝的公民)的内在幸福,它的基础永远是友谊。我越是了解你们,我就越是(也必然会)让我那些平常的伙伴们感到不满。就连他们的存在也会令我感到茫然。在一个万物并存的中心,共同的理解就会抽身退去。"

独处可以免除眼前的迫切压力,使更为宽宏和人道的关系显现。圣人和诗人追求隐居,其目标却是为了最广大的民众和全人类。修养的秘诀在于让人们更关心社会而不是关心他们个人的价值。这是一首新诗，在报纸杂志上，在人们的交谈里，它引起了人们广泛的评论。通过这些评论，最终人们很容易推翻先前读者对它所做出的那种大体上持否定态度的裁决。作为一个艺人，诗人只对人们给予他的赞誉感兴趣，而不会对批评感兴趣，尽管那批评可能是公正的。这位可怜的心地狭窄的诗人只会侧耳倾听赞美，拒斥批评，以此来证明批评家的无能。然而一位有修养的诗人却会同时成为两家公司的股东——譬如说柯夫尤先生——他既是柯夫尤股票持有者，也是人类股票持有者。作为后者的股东，他为柯夫尤股票所表现出的疲软而欢欣；作为前者的股东，柯夫尤股票的大受欢迎也给他以快乐；这种欢欣与这种快乐不相上下。因为，柯夫尤股票的贬值只是显示了人类股票的巨大价值。一旦他能够同批评家站在一起反对他自己，他就是一位有修养的人。

我们必须在所有的财产和所有行为中都表现出一种智识的品质，否则它们就毫无价值。我必须有孩子，我必须有经历，我必须具有社会地位和历史，不然，我的思想和言论就会缺少实体和基础。不过，为了赋予这些附属物以任何价值，我就必须了解它们，知道它们是一些偶然的、炫目的所有物，它们对别人比对我自己更有意义。在学者的身上我们自然可以看到这种抽象作用，然而当在讲究实际的人们身上也能够观察到这种作用时，那会增加多么大的魅力呀。像恺撒一样，波拿巴也具有智识,也能够客观地、不带任何感情地看待每一件事物。尽管他是一个 à l'outrance(极端的)自我主义者,他却能够对一出戏剧、一幢建筑物、一个角色做出符合人类利益的批评,并给予一种公正的评价。一个人可能仅仅被我们视为政治上或贸易上的名人,但是假如我们发现他也具备某些智识的趣味或技巧——譬如说当我们得知长期议会的议长费尔法克斯勋爵(Lord Fairfax)对古物研究具有强烈的爱好;法国的弑君者卡尔诺在数学方面享有超凡的天赋;一位仍然在世的银行家在诗歌上获得了成功;或者一位派性观念极强的记者热衷于鸟类学——在这种时候,他就会赢得我们崇高的敬意。因此,如果我们在游览阿肯色州和得克萨斯州荒凉的原野时竟然会发现旁边的座位上有一个人正在阅读贺拉斯、马休尔或卡尔德隆,那么我们会愿意去拥抱他。有些职业需要最为粗犷的生气。在这些职业中,士兵、船长和建筑工程师们只要不在值班,只要能够表现出某种文雅,他们有时候也会显露出一种敏锐的洞察力。就老老实实地承认这世上有幻觉吧,又有谁能够说他自己不是幻觉的玩物呢?当我们说修养开发了美感时,我们所改变的并不是原则,而只是措辞。一个人活着若只是为了有用,那他就是一个乞丐。不管他在社会这架机器上是一个钉子还是作为一个铆钉,他都不能说是已经达到了自制的地步。每天我都为人们缺少对美的洞察力而感到痛苦。他们不了解那种可以用来美化一切时刻和一切事物的魅力:风度的魅力、自制的魅力、仁慈的魅力。平静与快乐是绅士的象征——那是一种强有力的平静。希腊人的战争记事是冷静的。英雄们不论从事何种暴烈的行为都保持着一种宁静的神色，就像我们对尼亚加拉瀑布所做的描述：它的降落舒徐迟缓。一张快乐而又睿智的脸庞是修养的目标，也是十足的成功。因为它预示着自然和智慧的目的已然达到。

当我们身上较为高级的机能在运行时，我们是温顺的，笨拙和不适让位于自然的和适意的活动。人们注意到，每当我们想到天文学上那悠长的周期和寥廓的空间时，我们就会不由自主地感到心灵的神圣，因而对死亡无所畏惧。壮丽的景色，高耸的群山，它们平息我们的愤怒，增进我们的友谊。就连一座高大的殿宇、一座大教堂的轩敞的内厅对我们的举止也有明显的影响。我曾听说，在高高的天花板下，在宽敞的大厅里，局促不安的人也多少可以感觉到不那么尴尬。我以为，雕刻和绘画对我们具有陶冶风度、消除急躁之功效。

不过，最最重要的是，修养必须从更高的源流入手，以提高辩才、政治或贸易等实验式技巧和实用的技艺。只有在洞察到细节之间全部的相互关联之后，才可能会有某种崇高的思想和力量来整理和安排这些细节。曾经亲眼见到过事物的神圣秩序的雄辩家永远不会再忘记这种秩序；而且，他仿佛是站在一个更高的层次之上观察事物。虽然他不会谈到任何哲学，但是在处理事务时他却能够应付裕如，不会显示出任何茫然或惊恐。正是这一点才使得他的处理方式不同于辩护律师和经纪人。一个人若是和华盛顿各党各派的头脑们交情深厚，那么当他在报纸上读到谣言时,当他听到地方政客们的猜测时,他就会知道每一种说法是否正确的答案,他就能够清楚地看到所有这一切的结果。阿基米德一眼就能够看透你们康涅狄格州的机器,并且判断出它是否适用。更有甚者,如果一个智者不但知道柏拉图会为他展示什么,而且知道圣约翰会为他展示什么,那么他就能够轻而易举地把他所处理的事务提高到某种庄严的境界。柏拉图说,培里克里斯把这种提高归功于阿那克萨哥拉的教导。柏克在他要影响人类事务时就会从一个更高的领域降临人世。富兰克林、亚当斯、杰斐逊、华盛顿,他们都站在一种高雅的人性之上。在这种人性面前,现代参议院的吵闹不过是一种下九流的啤酒馆政治。

然而修养还有一些更为高妙的秘诀。这些秘诀并不属于学徒,而是属于专家。这是一些专为勇者开设的课程。我们必须了解我们那些戴着丑恶面具的朋友。灾难就是我们的朋友。本·琼森在给缪斯女神的致辞里具体地说道:

> 为他取来时间漫长的怨恨,法庭的恶意,
> 迫使他妥协,却让他依旧受到怀疑,
> 强迫他忘却所有的朋友,并且更糟,
> 让他迷失几乎所有通达幸福的道路;
> 你离我而去时是一位更加美丽的缪斯女神,
> 而你带给我的,却是该诅咒的贫困。

我们总是希望背一背书就能学会哲学，我们总乐于轻松扮演英雄。然而更富于智慧的上帝却说：把这耻辱、贫穷和孤独的惩罚拿去，它们更适宜于揭示真理。不但要尝试平静的海水，更要尝试汹涌的波涛。汹涌的波涛可以向人们教授那些值得他们去了解的课程。当国家动荡不安时，个人的品质就比任何时候都更具有决定性。一场革命可能会迫使你把五年的生命集中在一年里度完；但你不要害怕这场革命。时不时地你难免会树敌，但你用不着对此如此顾虑重重。偶尔你会被逐出社交圈子，那么就让它去吧，就让群氓们把他们最冷酷的轻蔑恩赐于你。一位完美的世界之子必须尝一尝每一种苹果。同时，他必须疏远仇恨，忘却怨愤。他既没有朋友也没有敌人。他看重人只是因为他们是力量的媒介。

意存高远之人必定害怕安逸的家和流行的举止。上天时常是用难看和可恶去在一个难得的人物周围围起篱笆，犹之于用坚硬的石灰岩围护果实。如果有什么伟大和美好的事物在等待着你，它不会随着第一声或第二声呼唤就出现在你的面前，也不会以时髦、安逸和都市客厅的形式而出现。流行属于玩偶。波菲利说过："诸神的道路是陡峭的和崎岖的。"请翻开你们的马可·奥勒留的著作，在古人眼中，他是一位不屑于出风头却敢于与厄运抗争的伟大人物。这艘船没有赶上潮汐，在与风浪的搏斗中失去了装备与绳索，然而古人们宁愿选择这艘高贵的船，也不愿意接受她那伴着飞扬的旌旗和轰鸣的礼炮驶入港口的伙伴。任何社会商品都可以用昂贵的代价去购买，区区的和蔼可亲决不可以和崇高的目标与自我生存相提并论。

贝蒂在歌德的母亲指责她忽略了衣着时这样回答说:"如果在我们可怜的法兰克福我不能按照自己的意志行事,那么我就无法有所成就。"青年人必须真实评估地方舆论的那种不可思议的变化无常。我们的生命越是长久,我们就越是必须忍受作为男人和女人的基本生活方式。每一个勇士都必须把社会作为一个孩子来对待,永远不能让它来发号施令。

柏克说过:"对于人类来说,所有那一类严厉的和具有限制性的美德,几乎无一不需要付出巨大的代价。"有谁愿意严厉呢?有谁愿意代表卑劣、低贱和粗鲁,而去抵制杰出和斯文呢?又有哪一个敢这样做的人能够保持温柔的性情和快乐的情绪呢?高尚的美德并不温文尔雅,但是它们最终会以灿烂辉煌来作为补偿。有一些人,他们坚定不移地反对他们同时代人的见解,我们曾经给予他们多少荣誉的桂冠和人类的眼泪呵!衡量一个伟人的方法,是看他在20年后能否成功地让所有人都信服他的主张。

请允许我在这里说,提升修养不论在何时开始都不为早。同学者们交谈时,我发现单单是他们童年的时光就足以赋予想象文学以一种神圣的和无限的品质,为他们赢得尊敬,但他们却把这种时光荒废在一些较为庸俗的伙伴们身上。我还发现,作为一个鉴赏家的儿子,学会鉴赏的机会就会大大增加。然而现在成长起来的这些青年不仅仅是在领悟到真谛时已经晚了许多年,而且有那么两三位生下来就已经太迟,因而不能成为最优秀的学者。在过去的社会里，一个出身名门的地主在经历了年轻人最初的激情之后，往往会被人们发现是一位细心的丈夫，他总是期待着土地在他的管理之下不会遭受任何损失，而能够像他在接受这块土地时一样情况良好地传到下一代的继承人手里。一个顾虑周到的人同样也会把他自己看作是那种世俗的向善过程的主人翁——人类正是通过那种过程才能得到抚慰、治疗和改善；他会避免把自己的力量花费在任何享乐和利益之上，因为那样会危及这种社会的和世俗的积累。我以为，对于一个学者而言，这种向善的努力也是一种可登大雅之堂的动机。

化石层向我们表明，自然最初的形态并不完善。随着地球越来越适宜于作为这些形态的居住场所，它们才发展得越来越复杂：较为高级的出现，较为低级的消亡。在我们人类中几乎还没有什么人可以说是完美的人。在我们身上还黏附着一些从前低级的四足有机体的残余物。我们把这些芸芸众生叫作人，然而他们还并非完全是人。他们的半边身体仍依附在土地之上，用爪子刨挖着试图获得自由。他们需要所有可以拿来的音乐，用以解除他们与土地的依附关系。如果爱情——那种满含泪水和欢欣的炽热的爱，如果欲望及其所导致的灾难，如果战争及其轰隆轰隆的炮击，如果基督教及其博爱仁慈的胸怀，如果贸易及其金钱，如果艺术及其代表作品，如果科学及其穿越空间和时间的电报——如果这一切能够让人迟钝的神经跳动起来，如果这一切能够通过沉重地敲打坚硬的蝶蛹茧而震破它的墙壁，而让这个新的创造物笔直地、自由自在地站立起来，那么，就高唱着凯歌大步向前吧！四足动物的时代即将过去，大脑和心灵的时代就将来临。我们所知的那些邪恶形态再也无法获得生机的时代就要来临了。人类的修养需要所有的物质，他不会放过任何东西。他将把所有的障碍都转变成工具，他将把所有的敌人都转化为力量。可怕的灾难只会成为更为有用的奴隶。而且，如果人们能够从自然有系统的向上向善的努力中领悟到人类的未来，如果人们能够察觉到在人类的身上也同样具有向善的冲动，那么我们就敢断言：没有任何东西他们不能加以克服和改变。直到最后，修养终将吞并混沌世界和焦热地狱。他将把复仇女神化作缪斯女神，他将把地狱化弊为利。

一

举止

典雅、优美和善变
筑起这扇金色的大门；
娴雅的妇女，精选的男人，
令每一位凡夫眼花头昏：
他们可爱而又崇高的面容
是他魂销心醉的佳肴；
他无须走向他们，他们的姿态
萦绕着他幽幽的寂寥。
他难得凝视他们的脸庞，
他的两眼探测着大地，
绿茸茸的青草是一面明镜，

他们的容貌从那儿折射。
面对他们，他无法言语，
他的心在胸膛里是那样跳个不停，
他们娴静的风仪何等的雅致，
令他智穷语竭，无法安宁。
这些给他带来厄运的暴君，
衰弱导致他无法战胜，
钟情迫使他无法逃遁；
备受欺骗的安狄米恩[10]，
悄悄地来到坟墓之后藏身。

灵魂赋予自然以勃勃生机，其最具有决定性的载体当然是清晰流畅的语言，但它同样也十分显著地体现在生命机体的仪态、动作和姿势当中。这种无声的和微妙的语言就是风度。它不是内容，而是方式。生命自会表达。一尊塑像没有舌头，也不需要舌头。优美的舞台造型无须乎用美丽的辞藻加以解说。不错，每一种秘密，自然都只透露一次。但在人的身上，她却无时无刻不在以他们的体态、身段、姿势、风采、脸庞、局部的面容和整架机器的运行来透露着秘密。每个人可资直观的姿态或举动源于肌体和意志的结合，我们称其为风度。风度难道不就是思想吗？风度难道不就是思想进入了手和脚，控制了言谈和举止这些身体的活动吗？

无论做什么事情，即便是煮一只鸡蛋，都会有某种最佳途径。风度即是处事的适当方法——每一种风度都曾经是洋溢着才智或爱意的一举,而现在则在反反复复之中得到定型,为我们所用。终于,风度演变成一种鲜艳的清漆,日常的生活每时每刻都在用它修饰着自身,打扮着自己的每一个细节。假如风度仅限于表面,那么令清晨的草地显得如此深邃的露珠也同样悬浮在表面。风度的感染性极强,人们相互感染对方。在传奇中,孔苏埃洛吹嘘她曾为贵族们教授舞台上的风度;而在现实生活中,塔尔玛曾教过拿破仑举止的艺术。天才们发明了优雅的风度,男爵和男爵夫人迅速加以模仿;而且,凭借着豪华宫殿的优势,他们改善了这种教育。他们把已经学到手的这一课浇铸成为一种模式。

风度的力量是永无休止的——它是一种宛如火一般无法掩藏的元素。在任何国家,无论是共和制还是民主制,都和封建王国一样,贵族的气派是无法冒充的。没有人能够抵御风度的影响。在文明社会中所学到的某些风度具有非同凡响的威力。一旦人具有了这些风度,他或她就必然四处受到欢迎,受到尊重,尽管他或她并不享有美貌、财富或才智。赋予一个男孩以高雅的谈吐和各种技艺,那么,你也就赋予了他无论走到哪里都可以统治宫殿和控制财富的能力。他无须费神劳力去赚取或获得这一切,它们自会恳求他去进入宫殿,拥有财富。我们把生性腼腆、喜好退缩的姑娘们送到寄宿学校、马术学校、舞厅或是任何一个地方,让她们可以结识或接近同性的风潮人物;在那里,她们可以通过亲眼所见学会高雅的谈吐。一位时髦女性所具有的吸引力,还有她那种令人胆怯和畏缩的力量,都是由于别人相信她懂得一些别人尚不了解的策略和举止。但是,当别人也掌握了她的秘诀时,他们就能学会同她面对面地交往,他们就能恢复泰然自若的状态。

风度对人们的那种文雅的支配作用每天都在得到证明。曾经莽撞的人现在不再莽撞。平庸的圈子也学会了要求得到那些属于高层次的自然状态的或文化状态的东西。你们的风度时时刻刻都在受到监视,受到那些极少惹人怀疑的委员会的监视——这是一位身着便衣的警察——但是,当你们完全忽略了这种监视的时候,他们就会或者给予你们或者拒绝给予你们以崇高的奖赏。

我们总是在侈谈实用,然而把我们联系在一起的却是风度。在工作时间,我们只会去找那些知道我们想要什么东西的人们,他们或是有我们所要的东西,或是能够帮助我们完成我们所想要完成的此一件事或彼一件事——这个时候,我们不会让趣味或情感来妨碍我们。但是,一旦这种活动完结,我们就会回归懒懒散散的状态,我们就会渴求那些能够让我们感到悠闲自在的人们,渴求那些能够同我们一道四处旅行、能够在言谈举止上令我们感到舒服、能够在社会格调上同我们和谐一致的人们。当我们想到风度的那种令人信服和令人愉快的力量;当我们想到风度是如何使人受到欢迎、如何为人预备好一切、如何把人们吸引到一起;当我们想到风度是如何在一切俱乐部里塑造其成员,风度又是如何决定了雄心勃勃的年轻人的命运

（在很大的程度上，是他的风度嫁给了他；在很大的程度上，也是他嫁给了他的风度）；当我们想到风度是一些什么样的钥匙，又能开启什么样的秘密；当我们想到风度所传达的是一些多么宝贵的教训和多么鼓舞人心的性格象征；当我们想到为了破译这篇精妙的电报我们必须具备多么强大的预测能力——当我们考虑到这一切时，我们就会看出这个论题的涉及面有多么广，它与方便、力量和美又有什么样的关系。

风度的第一个用处并不高端——这时候，它不过是一些小的品行，但又是文明的开端——我的意思是说，它使得我们能够相互容忍。我们珍视风度，是因为它的那种用以初步塑造和去污的力量可以使人们摆脱四足动物的状态，为他们洗净身体，裹上衣装，让他们直立起来。它可以剥去他们动物的外皮和习性，逼迫他们保持干净。它可以吓退他们的恶意与卑劣，教导他们抑制住卑鄙的情感，而选择宽厚的感情。它可以让他们知道：宽厚的感情远比他们过去的所作所为要幸福得多。

法律对不良的举止是无能为力的。社会上寄生着大批粗俗的、玩世不恭的、不安分的和轻浮的家伙，他们寄生在别人的身上；而一种已经凝缩成为良好风度的公众舆论和已经为公众的理智所接受的文明行为却可以触及这些家伙——譬如反驳者和诅咒者，他们无论是在公开的场合里或是在私下的场合里都像一条猎狗，他们以为一条体面的狗的职责就是要对所有的过路人大声嗥叫，就是要用狂吠声把过路人驱赶得无影无踪，以此来尽地主之谊——我曾经见过一些人,每当你反驳他们或是说一些他们无法理解的东西时,他们就会像一匹马那样嘶鸣——然后还有那些鲁莽的人,他们不经邀请就擅自跑到你家的壁炉旁来;还有那些喋喋不休的饶舌者,他们以极大的、撑得你半死的剂量给你灌输他们的社会说教;还有那些自我怜悯的人——一群令人惧怕的人;还有那位轻佻的魔鬼艾斯摩迪尔斯,他要依靠你在那些相互缠绕在一起的沙子编成的绳索(ropes of sand)中找到他的踪迹;还有那些单调的东西;简而言之,就是说每一种类型的荒唐行为——凡此种种,都是社会的祸害,即便是法官也无法将它们加以医治,无法保护你免受其害。这些祸害必须交由习俗、谚语和行为准则的限制性力量去管束。而这些习俗、谚语和人们所熟知的行为准则早在学生时代就在年轻人的身上留下了烙印。

在密西西比河岸边的旅馆里,人们常常——或者说是过去常常——在旅馆守则里写上"绅士必须身着外衣方可在公共场合就餐"。同样是在那片土地上,在教堂的座椅上也贴有小小的告示,借以恳请礼拜者切莫随地吐痰。查尔斯·狄更斯曾经以不惜牺牲自我的精神承担起改革美国生活方式的责任,矫正某些恶劣透顶的具体习俗。我以为,这一课并没有全然白上。它把恶劣的习俗揭露了出来,粗鲁的人才能看清楚那种畸形丑态。遗憾的是,这本书本身也有它自己的缺陷。它本来无须在阅览室里贴上一条告示,告诫陌生人不得在室内大声喧哗。它也无须提醒观赏精美雕刻的人士对待这些雕刻应该像对待薄薄的蛛网状织物或蜻蜓的翅膀那般谨慎。它更无须警告大理石塑像的观赏者们切莫用拐杖敲击石像。然而，即使是在这座最为文明的城市中，在艺术会堂和市立图书馆里，这一类的告示也并非完全多余。

风度是人为的产物，它既产生于环境，也产生于性格。如果你能够同时观赏几幅出自于不同时期和不同国家的描绘贵族和农民的画像，那么你就不难看出它们与我们城乡中的那些相同的阶级也十分相称。现代的贵族不仅在蒂蒂安笔下古维也纳总督身上、古罗马的硬币和塑像上得到了深刻的描绘，而且也在海军准将帕里带回家中的那些描绘日本显要的画中得到了生动的刻画。广袤的土地和巨大的利益不仅仅只是那些能够管理它们的头脑的所有物，同时，它们还可以为力量塑造风度。敏锐的眼睛可以辨清等级的高低，也能从礼仪上看出某一党派受尊敬的程度。一位习惯于每天有人向他献殷勤，并且受到达官显贵们最高等级礼遇的王子，常常会相应地期待他人对他如此尊敬，而且养成一种适合其身份的接受和回应此种敬意的习惯。

例外的人和方式总是存在。英国的贵族喜欢乔装成农夫。克拉弗豪斯是一个纨绔子，他在鲜亮的衣着和轻薄的举止之下掩藏起他战争的恐怖。然而自然和命运是诚实的，她们必定会留下印迹，她们必定会给每一个人和每一种品质挂上一个标记。征服一个人的脸非同小可。也许一个雄心勃勃的年轻人在得知冷酷的举止让人显得很威严时，就会以为他已经掌握了全部的秘密。千万不要被一种亲切的外表所迷惑。温柔的人有时候具有坚强的意志。在马萨诸塞州，我们有一位上了年纪的政治家。他的一生都是在法庭和国家担任要职，可他却始终没能克服掉脸上、声音里和举止中那种极端的急躁性。当他演说时，他的声音会与他作对：嘶哑、变音、喘息、发齁，可他却毫不在乎。他清楚反正他得发齁、喘息，或是高声地尖叫以表示他的异议和愤慨。当他演说完坐下时，他好像是有某种疾病在发作，两手紧紧地抓着座椅。但是，在所有这种表面的急躁之下，却是一种坚强的、不屈不挠的、奋勇前进的意志和一种处在意志控制之下的记忆。在这种记忆里，他历史中的每一个事实都排列得整整齐齐、有条有理，仿佛地层一般。

　　风度只是在一定的程度上是人为的产物，而从总体上讲，血液本身就必须具备包容修养的能力，否则，一切修养都是空虚的。旧世界的封建体制和君主政体的基础之一，是顽固地袒护血统。这在人们普遍的经验中也不无道理。每一个人——数学家、艺术家、军人或商人——都会满怀信心地在他自己的孩子身上发现某些相似的特征与天赋，而在一个陌生人的孩子身上他却不敢贸然做此假设。东方人在此问题上非常保守。阿布杜尔·卡迪尔·埃米尔说过："栽下一片刺丛，为它们浇上整整一年的水，它们还是只能长出刺来。栽下一棵枣树，丢在那里别去管它，它还是会不停地生出枣子。贵族就是枣树，而阿拉伯的民众就是一片刺丛。"

在风度的发展过程中，一个主要的事实是人的身体所具有的那种奇妙的表现性。即使人体是由玻璃构成，或是由空气构成，而思想是刻写在体内的钢质书版上，那它也仍然不能比现在更真实地传达自己的意思。智者可以透过你的容貌、步态和行为而十分精确地辨认出你的个人经历。自然界的整个秩序一心就是想要表现。人体浑身都是舌头，不断地泄密。人们就像日内瓦的钟表，透明的表面显示出所有的机件运作。他们在这些美丽的酒瓶中盛着生命的酒液，并且向好奇者展示那酒液如何在他们的酒瓶中上下流动。脸庞和眼睛可以透露出人正在从事的行为、他的年龄和追求。眼睛标示出灵魂的古迹——或者说，眼睛可以显示灵魂的升华已经经历了多少种形式。坦白的眼睛可以毫不犹豫地把一切都告诉大街上的每一个过路人，而如果我们在这里大声地说出这一切，那可就是一种近乎无礼的行为了。

人们不可能用眼睛紧盯着太阳，因此也就似乎并未达到完美。一个旅行者最近在西伯利亚发现了一些奇人，他们可以用肉眼看到木星周围的卫星。在某些方面，动物比我们还要优越。鸟儿除了具有翅膀可以把它们带到一个更高的观察角度的优势之外，它们的眼睛也比我们看得远。一头母牛可以发出秘密的信号——也许是用眼睛——叫它的小牛跑开，或是躺在地上藏起来。骑师们常常这样评论某些马："它们可以看见前后左右所有的一切。"户外的生活，如狩猎和劳动，也能赋予人类的眼睛以同等的活力。一位农民在注视着你时，他的眼睛就和马的眼睛一样强劲有力，他的目光犹如棍棒的一击。眼睛的威慑力不亚于一支上满了子弹、对准了目标的步枪；它对人的侮辱也不亚于鄙夷的嘘声和踢打。而在一种不同的心境中，它可以用仁慈的目光让心脏欢快地跳动。

眼睛一丝不苟地服从于心灵的活动。当我们突然间有了某种想法时，眼光就会凝滞，直愣愣地盯着远处。当我们列举人物或国家的名字时，例如法国、德国、西班牙或土耳其，眼睛就会随着每一个新的名字而眨动。心灵所追求的一切微妙的学识，眼睛都会争着获得。米开朗琪罗说过："艺术家的量具并不在他的手中，而必定是在他的眼睛里。"无论是在懒懒散散的目光中（观察健康与美的目光），抑或是在全神贯注的目光中（艺术与劳动的目光），眼睛的表现都无限精彩。

眼睛俨如狮子一般浑身是胆——在四面八方远远近近随处漂泊、跑动、跳跃。它们会讲各种各样的语言；它们不用等别人介绍；它们不是英国人；它们不会因年龄和身份而告假退职；它们既不注重贫困也不看重财富、学说、力量、美德或性别；但是它们却能够在一瞬间一次又一次地闯进你、穿透你。通过它们，一个灵魂的生命与思想恰似洪水泛滥一般倾泻入另一个灵魂！眼睛的一瞥是自然的魔术。它能神秘地沟通房间两端两位从不相识的陌生人，从而为奇迹上足了发条。眼睛的一瞥所传达的信息基本上不受意志的控制。它是性格特征的有形的象征。我们注视着眼睛，是为了了解这另一个躯体是否是另一个自我，而眼睛不会撒谎，它只会老老实实地坦白是哪一位居民居住在那里。眼睛显示的东西有时候会令人恐怖。卑鄙和霸道的恶魔就是在这里坦白。眼睛的观察者在这里寻觅天真和纯朴，而一旦他所看到的是卑鄙和霸道，他就会好像感觉到了猫头鹰、蝙蝠和角质蹄脚的骚动。同样，这一点也异常奇妙：一旦某个灵魂坦露于眼睛这扇心灵之窗，他就会立刻以一种崭新的姿态把自己投向观看者的心灵。

人们的眼睛同舌头一样健谈；而且，它还有一个优势，那就是眼睛的对话无须字典，全世界的人都能理解。当眼睛说着一件事情，而舌头又说着另一件事情的时候，经验丰富的人所相信的是第一种语言。假如某人失去了他的寄托，他的眼睛就会有所表示。从伙伴的眼睛里你可以看出你的异议是否伤害了他的感情，尽管他的舌头可能会矢口否认。当某人准备说一件好消息时，他会有一种眼神；当他说完以后，他的眼神又会是另一种样子。如果眼睛里并没有喜悦，那么所有的热情款待和亲切周到都只是徒有其表，很快就会被客人忘掉。虽然嘴唇百般掩饰，可眼睛却又承认了心中隐秘的欲念，这种情况难道还少吗？一个人完全有可能在一次聚会上一言未发，别人也没有对他讲什么要紧的话。但是，只要他和社会能够心心相印，他在离开聚会时就有可能感觉不到这个事实。因为，通过他的眼睛，有那样一股生命的溪流一直在流入他的心田，一直在从他的体内向外流淌。一点也不假！透过某些人的眼睛人们只能看到紫黑色的浆果。另一些人的眼睛则是水灵灵的，深不可测——宛如人们可以坠落下去的井。还有一些人的眼睛好勇斗狠,贪得无厌——似乎有必要召来警察,对它们严加防范;似乎有必要待在熙熙攘攘的百老汇,借助千千万万群众的保护,才能确保个人免遭它们的伤害。我见到过好战的眼睛,它们时而在牧师的眉毛下、时而在村夫的眉毛下闪着恶毒的光芒。这是一座古代斯巴达人的城池,这是一垛刺刀堆积起来的刀架。还有询问的眼睛、坚定的眼睛、鬼鬼祟祟的眼睛,以及充满灾难的眼睛——有些预示着吉祥,有些则是不祥的凶兆。人们所传说的那种能够迷倒疯狂的或者凶残的野兽的力量就藏在眼睛的背后。它必然先是在意志中取得了胜利,然后才能在眼睛里显示出来。毋庸置疑,每个人的眼睛都能精确地指示出他在人类这把巨大的标尺上所占有的等级,而我们总是在学习如何读出这个刻度。完美的人应该无须他人来辅佐他个人的存在。无论是谁面向着他,都会赞同他的意志,因为他们可以担保他的目标是慷慨无私的,是服务于全人类的。人们之所以不服从我们,是因为他们在我们眼睛的深处看到了污浊。

如果视觉器官能够运载如此了不起的力量,那么其他的脸部器官也具有它们自己的力量。人的脸不过只有几英寸见方,但却足以容纳他所有祖先的特征,足以表现他所有的历史和欲望。雕刻家和温克尔曼以及拉瓦特,他们会告诉你鼻子是多么重要的一个器官,它的形状又是如何表现出坚强或软弱的意志、柔和或暴躁的脾气。朱利乌斯·恺撒、但丁和皮特的鼻子暗示着"鸟喙的恐怖"。牙齿既可以暴露出精美,也可以暴露出缺陷。聪敏的母亲提醒道:"千万不要张口笑,因为那样就会暴露出你的缺点。"

在巴尔扎克留下的书稿中,有一章他称之为"Théorie de la démarche"(步态的理论)。在这篇文章里他说:"容貌、声音、呼吸、姿势或步态都是同一的。它们同时以不同的方式表达出人的思想。但是,由于人还没有获得同时看守住这四种表达方式的力量,你只需要留神其中坦白出真相的那一种,你就会了解整个人。"

我们对宫殿感兴趣,主要是因为它们能够展示风度:浪荡奢侈的上流社会一旦居住在宫殿里,他们的举止言谈就可以提高到一种高等艺术的水平。宫廷里的格言是:风度就是力量。对于一个朝臣而言,镇定而又坚定的举止,优美的演说,小节上的修饰,以及善于掩饰一切令人不舒服的感觉的艺术——这一切是他的基本技能。如果你愿意的话,去读一读圣西门、德雷斯主教、勒德雷和一本百科全书式的回忆录吧。它们会把那些有效的秘密教给你。因此,国王们能否记住相貌和名字事关他们的自尊。传说有一位王子,他总是一副低着头的样子,为的是不让民众感到卑贱。有些人进屋时总像是一个带来了一条好消息的孩子。据说,已故的霍兰公爵在下楼来吃早餐时就总是一副好似刚刚交了某种特大好运的派头。在《巴黎圣母院》中,大公在贵宾席上就座,其外表就好像是在考虑着别的什么事情。不过,我们可千万不要透过宫殿的大门去窥探和窃听。

若想保持自己优雅的风度，就需要别人同样报以优雅的风度。一名学者既可能是有教养的人，也可能不是。当一个热情奔放的人被介绍给一群在社会上儒雅斯文的学者们时，他会发现自己与他们格格不入，因而兴致骤减，一时默默无言。他们都具有某种他并不具备但却似乎本应具备的品质。但是，一旦这位热情奔放的人发现某一位学者离开了他的伙伴们，那么他就获得了机会，而那位学者失去了保护，便只好按照他的条件应酬交际。现在，他们必须凭借自己的力量来决一雌雄。这个人物——这位在世界上获得了成功的人物——在所有的市场上、议院里和客厅里都是那么普普通通，他的天赋究竟是什么？是风度，是富有力量的风度，是他那种能够意识到自己的优势的感觉以及能够适应于这种优势的风度。瞧吧，他在走近他的对手。他清楚，军队的行动都是按照事先的部署——这就是他的廉价的秘诀——正像每两个人之间因任何一件事情而发生争斗时的情况一样，一个人立刻就可以察觉到他掌握着处理这种危急情况的钥匙，他的意志能够包容另外那个人的意志，就像一只猫可以征服一只老鼠。他只需要运用礼貌，和颜悦色地为他的猎物提供各种各样的动机，帮助他遮盖起拴在脖子上的铁链，以免他感到羞辱，奋起反抗。

在剧院里，这门风度的科学事关重大，关系到礼节。对于我们来说，这个剧院并不是宫廷，而是必须身着晚礼服才能进入的包厢。在那里，在一天的事务完结之后，悠闲的男人和女人们为了相互间的娱乐而聚集在装饰华丽的客厅里。毫无疑问，这里有着各种各样的优点，可谓精彩纷呈，格外诱人。然而对于真挚的人们来说，对于胸怀大志的年轻男女来说，我们却不能把它吹捧得过高。在穿着考究、谈笑风生的聚会上，每一个人都一门心思想着要让别人快乐——可是出身高贵的土耳其人来到了这里，却以为每一位妇女都似乎是由于没有座位而在遭罪，而所有的谈话者都被缺氧的空气弄得精疲力竭、头昏脑涨；它毁了最优秀的人物，它让每个人都显得夸张做作。然而，人们就是在这里撰写和阅读秘密的传记——那个家伙的这个方面令人讨厌，我不想同他打交道；另外那个家伙神经过敏，胆小害羞，处处设防；这位年轻人看上去谦和平易，有男子汉的气质，我就选择他吧；瞧瞧这位妇女，相貌既不漂亮，谈吐也不出众，更不具备高雅的魅力令你赏心悦目，可所有的人都兴高采烈地盯着她，她的整个风采和留给人们的印象是健康的；这里来了几位多愁善感的人和老弱病残；这位是埃莉斯，她来到这个世界时就患了感冒，从那以后病情总是在加剧；这里的几位举手投足有如爬鼠，有如小偷。"你看看诺思科特，"富塞利说过，"他看上去就像一只老鼠见到了一只猫。"在这帮既容易激动也容易疲劳的朋友中间，还有这位专栏撰稿人伯纳德，就连阿利根尼山脉也不会比他的行为更能表现出泰然自若。这里是塞西尔可爱的眼睛，它们紧紧地追随着你，似乎她永远都能夺人心魄。再也没有什么能够比格特鲁德的风度中科林斯式的古雅更为出色的了，但是布兰奇——毫无风度的布兰奇——却比格特鲁德更具风采，因为她的一举一动都是一种精神的迸发,一种足以充实这一时刻的精神的迸发;倚仗着这种精神,她足以用瞬间的动作来表达每一种思想。

有人曾经多少有些冷嘲热讽地把风度说成是智者所发明的一种诡计,为的是把愚人拒之于千里之外。的确,时髦人物敏于发现哪些人并非是她的随从,她极少浪费她的注意力。社会的直觉非常迅捷。假如你不属于它,它就会抵制和嘲笑你,或者悄悄地断绝与你的交往。第一种武器会使受到攻击的一方恼羞成怒;第二种武器则更为有效,且无法抵御,因为其投入使用的日期不易为人所察觉。人们就是在这种痛苦的打击之下成长和变得衰老,他们永远也不会怀疑这个真理。孤独在他们身上起到了十分有害的作用。他们怨天尤人,可就是找不到他们孤独的真正原因。

雍容大雅的风度的基础是自立。所有那些缺乏自制的人都会感到迫不得已,那是他们的必然法则。缺乏自制的人令我们感到无奈,感到痛苦。有些人好像觉得他们属于贱民阶层。他们害怕得罪人,他们鞠躬哈腰,谦让赔笑,战战兢兢地度过一生。正像我们有时候会梦到自己赤身裸体地站在一群衣冠楚楚的人们中间,戈弗雷的所作所为就总好像是遭遇到了某种奇耻大辱。是英雄,就应该在任何地方都显得无拘无束。他应该首先自己表现出心安理得和温厚可亲,进而把舒适感传染给每一位旁观者。英雄就是他自己,人们对此只能听之任之。意志刚强的人渐渐会发现,只要他能够为社会履行他生来就固有的职责,他就能够获得一种免疫力——真的!他能免去一切由社会强加在普通人身上的清规戒律和义务。阿斯帕西亚说:"欧里庇得斯并不具备索福克勒斯的那种清雅的风度,但是,"她又欣然补充道,"这个世界属于那些鼓舞着和统治着我们的灵魂的人。毋庸讳言,在这个世界上,在那些由他们赋予了生命的动物面前,他们有权随心所欲地、随随便便地伸展他们的四肢。"[11]

风度需要时间,因为仓促乃天下最粗俗者。友谊应该由礼仪和尊敬来环绕,而决不能逼入死胡同挤烂压碎。友谊所需要的时间常常超过可怜的大忙人所能掌握的时间。罗兰朝着我走了过来,柔情蜜意引导着他,围绕着他,不啻一朵圣洁的云彩或一位神圣的幽灵。对于我们两个人来说,竟然没有更多的空闲来款待这种友谊,而相反却必须为一些缠绕不休的事务所妨碍,这可真算得上是穷困潦倒了呀!

不过,透过这光芒四射的表面,正是现实永远在闪烁。现实终将突破形式的华丽表象。核心终将显露于表面。坚强的意志和敏锐的洞察力将会战胜古老的风度和创造新的风度。此时此刻的思想比以往的任何思想都具有更大的价值。在个性突出的人身上,我们并不留意他们的风度,因为他们的风度倏忽即逝。他们的作为令我们惊愕,我们完全没有能力察觉他们行动的方式。不过,天下万物再也没有什么能够比确认出那种贯穿着这种行动的伟大风格更具有魅力了。在我们面前,人们在他们的财富、名衔、职位和社会关系等方面都戴着假面具,或是扮作大学校长、政府要员,或是扮作议员、教授或大律师,他们用这些名气来欺骗浅薄的人，也相互欺骗了不少人。最起码，人们有必要以谨慎和客气的态度来慎重地对待这些名分，仿佛他们确有长处。但是，一个饱经忧患的现实主义者一眼就能识破这些家伙，而他们也都知道他。就像在巴黎，当警察局长步入一家舞厅后，许许多多用钻石来装饰自己的冒牌货就会退避一旁，尽量地不去引人注目，或者在走过他的身旁时哀求地睃他一眼。一位女祭司说过："我在出生时就已经接受了那种命中注定能够看透一切的天赋。"——而此类卡珊德拉女祭司总会降生。

风度可以显示出真正的力量，因而可以给人们留下印象。一个有着明确目标的人在表情中必定带有一种人人都可以看出来的宽厚和满足。但你却无法恰如其分地为某人培养出某种神采和风度，除非你能够把他变成那种生来就会表现出那一风度的人。自然总是助长现实。凡事若是为了装门面，那么在人们的眼中就只是为了装门面。凡事若是为了爱情，那么在人们的感觉中就必定是为了爱情。一个人能够令人爱慕和景仰，那是因为他从不专门等待着这种爱慕和景仰。一个人所做的事情若是还能让我们为之去拜访他，那么这些事情显然是在黑暗和阴冷中完成。正直——哪怕是一丁点儿的正直，也比任何功名都强。这种表面行动的源泉是如此幽深，甚至连你的伙伴的形象似乎也会随着他的思想的自由程度而变动。在他悠闲的时候，不但他的心胸更为宽广，他的思想更为阔大，他周围的一切也会随着他的表情而变化。任何折尺、标杆和测链都无法丈量那房屋、那房屋的根基；走进那房屋，如果主人局促不安、唯唯诺诺，那么他的房子再大，他的庭院再美丽，那也毫无意义，你很快就会觉得一切已经告终。相反，如果主人镇定自若、高高兴兴、无拘无束，那么他的房间就会显得根基深牢，宽敞轩朗，趣味盎然，那房顶那屋宇如同天空一样活泼开朗。在这个最简陋的屋顶下，即便是穿着朴素的最最普通的人坐在那里，也会显得身材伟岸、令人愉快，而同时又不失埃及巨人般的威严。

无论是亚里士多德、莱布尼茨、朱利乌斯还是商博良，他们都不曾为这种比梵语还要古老的语言制定过语法规则，然而那些不懂英语的人却可以读懂这门语言。人们初次见面时——每次见面时——便互相衡量。他们甚至在开口说话之前就能一眼洞达相互的力量和素质。他们是怎样做到这一点的呢？人们会说，他们言谈中令人信服的力量并不在于他们说了什么；或者说，人们并非是以他们的论点使人心悦诚服，而是以他们的人格，以他们的身份，以他们此前的所作所为。一位早已是强者的人自会有人听命于他，他所说的一切都会受到鼓掌欢呼。另一个人以有力的证据来反驳他，但人们却会讥笑他的证据，直到不久以后，这个证据进入了某一个有分量的人物心中，那时候它才能开始影响到社会。

自立是举止的基础，因为它是力量不至于在过多过滥的炫耀中被耗费掉的保障。在这个学校教育非常普及的国家里，我们具有一种肤浅的文化，我们大量地阅读、写作和表达。我们在诗歌和演说中炫示我们的高贵,而没有把这种高贵努力转化成福祉。古往今来一直有这么一句悄悄话,只有那位能够领悟到它的人才能听得到:"凡事若只有你一人知道,那么它就必定具有非常大的价值。"人们有理由可以相信,当一个人并不写作诗歌时,那诗意就会经由其它出口逃离于他,而不是仅限于写作;诗意紧紧地附于其姿态和言谈举止。而诗人们除了他们的诗行之外,常常再也没有什么具有诗意的东西了。雅各比说过:"当一个人淋漓尽致地表达完他的思想之后,那思想也就多少不再属于他了。"人们会说,这是一条定律:一个人在非说不可时所说的话,才能有益他人、有益于己。在他向别人解释他的思想的时候,他也在向自己解释。但是,一旦他把思想用以炫耀,那么他的思想就会使他腐化堕落。

社会是风度赖以展示自身的舞台,小说则是风度的文学。小说是风度的日志或记载。这些书籍的新的重要性源于这个事实:小说家已开始穿透了表面,他对这部分生活的处理要比以往更有价值。过去的小说千篇一律,格调十分粗俗。过去的小说引导着我们对其所描绘的年轻男女的命运产生了一种愚蠢可笑的兴趣。那年轻男子将要从某个微贱的地位上升到某个尊贵的地位。他需要一位夫人和一座城堡。故事的宗旨就是要为他提供其中之一或是两者全都提供。我们满怀同情地看着他一步又一步向上爬去。最后,目的已达到,婚期已确定,我们又随着欢庆的队伍回到城堡,直到大门在我们的面前怦然关闭,可怜的读者被晾在门外的寒冷之中,既没有被某种思想所充实,也没有获得一种道德的冲动。

然而品格的胜利瞬息即现,这也是所有人的胜利。它的伟大使一切都变得辽阔。每一位英雄的趣闻都使我们的意志更加坚强。小说如同《圣经》一样实用,只要它们能够把这个秘密传授给你:最美好的生活是交往,最伟大的成功是信任,或者说是真诚的人们相互之间的完完全全的理解。在法语里,友谊的定义是:rien que s'entendre(真诚的理解)。我们和伙伴所能签订的最高契约是:"让我们两人今生今世永远真诚相待。"英雄们从一开始就相互理解,肝胆相照,彼此寄予深厚的依赖——这就是所有优秀小说的魅力,这也是所有优秀历史书籍的魅力。如果你能这样感觉和评论另一个人:我无须再同他相见、相谈或书信来往;我们无须再加强我们的友谊或互送怀念的证物;我信任他就像信任我自己;倘若他做了如此这般的事情,我确信那是正确的——如果你能这样感觉和评论另一个人,那就是一种至高无上的理想境地。

在我见过的所有杰出人物的身上,我都注意到一种直率。他们能够比别人更加坦诚地说出肺腑之言,仿佛一切障碍、一切畸形都已被修剪殆尽。他们有什么需要隐瞒的呢?他们有什么需要展示的呢?在纯朴的和高贵的人们之间,总是有一种敏捷的慧心:他们一眼就能辨认出对方,他们的会见建立在一个比他们所可能碰巧具备的才能和技巧更理想的基础之上,即是说,建立在真心诚意和光明磊落的基础之上。因为,友谊和性格的本质并不是一个人所具有的才能或天赋,而是他如何对待他的才能。自助者天亦助之。据说巴斯尔修道士在被教皇革出教会以后,在弃世时被交给一位守护神,由他来替修道士在地狱里寻觅一块最适合的受苦受难地。但是,修道士能言善辩,性格敦厚,无论他走到哪里,他都受到热烈的欢迎和郑重的礼遇,甚至连最野蛮的守护神也是如此。每当修道士与他们交谈时,他们非但不反驳他或勉强他,反而会站在他的一边,仿效他的举止言谈。甚而至于善良的天使也从远处赶来见他,同他一起居住。奉命前来给他找受难地的守护神试图把他驱入更加痛苦的深渊,但仍然无济于事。因为修道士乐天知命,每到一地,每遇一群人,他都能发现一些值得称赞的东西。尽管他是在地狱里,他却能够把它变成一种天堂。末了,押送修道士的守护神同他的囚犯一道回到了那些派遣他来完成这项使命的人们那里。他报告说,他实在找不到任何火来烧死修道士。因为,不论在何种条件下,巴斯尔仍然还是死不改悔的巴斯尔。传说他终于获得赦免,获准进入天堂,并被追认为圣徒。

在波拿巴寄给兄弟约瑟夫的信件中有那么一丝宽宏的气度。当时,后者是西班牙国王,他抱怨在拿破仑的信里失去了他们童年时信件中的那种情深意笃的语气。拿破仑回信说:"真抱歉。你还以为你只会在天堂乐土里再次找到你的兄弟。他在 40 岁的时候对你的感情自然不会像他在 12 岁时对你的感情。但是,他现在对你的感情比过去更真挚更有力。他的友谊出自于他的心灵。"

那些让我们见识过罕见的、壮观的英雄风采的人们，我们对他们是多么的宽容呀！我们可以原谅他们的简陋、鄙俗，甚或可以原谅他们缺少较为高尚的美德。我们是那样深深地怀念着他们！这里有我带来的一篇课文，是我儿时在古典文科中学里学到的课文，它可以与最优秀的罗马传说相媲美。马库斯·斯考勒斯受到了昆塔斯·瓦里约斯·伊斯帕诺斯的指责，认为是他煽动联军拿起武器反对共和国。但是，他异常坚定和严肃地以这种方式替自己辩护道："昆塔斯·瓦里约斯·伊斯帕诺斯声称是元老院的执政官马库斯·斯考勒斯煽动联军拿起了武器。元老院的执政官马库斯·斯考勒斯坚决否认这一点。现在并没有证据。Utri creditis, Quirites?（你们相信哪一方呢，罗马的公民们?）"当他说这些话时，他获得了公民大会的宽恕。

我曾经见到过这种情况：风度可以给人们留下如同个人的美貌所留下的印象。风度可以给人们以同样的兴奋，它可以像美貌一样使我们变得高尚。而且，在一些难忘的经历中，风度会突然显得比美貌更美好，令美貌变得多余和丑陋。不过，要想注意到这种风度，就必须具有细微的洞察力，就必须熟知真正的美。风度必然会始终显示出自我克制：你可不能言辞轻率，过份谦卑，或是泄露了秘密，你应该管得住你的言辞；你的每一种姿态和行为都应该暗示出处于静止状态的力量。此外，这些风度必须由美好的心灵来加以激发。如果你有志于在我们的周围撒播喜悦而非痛苦，那么这种愿望就是面容、姿态或行为的最好的美容师。为一个陌生人提供一餐饭或者一夜的住宿，这无疑是善行。而热情地对待一个伙伴的善良的意图和思想，并且鼓励他，这是一种更大的善行。对待一幅画，我们愿意提供明亮的光线以利于展示；对待一个人，我们当然也要同样彬彬有礼。我们无须考虑哪一条箴言，行善的天赋已容纳所有的箴言。每时每刻都有某种职责展现，有如我刚刚所幻想过的那种职责一样至高无上。不过，我还是要写下这一点——对一切有教养、有理智的凡人来讲，有一个论题是断然不可触及的，那就是他们的怨气。如果你还没睡着，或者你睡着了；如果你患了头疼、坐骨神经痛、麻风病，或是遭到了雷击；我恳求你看在所有天使的份儿上保持平静，千万不要用污秽和呻吟来污染这个清晨，因为所有与你同住在此的人正在给它带来静谧和快乐的思想。从蓝天上走出来吧。热爱这白天。切莫在你的风景画中放弃了这片天空。即使是年事最高、最有功劳的人物在走入刚刚清醒过来的人群时也应该非常谦虚，他应该尊重神圣的感情交流，而所有的人都必须被假定是刚刚从这种神圣的感情交流中走出来。一位曾经为广阔的人类经验生活添色，提升了人类文化的老人对我说过："当你进屋时，我想我会研究怎样才能使人类在你的眼前显得美好。"

说到文化（culture）这个微妙的问题，我以为除了反面的规则之外，别无任何规则可以为我们来确定。至于正面的规则，至于启发和指点，大自然自会单独地去赋予文化以灵感。有谁敢设想去指导一位年轻人或一位少女达到完美的风度呢？——绝佳的风采是如此的妙不可言、艰难曲折，坦白地说，它是永远难以达到的。在为一位年轻姑娘的品行草拟亲切的格言时，又有哪些最纤细的手不会感到笨拙呢？成功的机会似乎从来就不存在，然而人们却在不断地获得成功。自然决不允许第二位的东西存在。我们几乎可以百分之百地说：她的神采和她的风度立刻就可以显示出她并非是第一位的，像她这样的人还会有别人或者有许许多多的人；相对他们来说，她习惯于把自己放在次要的地位。然而，自然轻而易举地就将她抬了起来，在不知不觉中超越了那些难以想象的高度。那些优美的和得体的风度不断地使我们感到惊奇，因为那种优美和得体不仅是无法教授的，而且是无法用笔墨或言辞来描绘的。

一

崇拜

这便是他,虽然被敌人击倒,
却又完好无损地重新跃起,再度投入战斗;
哪怕他被俘虏,成了阶下囚,
也没有牢房的铁窗,能够将他锁住;
即使别人把他投入石窟,
他也能打碎山一般沉重的镣铐;
把他扔进兽笼,去做狮子的美餐,
那百兽之王也要卑躬屈膝,乖乖向他请安;
将他绑在火刑柱上,烈焰也变得慈善,
为了他的荣耀,特地化作一个燃烧的光环。
这就是他,那个被误称为命运之神的好汉,

他穿过夜幕的黑暗,总是来得很晚,
却又及时地赶到,为人们罚恶扬善。
他的威名久著,家喻户晓,
比你的兄长还要亲切周到;
可当他受人欢迎时,免不了脸红发烧。
这就是乔武[12],他对祈祷者充耳不闻,
却又慷慨布施,使他们惊喜万分。
挥笔画下他神秘的面容吧,如果你能
以自己的良心,它善良而又神圣,
使他享受我们的公正。

我的一些朋友抱怨说,在前面宣读的论文里,我们讨论命运、权力和财富的起点太低;我们过多地涉及时代的流弊,又过分地奉迎地狱的看门狗,以至于我们像库德沃斯一样,因过分坦率而流露出强烈的无神论观点,结果无法自圆其说。我并不惧怕自己在不情愿的状况下被迫去充当人们所说的"魔鬼的代理人"。我的信仰坚定不移;我不相信假如我或另一个人说:"尽管我应当沉默,或应当另说一套,可我肯定我将说出某种真理。"——这会有什么了不起。我也不认为怀疑主义对健全的心智有多少害处。一个公正的思想家将容忍他的怀疑得到全面施展。我把笔尖插入漆黑的墨水瓶,因为我并不害怕自己会掉进瓶里。我对我认识的一个人毫无同情,他在决意自杀之后竟向我说,他不敢看他那把剃刀。虽然在不同时刻我们有着不

同的观点看法，但是总的来说，我们大致在心里站在真理的一边。

我看不出为何我们要做出神圣凛然的气派。假如老天爷并不向人掩饰疾病、丑陋与腐败的社会，而是满腔热情地通过战争、贸易、热衷权力与享乐、饥饿贫穷，以及暴政、文学和艺术来表现自己，那么我们也就没有必要不去如实地记录下这些实际情况，更没有必要去怀疑有没有一个冗长而相反的上帝旨意——以为我们迟早会领会它，而且一旦它降临我们心头，万事将会如意。太阳系并不关心它自己的声誉，真理与诚实的价值也毫无疑问。我不担心人们因过分依赖命运、实力或贸易（后者是命运压服不了的）而产生怀疑的偏见。这种原则的威力不是可以论磅计算的。它主宰着大自然的核心。我们最好能给予怀疑主义充分的余地。信仰精神将会重新返回，充斥我们的心胸。它能够抵消权力的任何压力。

"上苍有眼，让我们血管中流动着道德的血液。"

我们天生是虔信忠诚的。上帝的造物设计充满了钩和扣、沥青与胶泥。无论你的宗教团体是在耶路撒冷或是在加利福尼亚建立的，也无论它是由圣徒或无赖组成，它会自动地圆满完善起来。人们建立一个国家或一座教堂，正如毛虫织网一样自然。假如他们更进步一些，事情便会轻松一些，不会像震颤教徒那样，据说因为长期养成了共同思想和感觉的习惯，他们以相同的方式同时进行工作和游戏；并且由于大家一起参与、彼此支持在田野或商店的工作，他们乐于同时乘车外出或旅行，连马车上门都用不着预约。

我们是天生的信仰者。一个人有他的信仰,就像苹果树结果实一样。每一颗微小的物质都有它自身的平衡;每一个心灵都有它特有的正直,并且是它那个社会主持公道的复仇女神和保护神。我同我的邻居们从小就相信:除非我们很快加入某个好教会——加尔文教派、贝尔萌教派、天主教派、摩门教派都可以——否则早晚会发生一场巨大普遍的宗教瓦解。弥赛亚和杰拉米都不会降临。我们这个国度的无政府主义将变得骇人听闻。僵硬的古老信仰早已被打得粉碎。整整一代男女正在四处寻求他们的宗教。在我们的神学领地里出现了不折不扣的无政府状态——这就像革命时期在马萨诸塞州、目前在落基山脉和尖矛岭发生的情况一样。然而我们苟且地活了下来。人是虔诚的。大自然在其一切创造中自有道理。氧气和氮气以一定的比例混合起来。人体的机能同样十分和谐,弹簧与调节器也相互配合。

加尔文、费尼隆、威斯理或钱宁等人影响的衰落没有必要引起我们的不安。天国的建造者并没有把他的作品塑造得如此之糟,以至于使得宗教这种公众的本性被遗忘在一边。公众与私人的因素,如同南北方向、内外联系、向心力与离心力一样,附着在每一个灵魂上面。它不可能被压服,除非灵魂本身消散殆尽了。在教会与宗教的废墟上,上帝建立起人们心中的圣殿。

在上一章里,我们讨论了文化问题的某些特别之处。然而，整个人的状况就是一种文化的状况，而它的灿烂花朵与完善境地便可以看作是宗教，或崇拜。宗教总是存在的，而某些希望与恐惧总会被延展进入神圣的境界——从那种往桅杆或门槛上钉马蹄铁的愚蠢占卜，直到教会长老们颂唱的启示录莫不如此。可是宗教无法超越信徒们的生活状况。天堂永远同地球有着某种相似。野蛮土著的上帝总是一个野蛮人，十字军骑士的上帝肯定是个骑士，商人的上帝自然也是个商人。所有的时代都会产生一些不合时宜、稀奇古怪、预见来世的灵魂，与其说他们与自己的时代和国家有关，倒不如说他们同世界的构成有关。这些人宣布绝对的真理，但不论人们以何种崇敬的心情接受，这些真理总被迅速地加以歪曲，成为野蛮的解释。我国腹地的印第安部落，以及太平洋岛屿上的某些土著人，每当事情的发展不如意时，他们便要鞭打自己的上帝。古希腊诗人也常常随意向他们的众神发泄怨怒的讥讽。拉俄墨冬向海神和太阳神发火，因为阿波罗为他建造了特洛伊城，却又向他索价，于是拉俄墨冬毫不犹豫地威胁两位神祇，说要割掉他们的耳朵。在我们的古挪威祖先里，奥拉夫国王劝说艾尔温德皈依基督教的做法是把一铲烧红的煤炭放在他的肚皮上，烧得他皮开肉绽。"现在你相信上帝了，艾尔温德？"奥拉夫十分虔诚地问道。另一节故事是将一条毒蛇塞入兰德的口中，此人拒绝皈依。

基督教曾在浪漫主义时代标志了欧洲文化——就像是枯树林中长着一棵经过嫁接或改良的树。当时人们若要同一个不信基督教的男人或女人结婚,就好比与野兽同居,等于自动倒退到狒狒的地步。

> 汉吉斯真走运,
> 有个女儿漂亮又聪明,
> 可她是异教徒撒拉琳,
> 爱上了小伙子弗尔提根,
> 汉吉斯让女儿去成亲,
> 结果被人咒骂了一生;
> 因为他让基督徒娶了个野蛮人,
> 从此我们的血缘便同虫豸混淆不清。[13,14]

基督教教义究竟从异教来源吸收了哪些哥特式的混杂观念?对此,理查德·戴维兹在12世纪写成的有关理查一世的编年史曾经有所反映。理查王嘲弄上帝,说要抛弃他:"呸!我在如此孤独可怕的境地,是多么不情愿抛弃你啊。难道我不是你的万能主宰和拥护者,就像你对于我这样?事实上,我的功德今后将要受到蔑视,这将不是由于我的过错,而是因为你的。它并非因为我在战争中有任何胆怯,恰恰是你自己导致了我的王位与信仰的失落,而不是你的仆人理查。"早期英国诗人的宗教意识很不健全,他们既虔诚又亵渎神灵,几乎不分彼此。例如乔叟在迪多的画像中表现出来的有关天堂与人世的奇特混淆便是如此。

> 她是如此的美貌动人,
>
> 年轻,多情,而又双目传神,
>
> 假如上帝是由天地合力造成,
>
> 他自然会喜爱美貌与纯真,
>
> 也会热衷于女性、真理和和谐美景,
>
> 那么他怎能不爱上这位甜蜜的女人,
>
> 天底下他还没见过半个像她这样的精灵。

面对这种粗糙不敬的诗句,我们可以自豪地比较我们自己的雅趣与规范。我们的思想有着更多的节制与细微讲究——然而冷漠难道不正像迷信一样糟糕吗?

我们生活在一个过渡时期。此时那些曾经抚慰过各民族——不仅如此,它们事实上造就了各民族——的宗教信仰,看来已经耗尽了它们的气力。目前,我找不到哪种宗教仍然对人们非常有益。它们要么幼稚弱小,要么女人味儿十足。最致命的毛病是它们把宗教和道德分割开来。我们这里就有蒙昧派教会,有排斥知识的教会,蓄奴与贩奴的宗教;甚至在体面人当中,庄严的宗教仪式也掩盖着罪恶的行径。古老宗教的拥护者抱怨说,如今的人们,学者也好,商人也好,都屈服于一种巨大的绝望心情——他们沉溺于胆怯的保守观念,什么也不相信。在我们的大城市里,居民们不敬神灵,唯利是图——既无约束,又缺少友情和热心。这些人很难称之为人,而是些受到饥寒与欲望驱迫的行尸走肉。他们既然毫无生活目标,又是怎样活下去的呢？一旦他们的琐事完毕，他们就好像百无聊赖的一堆肉，再没有任何值得操心之事。他们不相信读书人，也不相信道德说教。他们相信的仅仅是化学制造业、酒肉食品、财富、机械、蒸汽机、直流电池、涡轮、缝纫机和公众舆论，而不相信神圣的事业。一场静悄悄的革命已经使得老派宗教团体放松了管制，以往沉重而持久的舆论压力，目前已经被怪诞举止和奢侈风气所代替。基督教义中从未出现过如此的轻浮言行——请看看教会中的各种邪说异端吧，那些周期性的"宗教复兴"，有关千年盛世的计算方法，花哨的仪式，主教制度的退化，摩门教徒的四出游荡，催眠术的卑劣手段，神迷者的胡言乱语，猫鼠启示法，敲打抽屉桌，以及黑色艺术，等等。建筑、音乐、祈祷都染上了疯狂色彩，艺术也蜕变成权宜和假造的手段。我们因为无所适从而效仿自己的祖先，而教会则倒退到中世纪的阴影之下。由于民众心理不可遏制地成熟起来，基督教传统失去了控制力。有关耶稣神奇力量的教义被放弃了，耶稣如今凭借他的天才成为一个道德教师。我们不可能继续保留有关他品格的古老迷信；他的神圣像所有人一样，在道德法则的崇高面前消退了。仅就这一变化，以及目前没有一个宗教天才能够抵挡巨大物质活动的事实而言，我们可以感到，宗教的寿命已经结束。保罗·勒鲁克斯在向法国一家杂志的主编提交他的文章《论上帝》时，他解答说，"有关上帝的问题缺少真实性"。在意大利，格雷斯通先生谈到过世的那不勒斯国王时说，"这已成为一段名言，说国王在否定上帝的基础上建立起政府的机构"。在美国,也有同样的麻木气氛,比如人们常说的"更高的法律"已经变成一种政治术语。有什么样的亵渎行为能比得上人们对奴隶制的容忍与宣扬呢?难道还有比目前的教育方向更突出的不敬行为吗?还有如此马虎的皈依手续,教会的世俗影响——这种影响一度曾经强大到混淆是非的地步,而现在却枯萎得像是墙上的一块残存白漆——这些岂不又是亵渎的证据?再看看人口中德才兼备者所占的基数,这难道不是怀疑论的明证吗?让一个人获得美国人所能享有的最高、最宽广的文化知识,然后让他死于海难、车祸或其他事故,这样整个美国都会默认,他最好的结果莫过如此;由于他接受了太多的教育,美国也用不起他——安置这些优秀人才最好的方法,是淹死他,以便拯救船上的其他人。

怀疑主义的另一个毛病是不相信人的美德。那些衣着讲究的富人们相信,所谓美德的多寡要看拥有的财产。这些社会中坚人物是为了享乐的艺术而生存的,而生活本身正是一种往上下颚之间塞填食物的活动。这种低下的生活动机倒是来得真快!有一批英国的爱国者努力多年,试图形成一种舆论,以便否决玉米法案,建立自由贸易。"啊哈,"街上的流浪汉叫道,"考伯登从中捞到了一笔津贴。"而考苏斯立即越海逃往美国,企图动员新大陆起而声援欧洲的自由。"啊,"纽约回答说,"他干得真不赖,足够他过上一辈子舒服日子了。"

看看津贴制度在养尊处优阶级中造成了什么样的恶果吧。假如有一个扒手溜进了绅士云集的场所,他将会因为绅士们的道貌岸然而大感窘迫,并且巴不得能溜走了之。然而,若是一位冒险家经历各种程序之后,终于钻营到手托拉斯中的一个席位,比方说当上了董事或主席——虽然他靠的是我们都厌恶的窃贼手段——那些在私下场合会对小无赖铁面无私的绅士们,此刻却只能走上前去,同这个公开场合中的无赖握手言欢,竭尽礼貌。无论他犯有多少确凿罪行,也不能阻止大家对他热烈逢迎,设宴招待,邀请他登门访问,并且以结识这位贵人为荣。我们是不会被这种私人冒险家的戏法所蒙骗的——他越是大声吹嘘自己的业绩,我们就越是心不在焉;但是我们却求助于那些公开的罪犯所发布的堂皇通告与声明,把它们当作是诚挚的证据。其实这些卖狗皮膏药的家伙仅仅是向自己说说而已。整个来说,我们对所谓的诚实一无所知,还不如一鸟在手来得可靠。

甚至那些心地善良的正派人也受到这种谤教毁道风气的影响,他们每当需要勇气和正直时,却采取三心二意、妥协求全的方法。他们忘记了,一个微小的举措即可引来大错;他们也忘记了,快刀才能斩乱麻。他们,继续扮演循规蹈矩的木头人。然而,这些刻板之人绝对无法帮助你解决任何实际问题,因为他们只会完全地援引古老僵死的旧例。只有那些未曾加入党派并起誓要捍卫某种事业的人,才可能帮助你出主意或采取行动——他们早在出生之前即已受到上天委托,要为此努力奋斗。

有人指责说,领袖人物缺少真挚,是整个美国的一项普遍弊病。可是病患者之多，不应当让我们否认健康的存在。尽管我们有着如此的低能和可怕现象，又发生了"普遍的宗教衰败"，等等，等等，如今仍然再度出现了一种道德感——它就像过去的社会道德观一样，刚刚从美与力量的源头涌出，新鲜如同清晨的空气。你说如今已经没有宗教了。这就好比下雨天看不见太阳，可此刻我们看到的正是太阳变化的极美妙后果之一。可以肯定地说，知识阶级如今的宗教含有一种对于行动和介入的回避性质，而他们以往的宗教却认为行动和介入是理所当然的。这种回避性质却会即时地产生一些自发形式。现有一条可作万事基础的原则。所有的讲演都说到它，所有的行动都试图促进它——这条原则正如同一种简单、沉静、未曾描述也不可描述的存在，静静地藏在我们中间，就像是我们合法的主人。这就是：我们将不主动去做，而是任由事情自己发展；我们不去施加作用，而让自己来承受影响。对此誓言，各个时代、不同背景下的有识之士都是予以赞同的。这种情绪也集聚了广泛而急剧增加的力量。真是有趣，我们狂热的信仰居然包含着完完全全的经验空白。世界的秩序将会教给人们精确的感觉与理解力，而那种择优吸引力量的生命机器，无疑也拥有它自身的功能。但是我们绝非没有意识到，这些力量仅具中介与从属作用，而且总有一天，我们将要面临真正的存在——那本质的本质。甚至连疯狂的物质生产活动也会对道德健康产生某些有益效果。时代进步的节律推动了个人主义的发展，宗教也因此变得孤立无助。我珍视朝着正确方向迈出的这一步。老天爷并不是依靠政治选举制来同我们打交道。灵魂的拯救亦非温饱生活所能奏效的。灵魂会向人问道："你怎么样，个人感觉如何？是好还是坏？"对于伟大的天性来说，能逃避宗教训练本是一种幸福——因为人格的宗教极易受到侵扰。宗教必然永远像一种酸果子，它不可能在嫁接之后还保留原来的野味。一个历经沧桑的旅行者说："我见过各式各样的人性形式。它们在各种情况下都大致相同。可是越是野性的人性，就越是带有美德。"

我们说，老式的宗教衰落了，怀疑主义把社会搅得人心惶惶。我不认为此种局面能够靠着修订神学理论而得以改变或维持下去，更不要指望加强宗教束缚能有什么结果。改变虚妄的宗教要靠一种天生的聪明。忘掉你的书籍与传统，遵从你此时此刻的道德良知。凡是因"道德"和"心灵"等字眼而获得含义的东西自有一种持久的本质；无论我们往其中输入多少幻想，它们总会使词句恢复原有的意义，除去年代的影响。我没见过比它们含义更深的词汇。在我们的语汇中，我们常说"追寻灵感"，好像它是看不见的东西。"心灵"这个词的实在含义是"真实的"。它的规律是自行其是，不靠外力，并且不能设想它不存在。人们谈到"纯粹的道德感"——这就好比一个人应当说："老天爷啊，可怜竟无人帮助他。"在大自然的一切反应中，我都能发现这种无所不在、君临万物的现象。我能很充分地举例说明，大自然的每个组成部分为了回答人类行动的目的是怎样进行反应的——善有善报，恶有恶报。让我们用现实主义取替感伤主义，大胆地揭示这些简单而又可怕的法则——无论它们能否被人目睹——到底是怎样盛行并主宰万物的。

人人都担心邻居会来欺骗自己。可是有一天他开始担心他自己会去欺骗他的邻居。此后一切恢复正常。他把自己的货车换成了太阳的战车。当我们诚心诚意接受了信仰之后，看那黎明是如何庄丽地到来啊！作为更好的投资，我们将选择存在而不是行动，选择真实而不是貌似之物，选择逻辑而不是节奏和表演，选择一年而不是一天，选择一生而不是一年，选择持久的性格而不是逢场作戏。这样，我们便会了解，我们的努力终有善报。如果我们的天分不够，考验的期限就会长一些。

毫无疑问，宗教崇拜这件事以某种关键的方式影响着人的健康，他的高级智能，以至于多少决定了他的知识水准。所有伟大的时代都是信仰的时代。我要说的是，每当出现巨大的鼓动力量，或是开始了广泛的全国性运动，或是产生了艺术、英雄人物和伟大的诗歌时，人的灵魂正处在诚挚严肃时期，他们专注于精神的真实性，那股认真执着的劲头，就像军人持剑、文人执笔、匠人拿瓦刀一样。确实，天才一般出自荒山僻野；而众人渴慕的美与力量，据说都来自著名的阿尔卑斯山区；连每一个男女不同程度的美貌，也不免与其道德魅力有关。因此我想，我们在承认另一个人的道德水准较我们自己为高方面是极其缓慢的——更多一些良心，在敏感性方面略胜一等，或在分辨真假正误方面比我们细心。我想我们对这一点总是半信半疑,迟迟不能承认。然而,一旦认可了别人的长处,我们便毫无根据地对他的才能寄予重望。因为这些人较其他人更接近上帝的秘密,也更多地蒙受照顾。他们能听到神谕,能看见圣光,而其他人却不能。我们相信,上天的神意能赋予人类某种洞察力,因为我们不是凭借个人,而是依靠群体的力量,才得以分享了解事物的本质。

在心智与道德之间,存在一种亲密的相互依存关系。假设两种心智是平等的——在好心与坏心之间,哪一个的判断更加可靠呢?"良心有着它自己的标准,这是理解力所不了解的东西。"这是因为,良心能同时知道健康与疾病的情况,这种情况支配着人的精神状态,即表明他是清醒或是疯癫——这一判断当然优先于所有关于辩论技巧、证据充分、言辞优雅之类的问题。理智与良心的联结是如此紧密,以至于才能无一例外地归属于性格。人们对于原则错误的偏见,使他们滑入危险的道路,一旦他们的意志无法控制其欲望与才能,结果必然如此。于是便有野心膨胀者时常陷入其中的那种弥天大错和执迷不悟。因此改正错误、医治蒙昧和罪恶的方法唯有仁爱。"有多少爱,就有多少理智"——拉丁谚语如是说。仁爱是至高无上的,它是所有灵魂的拯救者与指导者,正如它也是它们的原始本质一样。

道德必须成为健康的准尺。假如你的眼睛盯着永恒,你的才智便会增长,你的意见与行动也将带有一种美,这是饱学之士或有着多重优点的人也望尘莫及的。而你失掉信仰,接受世俗的赚钱标准之后，将会有一段停顿的时光，或曰才能的终止，然后你将会倒退，并且不可避免地要失去你对其他人的吸引力。粗俗的人很容易感到你身上发生的变化，以及你的蜕变，尽管他们拍你的肩膀，祝贺你增长了常识。

我们最新的文化进展在于自然科学方面。我们已得知太阳与月亮的奥秘，了解了河流与雨水的规律，掌握了矿产与物理王国的知识，以及植物与动物界的情况。人类已学会计算太阳的质量，它的质量不增不减。星球的轨道，日月食的时间，现在都能精确无误地予以测算。这样，对于人来说，历史与爱情的书籍都已打开，包括其他的谜底，诸如欲望的诱惑，职责的戒律，都可得到解答。他要学习的下一课，是有关事物必然法律在精神领域与思想领域中的延续。假如是在恒星时间系统之内，万有引力与运行规律保持不变，星球在穿越宇宙时绝不会改变其轨道——这是一种更隐秘的引力，一种更隐秘的运行规则，它以不亚于人类历史的绝对精神，来保证千年万代的力量均衡不受破坏。尽管我们承认了自由与个人的新因素，可是原始物质本身早在道德问题产生之前即已预先被设定；在人们寻求公正答案时，那终极的真理早被肯定了。宗教或信仰正是那些看到这种统一性、密切性和诚挚性的人们所采取的态度。他们看破一切表象，发现事物的本质永远在为真理和公正服务。

若把我们的信仰局限于万有引力、化学、生物等自然法则中，那未免是一种短视。这些法则并不因为我们看不见它们就停止其作用，而是推动几何学、化学等的发展，使之上升到一个社会与理性生活的无形水准。这样，不论我们身在何处，是参加儿童游戏，或是置身于种族冲突之中，都会有完美的反应、永久的判断在一旁监视并加以保护。这种现象在一系列事实当中出现，它关系到所有人，渗透并凌驾于他们的教义之上。

浅薄之徒相信运气以及环境使然的结果：这是沾了某人的光，那时候他碰巧在场，或者虽然此刻如此，换一天就会是另一种结果。信念坚定的人则相信事物的因果关系。一个人生下来就做此事，而他父亲生来就要做他的爹以及这桩事情的促成者；仔细审视，你会发现其中毫无运气可言，它完全是个数学问题，或是一次化学实验。灯蛾飞行的弧线是先天注定的。所有的事物在数量、规则和重量方面都有一定的限度。

怀疑主义正是对因果关系的不信任。怀疑论者看不出，因为他吃饭，所以他才能够思想；由于他做事，所以他才成为现在这个人，变成目前这副模样。他不明白他的儿子正是他思想与行为的产物，而财富无一例外都是劳动果实；事物之间的联结关系也并非在某时、某地才有，它们无处、无时不在发生作用；另外也没有混杂、幸免、反常等可能——而是方法在起作用，犹如一张平稳的蛛网；凡是有结果出来，那么一定有最初的起因。由于我们的现状，我们只能这样干下去；又由于我们做了这些事，就必然会发生如此的后果。我们是我们财富的创造者。若要以时髦口号、欺骗行径来企图获得本不属于自己的好处，都必定会遭受挫折，一无所得。可是在人的心目中，这条命运纽带却是活生生的。自然法则是人类心灵的基础。它在我们身上是灵感启示，而在自然界却体现为致命的力量。我们把这称作道德情感。

我们从印度教义中借用了一条关于自然法则的定义，它同我们西方圣经的所有阐释相比都毫不逊色。"道者无名，无色，无手脚；它微不甚微，大而又大；万物归道，道主万物；无耳能闻，无目能视，无脚而行，无手而握。"

假如读者逼我使用含混的传统用语，我只能以几个例子来向他说明，这种固执信念究竟有无必要。我要让他看到，骰子已经装好，色彩非常坚固，因为它们都是羊毛雪白的本色；地球就像一节大电池，它的每粒原子都带有电磁；而警察与宇宙的诚恳无欺都已得到上帝的保证，上帝把他的神意分送给每一片微小物质；我也要让他看到，世间没有让人虚伪的余地，也没有选择的可能。

初次离家远行的乡下人发现，他的所有习惯都被破坏了。置身于一个新的国家和一种新的语言当中，他的宗教归属感——比如他是魁克教徒或路德派——同样丧失了。什么？难道这不是维持社会秩序及其生存所必需的吗？他忽略了这一点，邻居便会投来监督性的目光，督促他遵守规范。对年轻人来说，这就是纽约、新奥尔良、伦敦与巴黎的危险之处。可是获得一些经验之后，他又发现这些都市并不算很大，不足以让他在其间藏身；而那些在巴黎随处可见、多如牛毛的风化督察员，你也可以在利特尔顿或波特兰等小城四处碰见，防不胜防——这些地方的飞短流长几乎同样是迅捷而又恶毒的。在那里人们毫无隐私可言,往往一次冒犯便屡遭报复。这种人际的冷酷无情或睚眦必报,不单单是波特兰的规矩,也是全世界的惯例。

我们舍不得向人发一点点善心。我们厌恶闲言碎语,可是要紧的问题是别去惹那些个天使。再小的苍蝇也要吸血,而说闲话则是一种武器,你不能将它从最隐秘、最高级、最严格的事务中排除出去。大自然创建了一支等级众多的警察部队。上帝也向成千上万人授权代理。从这些世俗的轻微处罚开始,问题开始不断地升级。此后便是因不公正而引起的怨恨与恐惧心理,犯规者被迫置身于一种虚伪的人际关系之中,以及由于过失而产生了孤独与自我悔恨、自暴自弃。

你不能隐藏任何秘密。若是一位艺术家为了提神而使用鸦片或酒精,那么他的作品将会显示出鸦片与酒精的效果。假如你创造了一幅画或一座塑像,它也会让观看者进入你创作时的心境。如果你为了炫耀自己而在建筑、园艺、绘画或个人装备方面大肆花钱,这些东西也会反映出来。我们都是善于相面和分析别人个性的人。事情本身就是侦探。要是你追求郊区建筑风格,用很少的钱去装饰出一栋外观豪华的房屋,这栋房屋将使别人一目了然地了解:它是寒酸而又摆阔的人盖的。没有藏得住的私人秘密,在文明世界里无密可保。社会就像一个假面舞会,那里的每个人都遮盖着自己的本性,又因为这种遮盖而将它暴露出来。假如某人想隐藏他身上的某种东西,那么他所遇见的人总会知道他的躲躲闪闪，通常也不难明白他在隐藏些什么。要是此人心里埋藏着某种信仰或目标，情况是否会有所不同呢？那可是像烈火一样难以遮掩的东西。他必须是个坚强的汉子，能够把自己的观点存在心里，秘而不宣。一个人说上两三句话，便会让老于世故者听出破绽，从中了解他对于生活与思想倾向的态度——就是说，他是拥护理智与理解力这一派呢，还是偏向于意念、想象、直觉与责任心这一边。人们似乎不明白，他们对世界的看法其实也是其个性的反映。我们只知道我们自己是好是坏；如果自己犯了错误，我们就会怀疑别人。像莎士比亚、伏尔泰、坎比斯的托马斯以及波拿巴这样的伟人，他们的名望也反映出那些推崇者的好恶。正如瓦斯灯被视为夜间最好的警察一样，世界也依靠无情的舆论来保护它自己。

人人都应当武装起来——这倒不是说去配备毛瑟枪与长矛。要是乐于见到这些的话，他会觉得自己的精力与坚毅要比刀枪更有用。无论他多么巧妙地对自己加以隐瞒，他自身的武器对于任何生物来说都极其厉害。他的工作就具有剑与盾的作用。让他不要去指责别人，也不要去伤害任何人。改造一个坏世界的方法，是去创建一个新世界。有一种愚蠢的政治经济学见解，它企图扼杀外国资本的竞争，以便建立我们自己的秩序——方法是以武力或对外宣战来排除对手，或者靠着巧立关税，保护我们自己的劣货。然而真正而持久的胜利只能来自和平，而不能靠打仗。要想征服外国的工匠，你不能去杀了他，而应该设法把他的产品质量比下去。例如在"水晶宫"与世界博览会上,评奖委员会对各种工业产品颁奖,就体现了这种竞争精神。美国工人用铁锤砸了十下,而外国工人只砸一下。这才算是真正击败了对手,就好像铁锤是砸在别人身上。我看到这样一个人时是高兴的:他每当遇到阻挠其成功的问题时,不是向市场、向舆论、向保护人寻求帮助,而是深入检查自己的工作,以便找到答案。在每一种人类的职业中,无论是工匠或艺术家,或是航海、农业和法律,总有一些人马马虎虎地工作,或者如我们所说,他们敷衍了事,尽量地偷工减料——可也有大批承担着商业重任的工人,他们热爱自己的工作,乐于做好它,并且把完成工作当作自己的天职。国家和整个世界都为此感到庆幸,因为它们拥有绝大多数这种尽职的工人。这个世界最终总会公正地评价这些工人,而不可能做出其他选择。有能力的人可以安心地等待,总有一天他的能力会得到承认与赏识,并且他会得知,自己的能力不会被浪费掉。人们在谈论胜利时,好像它是种侥幸得来的东西。其实,工作才是胜利之本。无论在何处,只要你尽力完成工作,胜利也就在望了。其间没有什么机遇与空白。你只需要一种判决。假如你有自己的判决,你就安全了。而且,假如你需要见证人,他就会在附近出现。从来没有一个人能够天生如此聪明或善良,他只不过是伴随着一个或更多的人来到世上而已——这些伴随者欣赏他的能力,并且对之进行报道。我不得不惊恐地看到,无人能够单独地进行思想,也无人能够单独地行动,他们都是由神圣的评估人陪伴着进入生活——这位圣灵一会儿披上这种伪装，一会儿披上那种伪装，他与人并肩行进，寸步不离，走过整个时间王国。

这种反应，这种诚挚性正是所有事物的宝贵价值所在。要使我们的言行变得崇高，我们就必须言行一致。真正起作用的是我们的制度，而不是单个的言辞或无依托的行动。无论你使用何种语言，你也说明不了任何东西，除了讲清楚你自己是何人。我是什么人，我想的是什么——这些问题会传达给你，即便我想阻挡也挡它不住。"我是什么人"这一问题经由我秘密地传达给别人——我徒劳地决定让他了解这一问题，可是当我一言未发之际，他已经从我这里获悉了它。

人们在日常生活中慢慢地养成一种热爱诚挚的习惯，以及某种生怕被人哄骗或取笑的担心。在人的个性发展中，有一种不断增强的对于道德情感的信任，以及一种对于各种建议和主张的怀疑心理。年轻人羡慕有才能的人，尤其是出类拔萃者。可是随着年纪的增长，我们开始器重总体力量与后果，并把它当作人的精神或品质来看待。于是我们换了一副眼光，有了新的标准。这新眼光无视事物的表面现象，一直深入到行动者的内心里去。这新标准也不仅仅倾听人们的口头表白，它根据的是他们没有说出的打算。

天主教历史上曾有过一个聪颖而虔诚的人，他的名字叫作圣菲力普·耐里。关于此人的洞察力和仁慈美德，有许多逸闻至今仍在那不勒斯和罗马流传。在距罗马不远的修道院里，出现了一个不同凡响的修女,她声称自己具有某种奇异的领悟与预言功能。于是修道院院长向罗马的教皇报告了这位修女的奇异能力。教皇不知该如何处理这种新鲜事,碰巧菲力普途经此地,教皇便在某一天垂询于他。菲力普答应亲自去见修女,以便查明她是何种人物。他跨上骡背,征尘未洗又立即上路,穿越泥泞和沼泽赶往修道院。他向修道院长传达了教皇旨意,并请她立刻召来修女。修女应召到来。她一进屋就看到菲力普伸开满是泥污的双腿,命她脱去他的靴子。这位年轻修女由于近日来饱受众人的重视和崇敬,对此勃然生怒,拒不执行命令。菲力普冲出门外,骑上骡子立即回城向教皇复命:"请您放心,教皇陛下,那儿没有奇迹发生,因为她不肯卑躬屈膝。"

　　我们无须关心人们爱说些什么,而应该注意他们必须说些什么。尽管他们那种忙碌、机敏的美国式智慧力图阻止其真实意图,吞吞吐吐,故作玄虚,我们也还应该弄清楚他们的本意。假如我们静坐不动,他们会说出想说的内容,不管他们愿意也好,不愿意也好。我们对你毫不在意。让我们假装出要做什么的样子——我们永远会穿透你本人,去观察你背后的那个模糊的主宰。当你的习惯或好奇念头夸夸其谈时,我们礼貌而又不安地等待着那个英明的上司重新开口说话。甚至连孩子也不会被他们父母的虚假理由所蒙骗——在回答孩子的疑问时,事情往往涉及自然常识、宗教或个人。每当父母无心去认真思索,仅仅用传统或伪善的答案进行搪塞时,孩子们也会注意到答案的虚伪。面对一部完善严谨的宪法,另一部宪法的缺陷便昭然若揭。我们之所以看不到它的毛病，原因只在于我们所处的位置不对。一位解剖学观察者说，胸部、腹部与骨盆的交感作用最终会反映到脸上，形成脸部的一切特征。我们的美貌不但会消失，而且会留下逐步消失的说明。相面术与颅相术并不是新型科学，它们仅仅是灵魂的宣言，表明灵魂对于某些新的信息来源是有所感应的。目前，具有广阔视野的新科学正在这些传统知识背后迅速崛起。因而，对我们自身而言，我们在言论上犯下些错误确实算不得什么，只要我们不故意脱离真理便好。当某个人的言辞全部被人遗忘之后，他的真理却突然重现——这该有多么奇特啊！这真理在寂静的时刻降临到我们当中，而它却成为我们穿越生死之途时唯一的盔甲！机敏与愤怒都不会对你有所帮助；只要你无法对另一个政党争论或阐明你的意见，并且向我、向你自己剖析真理，那么你只不过是获得了一个停靠车站，却不能在此卸下自己的货物。其他党派将忘掉你所说的言辞，而你参加的这一派将继续为你呼吁。

为何我急于解决生活向我提出的每一个问题呢？我非常肯定地认为，那个给我带来如此多疑问的伟大提问者，终将及时地给我带来相应的答案。这位提问者非常富有、强大，而且欢乐，他会完全依照他自己的方式来满足我。我为何要因为不能回答反对意见而放弃我的想法呢？只需想想我生活中的一切是否依然如故，就会明了。我们心中所独有的这种东西，离开它我们便无法理解事物。假如我们没有遇见上帝，那是因为我们心中没有它的形象。如果你心中自有灵光，那么你就会在搬运工和清道夫身上发现神圣业绩。那种真正不朽之人，是一个把万物都视为不朽的人。我曾在某本书里读到，只要有一个人有缺点，那么天底下便不会有尽善尽美之人；而一个人的幸福不可能与另一个人的苦难共同存在。

佛教徒们说，"种子不会消亡"。每一颗种子都会自动生长。任何服务都是有偿的。哪儿能找到无偿的服务呢？除去这种为了获得报偿的贪婪，世上还有什么能称得上庸俗并且是一切庸俗的本质呢？这正是匠人与艺术家的区别，雕虫小技与天才的区别，罪人与圣徒的区别。一个人如果不把他的目光集中在他的行为的本质上，而仅仅盯住他的工资——不论是金钱、官职或名望——那么他依然是卑贱的。真正的伟人会把目光展开，确保行动的报偿不致失落，因为他已经融入他的行动，抓住了行动的本质，而这本质自会结出果实，就像其他的果树一样。一个伟人是不会被他行动的后果所阻止的，因为这是直接的后果。生活的天才对于高尚者是友善的，它在黑暗中为他们从远方带来朋友。敬畏上帝吧。无论你去何处，人们都认为他们是在神圣的教堂里行走。

因此，我把这些组成了人类荣耀的情感——爱、谦恭、信仰——也看作是圣灵之光在物质元素中的反映；只要人是正确的，他的身体和灵魂深处便会产生出信念与预见。这就像花开之时，香气四溢一样，当所有的岩石和土壤都散发出它们的气息时，整个地球上就会形成一种美妙的气氛。

人就是这样变得与每一个事件相互平等了。他能为了正确的东西去面对危险。只凭一副饥饿、瘦弱而又痛苦不堪的身体,他却能闯入火焰、弹雨或瘟疫之中,靠着职责去指引自己。他感到一种正义使命的召唤和鼓舞,从而信心倍增。我只要立场不变,就不害怕发生事故。很奇怪,那些地位优越的人并不认为,他们在防范霍乱病方面,除了不吃青豆和沙拉之外,还有什么更好的办法。生活可不是令人起敬的——不是吗?假如生活中没有宽宏大量的、保障性的任务,也没有那种构成生存必需的职责与感情,它肯定会变得很糟糕。每个人的任务正是他自己生活的保持者。那种认为上帝需要他的工作、他不能不干的信念恰好保护了他。一种崇高的目标会对手段、时光和人体器官发生作用。崇高的目标就像阿尼卡酊剂一样具有治疗作用。歌德说,"拿破仑去看望那些染上瘟疫的病员,是为了证明,只要他们能击退恐惧,他们也就能战胜疾病。他是正确的。在这种事例中,意志的力量强大到不可思议的地步:它穿透了人的肉体,使它重新活跃起来,从而压倒一切有害的影响,而这些影响恰恰是恐惧所引起的"。

有人说到奥兰治的威廉先生。当威廉在欧洲围攻一座城镇时,一位出公差的绅士来到他的兵营,碰巧听说国王就在城墙下面,因此这位绅士就冒险去见国王。他发现国王正在指挥炮兵作战。国王听取了绅士对其使命的解释,并且接受了他的答复之后说:"先生,您是否知道,您在这里待的每一分钟,都是对您生命的极大冒险?"绅士回答说:"我所冒的危险并不比陛下您更大。"国王说:"是的,但是我是因职责而来,而您却不是。"几分钟之后,一颗加农炮弹击中他们说话的地方,那位绅士当场毙命。

诚恳的学生由此可以在他更深沉的直觉指引下,一举推翻他早年直觉的一切警告。他从中学会了欢迎不幸,学会逆境造就伟人的道理。他还学会了恭谦的重要性。他将在黑暗中工作,不顾失败、痛苦与恶意的阻挠。假如有人侮辱他,他能承受侮辱。可他的任务并不是去侮辱别人。哈菲兹写道:

> 当末日降临的那一天,
> 人们将会蓬头垢面,
> 以此作为他们的徽章与装饰,
> 来表明他们不敬神灵的罪孽。

道德使一切人平等,也使一切人变得富有和坚强。钱币能收买一切,人们都可以在口袋里找到钱币。在奴隶贩子皮鞭抽打之下,奴隶会觉得他与圣人和英雄是平等的。在巨大可怕的贫困和灾难中,人们会惊讶地感到自己具有一种伸缩力,它令人觉察不到损失的痛苦。

我追忆起一位著名拳师的某些特点,他的生活与言谈反映出这种情绪的许多启示。班奈迪克特在当前这个时代被当作一位伟人。他并没有贮藏任何过去的东西——既没有在他的办公室里存留,也没有在他的记忆中保存。他对于未来一无设想——既没有考虑他该为别人做些什么,也没有打算让别人为他做些什么。他曾经说,"我决不会失败,除非我确信自己已经失败了。我遇见一些强壮粗野的人,可我在他们面前缺少应变的技巧。他们认为他们已经打败了我。此事公布于众,发表在杂志上。我就以这种方式打败了,在所有人的眼中失败了,可能就输在十几行不同的报纸消息上。有关我的传说表明我已负债累累,收支亏空很大,并且因此赶走了我的对手。我的国家情况可不太妙。我们这些人都有些病态,丑恶,卑贱,而且名声不好。我的孩子情况可能会更糟。我看来也在失信于我的朋友和顾客。这就是说,在所有经历过的对抗中,我一直未能真正武装起来,以便对付那场特殊的比赛。于是我被历史地击败了。可是我知道,一直知道,我绝没有输给别人,甚至都未曾打过那场比赛。当我的时刻到来之时,我一定会奋起迎战,并且击败对手"。维希努·萨玛说过,"一个人在比较了自己与别人的力量和弱点之后,如果仍然看不出差别的话,那么他将很容易被他的敌人打败"。

他又说,"我在这个国家度过了十个月。光亮的猎户星座是我唯一的伴侣。只要是一只松鼠或一只蜜蜂能安然前往的地方,我也能去。我随处取食出现在我面前的东西。我触摸常春藤和山茱萸。在我出国旅行时,我同路上所有的行人结伴相从,因为我知道,我的善恶并非由此而来,它们原本出自上帝的旨意,而我正是他的仆人。我不能像他们那样降低自己,去受环境的支配——他们把自己的生命全都投入到自己的财富和公司中去了。我也不愿意绞尽脑汁，搜肠刮肚地贬低我自己，仅仅为了获得一个主意，或者等到一个主意。假如主意来了，我会恰当地对待它。而它则应该理所当然地进入我的四肢。但是如果它不是自发产生的，它也就完全来得不是时候。要是它与我无缘，我也可以不需要它。我的朋友们在此问题上也持同样的态度。我永远不会去取悦美人。我也不会向别人乞求友谊或青睐。当我恢复自我时，我们都会明白这一点。你无须问任何问题，也不必许诺什么"。班奈迪克特本是去寻找朋友，而且在半路上碰见了他。可是他没有对这种巧合表示惊讶。另一方面，假如他登门拜访他的友人，正巧友人不在家，而他也没有再次前往——结论是他已经误解了他们的友情。

他机敏地没有对吃亏的朋友道歉。他说，因为这只是一种个人虚荣心而已。但是他愿意在他犯下错误的方面加以改正，那要等到他遇见下一个人的时候。这样一来，他说，普遍的正义就得到了伸张。

蜜拉前来询问，她该如何对待自己的女佣——那个可怜的吉尼斯女人主动要求为蜜拉当佣人，每天只要一个先令的工钱；可是现在她病倒了，希望主人养活她。蜜拉该怎么办呢？是留下她还是解雇她？班奈迪克特却说，"这还用得着问吗？时间一到，事情就会自动地结自己，而不会再生出另一件事来。要不要把她赶到大街上去——这难道也是个问题吗？这同要不要把小詹妮抱到街上去的问题差不多。你送给乞丐的那些牛奶和肉足够养肥詹妮。把女佣人赶出门，就等于把你的婴儿扔出门外，无论你怎么看待此事"。

在所谓的震颤教徒中间，我发现他们虔诚遵守的教义里有一件信仰的证据——它鼓励教徒开门接待每一位徒步旅行的客人，只要他愿意进来做客。他们说，这是因为上帝的圣光将会使客人明白，并且使社会了解到，他是个什么样的人，以及他是否属于众人。教徒们既不主动接待他，也不公开地拒绝他。他们并非白白地穿破了自己的土布外套，也没有浪费他们在地里的劳动，以及年复一年慢吞吞地跳着的布鲁因舞蹈——假如他们真正学到了这么多智慧的话。

请赞美他，这个在生活中不断获胜的人吧。他凭借神圣与真实世界的同情，在劳动中找到了精神支持，而不是人们的颂扬。这种人本身并不发出光彩，他也不愿意如此。睁大双眼，他选择了美德，并且以此激怒了那些道德捍卫者；他选择了宗教，致使各教派停止争吵，齐心合力地对他的教会进行焚烧和消灭。这是因为，最高的美德总是与世俗法律相违背的。

奇迹总是降临到奇异的人身上，而不会与算术能手有缘。我对于才能与成功的兴趣并不强烈。我关心的是另外一些了不起的人物——他们影响我们的想象力，他们把握不住具体的东西，却容易着迷、失落，是些思想的傻瓜——他们向人们提示他们无法做到的事情。他们同历史对话，他们的声音穿透悠远的时空。可是上帝并不喜欢瘸子和畸形人。假如某地有一个好人，那么那里肯定还有一个或更多的好人。

因而联想到未来的那个时刻，当那个身着美丽服饰的魔鬼在夜晚出现在我们的窗帘旁，白天守候在我们的餐桌边的时候，我们将会大彻大悟，非常肯定即将发生的巨变。人类对他们的生存能力至少一直心怀感激之情——这正是那种害怕生命被夺走的恐惧心理，以及那种为了延续生命而表现出来的贪婪好奇心与强烈兴趣。上帝在此赐予我们的全部启示就在于那种温柔的信赖——它在我们已有的经验中，也要以鲜花掩盖起这道倾斜的横沟。

当人的灵魂十分忙碌时，它对于不朽这一概念并无太多兴趣。它自我感觉很好，因此相信它会一直好下去。它对于至上权威没有问题可提。安提罗科斯的儿子问他的父亲，他何时才能参加战斗。国王说："难道你害怕自己是全军唯一听不到军号声音的人吗？"这其中透露了一种更崇高的精神：如果我们万幸地活了下去，我们就活下去——人有了这种信念将会变得崇高，这要比那种指望能千年万载地活下去的梦想好得多。在我们的寿命问题之上，还有一个更重要的问题，即人生意义或价值。灵魂的不朽对于这问题非常合适，那种盼望在将来成为伟人的人，必须现在就当一个伟人。这是一个巨大沉重的原则，它不能依赖任何传说，也不能依赖别人的经验，而只能依靠我们自己。假如它成立的话，我们必须对此加以证明，依据我们自己的活动与方案来证实它——而这活动与方案暗含着一种任其施展的无尽未来。

被称作是宗教的那种东西实在糟糕，它使男人变得阴柔，并且腐蚀人的道德观念。像你们这种芸芸众生，上帝和诸神是不屑于来拯救的。人类在众多方面都是不适于生存的：从他们明显的不平等，到他们不可缺少的必需品；他们要么受政治之害，要么受到坏邻居或疾病的骚扰；当他们得知自己无须再履行生活的职责时，他们会很高兴。然而聪颖的直觉会问道："死亡会怎样帮助他们呢？"当人死去之后，这些问题并没有消失。你不会出于胆小而渴求死亡。世界的重任被压在每一个道德使者肩上，迫使他坚守工作岗位。在上帝主宰的人世间，唯一的逃脱之路就是不停地干下去。你必须在自己获得解脱之前做好你的工作。马库斯·安东尼努斯把这一切总结为一句话：只要这是一个关系到宇宙治理的问题，"那么人在相信神灵的状况下死去是愉快的，而在没有神灵陪伴下生活是悲惨的"。

因此，我以为生活的最后一课，即从所有生灵和天使们中间升起的合唱挽歌，就是主动地服从死亡，并把死亡看作是一种必要的解脱。人是由造就世界的那些物质造成的。他因而分享着同样的感觉、自然倾向与命运。当他的心灵受到启迪时，当他的良心变得仁爱时，他将自己快乐地投入神造的秩序当中，并且主动地依照上天的规划去发挥一块石头的作用。

那种将能够去指导并完成目前及未来时代任务的宗教——无论它以何种形式出现——都必须是具有知识分子气质的。科学的头脑必须拥有一种科学的信仰。"有两件事，"迈尔莫特说，"让我十分害怕，一是有知识的人蔑视信仰，一是头脑糊涂的人盲目迷信。"我们的时代对这两种倾向都不能忍受,尤其是后者。让我们在目前摆脱掉所有那些无根据的东西。宗教本身一定有足够余地,任人去发展良心与想象。让我们不要再为固执念头和掺杂的真理所烦恼,也不必因情绪波动和嗤鼻冷笑而不快。

我们将要有一种建立在道德科学之上的新教会。它起初是冰冷而赤裸的,就像马槽里的又一个圣婴。它是伦理法规的几何学和数学,是未来人类的神圣教堂,没有双簧管、弦乐器和低音喇叭。可是它将把天地作为它的横梁与屋椽,并且把科学当作它的象征与装饰。它将迅速收集各种美的艺术品,音乐,绘画和诗歌。它的严峻与苦行色彩将使斯多噶精神相形见绌。它将让人回到家里,冥思苦想,独善其身,并且视那些逢迎的社交礼仪为耻,宁可把交际的时间花在朋友身上。他将不指望与人合作,他将独来独往,摒弃同伴。剩下的唯有那无名的思想,无名的力量,以及那超乎凡人的良心——他将安然地依托它们而眠。他只需要他个人的宣判决定。盛誉对他一无益处,恶名也无法伤害他。法律会成为他的安慰者。那些好法律本身有生命,它们知道,如果他遵守这些法律,自己就会促使他活跃起来,去担当责任重大的领导任务,从而走向辽阔无垠的天际。荣誉与幸运将与他同在——而他则总能认出伟人的踪迹,永远意识到自己置身于崇高事业之中。

一

随想

听,那歌声传自不列颠的默林[15],
赞美最真诚的舌头最敏锐的眼睛。
不要说,最先到来的首领,
篡夺了众人渴求的宝座;
发现这方热土的先辈
终究未能奠定它优越的地位;
人们仍在等待:明天总会有一人来临,
向他借来他们的真理和好运。
然而,难道你能测量你所有的道路,
任凭你举起那最轻的包袱。
黄金虽少,却可以施舍给那更少之人;

而你，辛迪兰的儿子！且留神
你将无法担承满载沉重的黄金。
你的差使未尽，已蹒跚踉跄，
若能爬上山顶唯有轻装。
最最富裕的王侯莫过于实用，
还有最崇高的缪斯与红润的健康。
生活在阳光下，遨游在大海里，
且饮下新鲜有益的野外空气。
老人星在五月里光辉熠熠。
举国欢腾，牧羊人欣慰，
美妙的音乐是亲切的话语，
它医治一切病痛，它可以直达心底。
伪装好你的智慧，就用那欢欣，
玩耍你的弓箭，却要射中靶心。
智慧最主要的一种用途，
就是与一无所有者生活和相处。
披荆斩棘将你的土地耕耘。
在这里收获一切果实和美德，自有丰收的年成：
白痴和仇敌可以安然地漫步，
萧郎与萧娘不妨在家中欢度美景。
一天的辛劳，一刻的消遣，
对于朋友，过于短暂的是生命。

虽然我们生来就擅长于如此喋喋不休地给人以忠告，但我却承认生活与其说是说教的对象，毋宁说是惊异的对象。生活中吉凶祸福千种万般，天意不可知，本性亦难违，种种命数不可抗拒，我们不得不怀疑我们基于自己经验的说教又怎么能够对彼此有所帮助。所有的信仰表白其实都是些心虚的和观望的行为。如果牧师的祷告或者布道能够正好说中某个灵魂的情况，他会喜出望外；如果能够说中两个或十个，那可就是一次了不起的成功。然而，在他走向教堂时，他毫无把握，他不知道疾病之所在，也不知道他能否将其治愈。医生犹豫不决地从他所掌握的几种药物中开出处方。对这种陌生的和特殊的体质，他开的还是他过去在上百个不同的病人身上成功地使用过的补药和镇静剂。如果这位病人得以康复，医生会感到兴奋和惊奇。律师为委托人提出建议，把他的经历转告给陪审团，留待他们去裁决。倘若结果证明他获得了胜诉，他的喜悦和宽慰不会亚于他的委托人。法官权衡着双方的证词，在这件案子上装出一副果敢的派头。由于必须得有一个结论，他只好尽其所能拍板定案，同时又希望自己维护了公正，满足了社会；然而，他毕竟只是一个公正的鼓吹者而已。人们的一生也是如此，无非是一个提心吊胆粗手笨脚的旁观者。我们的所作所为乃迫不得已，可我们却用最漂亮的字眼来为这些行为命名。我们非常欢喜别人赞美我们的行为，但我们的良心却在说："赞美不属于我们。"我们能够为彼此做的事情太少。我们满怀同情地陪伴着这位年轻人来到竞技场的门口，嘴里不断地向他重复着贤哲的古老格言。但是，无论他是取胜抑或是战死，他显然都不能依赖于我们的力量或是古老格言的力量，他只能依靠他自己的那种不管是我们还是别人都无法得知的力量。一个人赖以在任何搏斗中征服对手的力量，对于世界上每一个他人来说都是一个深奥的秘密。除非他在使用这种最隐秘的智慧时背对着我们，背对着一切人，否则，他就不会获得任何有效的结果。因此，我们关于生活的说教充其量不过是描述。或者，如果你愿意这样说的话，它不过是一种仪式，而决非可资利用的法则。

不过，活力具有感染力。凡事只要能够使我们的思想和感情变得强烈，就会增添我们的力量，就可以扩大我们行动的范围。我们受惠于每一颗伟大的心灵、每一位超凡的天才；我们受惠于那些用正义之举来铸造生命与命运的人们；我们受惠于那些创造了新的科学、那些以高尚的追求美化了生活的人们。服务于我们的是高尚的灵魂，而不是所谓的华美的社会。华而不实的社会不过是一种自我保护，用以抵御大街上和小酒馆里的鄙俗。按照其通常的含义，华而不实的社会既没有思想也没有目标。它的贡献有如一家香料店或一家洗衣店，而不是一家农场或一家工厂。它是一片排斥异己的保护地。悉尼·史密斯说过："在伦敦有那么几座院落，它们或是巩固友谊，或是破坏友谊。"那是一种不讲原则的礼节，注重的只是干净的亚麻布、马车、手套、纸牌和琐屑无聊的风雅。对于一个人来讲，除了他每天穿着多少件干净的衬衫之外，还有其他衡量自尊的标准。社会企盼享乐。我却不愿享乐。我愿生命高贵圣洁。我愿一日犹如百年，既充实又芳香。现在，我们把每天都视为银行日，或是讨还某些欠款，或是偿清某些欠债，或者是去品尝某些欢乐。我们所做的一切难道就是要吸入一口气，然后再把它吐出去吗？波菲利的定义更为恰当："生命就是要把事物结合在一起。"怀中的婴儿是一条渠道。我们称之为命运、爱情和理性的那些能量就是顺着这条渠道清晰可见地潺湲流动。瞧瞧，人类随身拖曳的身外之物有如一条彗星的尾巴：动物、植物、石头、气体以及无形的万有。让我们从如此浮华的排场来猜测一下人类的目的吧。米拉波说过："假如我们不能事事成功，处处成功，我们凭什么感觉到自己是人。无论做什么事情，你们都不能说'那有失我的身份'，你们也决不能以为会有任何事情超出你们的力量之外。人只要能够行使意志，任何事情都能办到。那件事情是有必要的吗？那件事情肯定有必要。——这，就是成功唯一的法则。"不论是谁说的这句话，它的基调都是正确的。但这却不是大街上的人们所可能有的语调和才华。在大街上，我们变得玩世不恭。我们遇见的人粗鄙不堪，麻木不仁。绝顶聪敏的头脑也会有沉渣。男男女女中又有多少无聊之人、叫花子、废人、耽于享乐者、古物收藏家、政客、小偷和吊儿郎当的家伙可能会获得饶恕并且占据有利的地位呀！人类把自身分为两个类型：慈善家和恶棍。第二类人为数甚巨；第一类人则是一小撮。一个人难得患病，而旁观者却暗自热烈地盼望着他会死去——这些旁观者就是那不可悉数的贫民、令人痛苦的废人和该遭枪崩的家伙。富兰克林说过："人类非常浅薄和懦弱：他们虽然已经开始着手于一件事情，但只要碰到了一个困难，他们就会灰心丧气地逃走。然而他们并非没有能力，只要他们能够使用这些能力。"既然如此，我们究竟是应该根据多数人还是根据少数人来判断一个国家呢？当然是根据少数人。如果我们判断一个国家是根据人口普查，或是根据土地的面积，或是根据别的什么东西，而不是根据它对当代伟才的重视程度，那是非常迂腐的。

丢掉这种空谈民众的虚伪说教吧。民众的要求和影响是蒙昧的、猥劣的、变态的和有害的；民众需要的是教育而不是恭维。我可不愿对他们做出任何让步，而应该驯服、训练、区分和驱散他们，从他们中间抽出个人来。慈善行为所遇到的最糟的处境是：需要你去保护的生命并不值得保护。民众！灾难就是民众。我可不愿意要什么民众；我可不愿意要千百万扁手宽掌、窄头小脑、喝着烈酒、穿着长袜的愚民或乞丐；我只愿意要诚实的男人和漂亮、可爱、完美的妇女。假如政府知道怎么办，我愿意看到它阻止人口的发展，而不是繁殖人口。当政府能够顺应它真正的行动规律时，每一个出生的人都应该作为必不可少的生命而受到欢呼。让这乱糟糟的民众见鬼去吧。让我们慎重地考虑那些凭着荣誉和良心发言的个人所投上的一票吧。在古埃及，预言家的一票相当于100个人所投的票，这是一种既定的法规。我以为，这种估计还是过低。"人与人相比各有不同的威严。"我们每天都在发现这一点，我们自有自己的选择标准。我们的政客们在华盛顿所采用的那种一对一的策略是一种多么恶劣的实践呀！仿佛一个准备投上错误一票的人离开之后，准备投上正确一票的你也就可以有理由离开；仿佛你的存在所表明的价值不过就是你的选票。设想色摩比利山口的300英雄是与300波斯人相对抗，那么命运对于希腊和历史难道还会是同样的吗？拿破仑的属下曾称他为 Cent Mille（10万大军）。加上他的诚实，他们就可以称他为百万大军。

自然每创造一个良种瓜，就会创造50个劣质瓜。你若想找到十几颗新鲜的水果，她就必然会摇下满树疙里疙瘩、布满虫眼和半生不熟的酸涩苦果。自然播撒下赤身露体的印度民族，自然也播撒下以衣蔽体的基督教徒，他们中间都有那么两三个卓越的头脑。自然不辞辛劳地工作着，在百万次投射中只有一次击中靶心。在人类中，她若能每一个世纪产生出一位卓绝伟才，她就会感到满足。创造优秀人物的困难越大，他们来到这个世界上的用途也就越多。我曾经在一个人数不多的街坊里计算过，我发现每一个身强体壮的人都会有12个到15个人依赖于他去获得物质援助——在他们看来，他是一柄调羹、一把水壶；他是支持者、赞助者；他是托儿所、是医院。除此之外，他还兼有许多身份。至于他是单身汉还是家长，似乎没有多大关系。只要他并不断然拒绝落在他身上的义务，这些助人之事就会以种种方式被带到他的家里。这些是他的能力必须要付出的税款。优秀的人物来到这个世界上是要作为核心人物发挥个人的作用，是要发挥更大的影响。一切启示，不管是在机械、智力还是在道德科学方面，都是针对着个人，而不是针对着社会。我们时代一切重大的事变、一切城市、一切殖民地都可以在某个个人的大脑里去追根溯源。我们的文化能够得以产生，一切功绩都归于少数几个精英的思想。

同时，人类这种大量繁殖生产的能力也并不是有害的或是多余的。你也许会说，这些乌合之众完全可以被舍弃。然而事情并非如此。命运重视他们每一个人，依靠他们每一个人。命运让一切都存活，只要社会的需要中那根最短小的细丝能够把它们系到大树上去。纨绔子、恃强凌弱者和小偷这类人被允许作为最下层的公民而存在，他们的每一种恶德都是一种无节制的、刻毒的美德。民众是处于半开化状态的动物，接近于猩猩。但是，构成这种民众的基本成分却是中性的，而每一只中性蜂都有可能成长为蜂王。其规律是：我们一直被用作野蛮的原子，直到我们能够思想；接着，我们便开始使用所有其他物质。自然把一切胡作非为都转化为好事。自然提供一切真正的必需品。没有哪个理智健全的人最终会不相信他自己。他的存在即是对一切感情用事的无端指摘的最好回答。如果他存在，他就为这个世界所需要，他就会恰好具备他所必须具备的素质。我们既然生活在此，就证明我们应该生活在此。我们享有充分的权利生活在这个地方，就好像科德角和沙湾有权利存在于此一样。

因此，每当一个观察者说大多数人都是邪恶的时候，他并没有恶意，并没有坏心眼。相反，他不过是说明大多数人还是不成熟的,他们还没有成年,他们还不知道如何判断善恶。假如他们知道如何判断善恶,那么对于他们,对于所有的人来说,那种判断就会是一种神谕。但是,此时此刻,四足动物的趣味仍然很容易占上风。而且,虽说这种兽性的力量同时也磨炼了这个世界,教育了英雄,为烈士赢得了荣耀,但它在每一个时代都曾令有识之士受到嘲弄,令俊才人杰潸然泪下。优秀的人物们发现:报刊、俱乐部、政府、教堂都是在魔鬼豢养之下,都是为了魔鬼的利益。所有的智者在他们的时代都曾以下面这种方式来迎战此种障碍:例如苏格拉底,他那种装疯卖傻的手段如今无人不晓;例如培根,他终生扮出一副愚不可及的样子;例如伊拉斯谟,他创作了那本《愚人颂》;例如拉伯雷,他的讽刺撕碎了这个世界上的各个民族。"你会说,"舍瓦利耶·德布夫莱尔在给格林的信中写道,"他们是一群对着你哭喊的傻瓜。是呀。可傻瓜占有数量上的优势,而这种优势具有决定性的意义。我们向他们开战是没有意义的。我们无法削弱他们。他们始终是主人。他们是世人所遵循的每一种习俗或每一种惯例的创始者。"

面对着这样一些倒霉的事实,历史给人们上的第一课就是邪恶的好处。善是一位良医,但恶有时候是一位更好的医生。正是由于诺曼人威廉的压迫、野蛮的弱肉强食法则和惨无人道的暴政,才启发了英国人促使约翰王签署大宪章。爱德华一世贪得无厌地搜刮一切可能到手的钱财、军队和城堡。人们有必要以更为简捷和迅速的方式把人民召集起来,因而下院就得以诞生。为了获得国王特别津贴，爱德华一世就得付出特权。在他在位的第 24 年里，他曾明令天下："未经上院和下院准许，不得征税。"——这就是英国宪法的基础。普鲁塔克断定：正是亚历山大大帝的进军所带来的战争把希腊的文明、语言和艺术引入了野蛮的东方；正是他的战争推广了婚姻，建立起了 70 座城市，并把相互仇视的民族团结到了一个政府之下。摧毁罗马帝国的野蛮人来得并不为时过早。席勒以为德国能够成为一个国家归功于 30 年战争。残暴和自私的专制者给人们带来的裨益无穷无尽，例如亨利八世与教皇的较量就是如此，克伦威尔那种不亚于其智慧的鬼迷心窍就是如此，俄国沙皇的野蛮和 1789 年法国弑君行为的狂热都是如此。严霜毁灭了一年的丰收成果；但由于它杀死了象鼻虫或蝗虫，它也就拯救了 100 年的丰收成果。战争、火灾、瘟疫打破了恒久不变的惯例，扫清了人类腐朽的场地和疾病的巢穴，为新人们开辟了一片美丽的田野。世间万物自有一种自我矫正的趋势。战争、革命或破产，它们粉碎的是一种腐朽的制度，它们使得万物能够进入一种崭新的、自然的次序。极端的邪恶被弯曲成一种周期性，正是这种周期性使得行星的错误、人类的狂热和失常具有自我限制。自然是由相克作用来加以维护的。痛苦、阻力、危险是老师。我们所获得的力量是我们所制服的力量。没有战争，就没有士兵；没有敌人，也就没有英雄。假如宇宙不是混沌黑暗，太阳也就变得枯燥无味。正是面对着腐败堕落的恐怖而不畏惧，而能从中汲取新的高贵的力量，方才显示出品格的辉煌；就像艺术是在对照物的重新组合和运用中显出生命力的颤动，它永远在幽暗中开采更为黑暗的深夜。除了被钉死在十字架上和进入地狱，画家、诗人或圣徒们又能做些什么呢？这个世界上永远存在着这种美与恶、崇高与卑劣之间的不可思议的平衡。一位可怜的洗衣妇——而非是安东尼——说过："苦难越多，勇猛如狮的人就越多。那就是我的原则。"

我并不十分看重1849年前往加利福尼亚的那些人的企图和作为。那是一帮冒冒失失、争先恐后、穷困潦倒的冒险家，而西部则成了江河地带一次大规模清扫所有地痞流氓出狱的场所。他们中间有些人是带着老老实实的目的前往加利福尼亚的，有些则居心叵测，但他们所有的人都怀有这种非常庸俗的愿望：希图找到致富的捷径。然而自然照看着一切，她把这件坏事转变成一件好事。加利福尼亚得到了人口，得到了征服。它就是以这种不道德的方式获得了文明，就是在这种虚构的谎言的基础之上一种真正的繁荣得以扎根和成长。它是一只用作幌子的假鸭，它是抛下海中逗引鲸鱼的木桶，但是它们却能捕捉住真正的鸭子和产油的鲸鱼。正是由于塞宾人的抢劫和强盗的掠夺，真正的罗马人和他们的英雄主义才得以在成熟的时候来临。

在美国，地理环境是巍然壮观的，而人则渺不足道。它的发明是超群绝伦的，但发明者却时常令人感到羞愧。开发加利福尼亚、得克萨斯、俄勒冈和连接两大洋是一些了不起的壮举，但是实现这些壮举的动力——卑鄙龌龊的自私自利、诈骗舞弊和阴谋诡计——却是可鄙的。历史上大多数伟大的成果都是通过可耻的手段取得的。

在伊利诺伊，在广大的西部，人们从铁路上所获得的好处是无法估量的，远远超过了有史以来任何有意识的慈善行为。自私自利的资本家们建立起了伊利诺伊、密歇根和密西西比河谷的铁路网，这一切不仅发掘出土地所有的财富，也唤起了千百万人的干劲。与这种在不知不觉之中造福于国家和民族的行为相比，一个英明的阿尔弗烈德大王、一个霍华德、一个裴斯泰洛齐、一个伊丽莎白·弗赖伊、一个弗洛伦斯·南丁格尔或者任何一个较为次要或较为重要的爱人所带来的恩泽又算得了什么？"上帝把最巨大的重量挂在最短小的金属丝上。"这是一句古代的至理名言。

像这样发生在国家和民族身上的事情每天也发生在个人的住宅当中。当一位绅士的朋友们要他注意到他儿子们的愚蠢行为，并且多方面地暗示他们的危险性时，他却回答说：他在儿时也顽皮不堪，后来却在各个方面如此成功，因此他对孩子们的放荡并不感到惊慌。这是一片危险的水域。不过他认为，他们很快就会触到水底，然后游上水面。这是一种大胆的实践，许多人都可能不会侥幸生还。但是人们也许会说，健全的理解力同道德情感一样足以使人行为端正。放纵情感很快就会被人们发现是有害的，而且会——这是人们最不喜欢的——严重地降低他们的社会等级。接着，所有的才能就会随着品格一道沉沦下去。

伏尔泰说过："相信我，错误也有它自己的优点。"我们见到过么一些人，他们就是凭借着某种自我主义和鬼迷心窍的力量，却战胜了那些谨小慎微的人们畏缩不前无法克服的障碍。一个合格的党羽应该是一个任性鲁莽、眼光短浅的人。由于他见识不广，他在见到某一件东西时就会充满狂热和夸大其词。如果他落到了其他眼光短浅的人们中间，或者忽然看到了某些具有一时的重要性的目标，譬如说某种可以获得眼前利益的贸易或政治，他就会宁愿放弃宇宙也不放弃这些目标。他仿佛是获得了神的启示；他仿佛是一件天赐之物，专门送给那些愿意夸大事物以达到目的的人们。假如我们能够在避免他们的恶习的同时又得到由那些粗野犷悍、性情暴烈的人们带到社会里来的力量和火，那当然更好。但是有谁敢从马车的车轮里抽出制轮楔呢？显而易见，这世上没有什么道德缺陷，只有不合时宜的强烈情感；这世上没有谁不曾受惠于他自己的弱点。古老的神谕说过："愤怒是人们的纽带。"不言而喻，毒药是我们主要的药品，它抑制疾病，拯救生命。有这样一句高明的预言式的警句：他给人们惩罚以让他们赞美他；他捻搓扭绞着我们的邪恶以让我们获得好处。莎士比亚写道：

常言道，最优秀的人们由他们的缺陷铸就。

伟大的教育家和立法者，尤其是将军和殖民地的领袖，就主要是依赖于这类材料。他们认为，具有缺陷和强烈情感力量的人们才是最好的栋梁。波士顿港棒球学校已故的校长是一位精力充沛的有识之士。他对我说过："你那些乖孩子我一个不要，给我那些调皮的。"我以为，正是由于这个缘故，孩子们一旦表现得乖，母亲们就会感到惊恐，唯恐他们会死。米拉波说过："只有那些具有强烈情感的人才有能力成为伟人。只有这样的人才配得到人民的感恩。"激情虽然不是一个有效的调节器，却是一个强劲的强簧。任何有吸引力的强烈感情都具有摆脱每天琐屑无聊的喧嚣和烦恼的功效；它是促使我们人体原子旋转的热能；它克服跨过门槛的摩擦；它首先在社会上发表演讲；一旦它得以开始，它就能给我们一个良好的开端和速度，使之容易继续下去。总之，每个人都会时常受惠于他的恶习，正像所有的植物都需要肥料的滋养一样。我们只坚决认为人应该得到改善，植物应该得到生长，卑劣的天性应该转化为更为善良的本性。

贫穷或孤独可以激发人的工作才能。聪敏的劳动者不会为这种贫穷或孤独而感到后悔。这位青年陶醉于那些幸运儿的高雅神态和成就。然而一切伟人都是来自中产阶级。对大脑越好，对心脏就越好。马库斯·安东耐诺斯说弗隆托曾经告诉过他："所谓出身高贵的人大多数没有心肺。"相反，没有什么能够比亲切地关怀无知者更显示出最为深厚的修养了。查理·詹姆斯·福克斯曾经这样评论英国："这个国家的历史证明，我们不能指望那些家境富足的人们也具有警惕、活力和勤奋，而没有这种警惕、活力和勤奋，下院就会失去它最大的影响力和重要性。人性倾向于纵情享乐。最值得称赞的社会公益事务总是由那些生活条件并不富裕的人们完成的。"然而我们每天所祈求的却是因袭常规俗例。最最仁慈的诸神呵！弥补我的缺陷吧。在我的演说中，在我的外貌中，在我的财富中，这种缺陷都使得我有些脱离我周围的人们。弥补这种缺陷吧。让我像我所崇拜的其他人一样。让我和他们保持着良好的关系。但是，英明的诸神却说：不行。我们有更好的使命交给你。羞辱、失败、失去同情、巨大的悬殊——你必须通过这一切去弄清一种比一个高雅的绅士所掌握的知识更为广泛的真理和人性。一个第五大街上的房东或一个西区的户主并非是风度最为高雅的人。虽说仁慈的心和健全的头脑是没有条件的，但是一个命定要智慧超凡的人却不能受到保护。他必须了解穷人居住的茅屋和穷人从事的苦工。第一流的伟人如伊索、苏格拉底、塞万提斯、莎士比亚、富兰克林，他们都曾有过穷人的情感和耻辱。富人一生从不受辱，但这个人却必须备受苦痛。富人从不遭遇寒冷、饥饿、战争或暴徒的危险，这一点你可以从他们那些温吞迟钝的见解中看个明白。受到过分的娇惯，享受过多的俗乐，是一种致命的损失。他还能忍受人生什么样的考验呢？把他拽出他的保护区。他或许是一位不错的会计；或许是保险公司里一位精明的顾问；或许他能通过某个大学的考试，获得他的学位；或许他能在一个法庭上提供明智的忠告。就把他放在农民、救火队员、印第安人和移民的中间吧。放出一只狗去咬他；放出一个响马去抢劫他；让一群暴徒去考验他；把他送到堪萨斯、派克峰、俄勒冈。如果他真有本领,也许这一切正是他想得到的东西。等他从困境中摆脱出来时,他的智慧将更广,他的男子汉的力量将更大。伊索、萨阿迪、塞万提斯和勒尼亚尔曾经被海盗抓住,或是丢在一旁等死,或是卖给别人做奴隶。他们清楚人生的现实。

艰难的时世具有一种科学价值。一个优秀的学生决不能错过这些场合。正像我们欢欢喜喜地来到法努尔大厅,任凭狂热的爱国主义用它的狂风暴雨和强壮有力的手指耍弄我们一样,狂暴的迫害、国内的战争、民族的破产或革命要比无精打采的繁荣岁月有着更为丰富的主调;有史以来一切存在的东西都会像一块裂开来的坚实的大陆,暴露出它的构造和起源。地震之后的那天早上,望着劈裂的高山、隆起的平原和干涸的海底,我们就是这样面对着那些令人恐怖的图形学会了地质学。

在我们的生活和文化中,一切都是在渐渐完成之后为人们所使用——激情、战争、反叛、破产是如此,愚蠢、错误、侮辱、倦怠和恶友也并非不是如此。自然是一位收买破布的商人,他把每一片碎片、每一件废品、每一块残屑都慢慢编织成新型服装。他像一位优秀的化学家,那天我看见他在实验室里把他的旧衬衣变成了纯净洁白的砂糖。生命是一种无边无际的特权,当你付了票款,进入你的车里时,你无法猜出你将在那儿见到什么样的好朋友。你可以购买许多不必付账的商品。人们在朝着另一个目标努力之时,却不知不觉地获得了某种伟大。

此时此刻，就此次演说而论，如果我们必须贸然给生活制定一些首要的、显而易见的规则，那么我在这里不会重复节俭这第一条规则——它已经一而再，再而三地为人们所提到，每一个人都会据此来维护自己——而我要说的是：获得健康。我们必须要珍惜健康，劳动、痛苦、节欲、穷困或锻炼都不能获得健康。因为疾病是一个食人者，它会吞噬掉它能捕捉到的一切生命和青春，它也会吞噬掉它自己的儿女。我猜测疾病是一个苍白的、恸哭的、发狂的幽灵，极端自私，不顾一切善良和伟大，只关心它自己的感情；它遗失了自己的灵魂，便用卑鄙和郁闷来折磨其他的灵魂，让它们来满足自己对无聊琐事的贪婪。约翰生博士曾经严厉地说过："每个人一旦得病，就会是一个恶棍。"别理睬它的哀诉，给它以明智的治疗。在与醉鬼打交道时，我们并不装醉。我们必须以同样的刚毅来对待病人。当然，我们会给它以各种各样的帮助，但我们仍会克制住我们自己。我曾经这样问过一个住在与世隔绝的城镇里的牧师：谁是他的朋友？他见过什么有能力的人没有？他回答说：他的时间都花在病人和临死的人们身上。我说，在我看来，他似乎需要一些决然不同的朋友，能够拥有那样的朋友对于他格外重要。因为，如果人们的病和死是有意义的，那我们就应放下一切去探望他们。但是，就我目前的观察而言，这和其余一切一样不足挂齿，有时甚或比那些还要无足道哉。让我们同自己的朋友约好，叫他们不要在我们身上浪费时间。我知道一位聪敏的妇女对她的朋友们说过："我老了的时候，你们就来支配我。"高雅的气质是健康中最重要的部分。甚至在富有才华的作品中,它也比才华还要重要。对于桃子来说,没有什么能够弥补阳光的缺乏。为了使你的知识具有价值,你就必须具有快乐的智慧。每当你真诚地感到高兴,你就得到了滋养。精神的喜悦标志着它的力量。所有健康的事物,其心境都是舒畅的。天才在娱乐中工作,善一直笑到最后。因为,无论是谁看见了事物分布的法则,他都不会意志沮丧。相反,他会变得生龙活虎,雄心勃勃,百倍地努力。但凡是心灰意懒者,便暴露出他尚未看见这种法则。

有一句荷兰的谚语:"油漆惠而不费。"在潮湿的气候中,油漆用于保护就有这样的优点。那么好吧。阳光更加低廉,却是更加精美的颜料。快乐或愉悦的心情亦复如此,花费得越多,存留得也就越多。一盎司木头或石头的热能是取之不尽、用之不竭的。正像你可以上百次地摩擦同一块松木直至达到燃点,任何灵魂的幸福力量都是无法估算、无法耗尽的。人们注意到:精神的消沉会在个人的和民族的肌体中滋生一种导致瘟疫的病菌。

"Aliis lætus, sapiens sibi."这是古时候人们对正确行为的一句赞美之词。翻译成我们英语的谚语,那就是"要快乐和聪敏"。我知道,一个饱经世故的人会有多么容易显出一副深沉的面孔,并且嘲笑你乐观的青春和灿烂的梦想。但是我却觉得,层层叠叠不断向上拔高的最快活的空中楼阁要比由成天嘟囔、牢骚满腹的人们每天挖掘和掏空的空中地牢更舒适、更适用。我了解那些凄凄惨惨的人们，我憎恨他们，他们总是在头顶上的那片天空中看到一颗黑色的星星在轻盈、斑斓的云彩中飘浮穿越；波动的云彩有时会飘过来将那黑色的星星遮掩一时，但它却牢牢地粘在天顶。然而力量与快乐同在，希望使我们有心于工作，而绝望却绝不是诗歌，它会使积极的力量走调。一个人应该让生活和自然在我们的眼前变得更加美好。不然，他还不如从来就没有出生。在政治经济学家计算那些毫无产出效益的阶级时，应该把这类为想象中的灾难而号啕大哭的自我怜悯者和乞哀告怜者放在首位。有这样一首古老的法语诗歌，我把它翻译了过来：

> 有些忧伤你已经治愈，
> 极度的悲哀依旧能够忍耐；
> 然而痛苦的折磨又怎能经受得起，
> 因为它们源于永不降临之灾！

有三种欲望是永远也无法满足的：一是富人的欲望，他还想再求得一些财富；一是病人的欲望，他还想再求得一些不同的东西；一是旅行者的欲望，他说："除了这里，我愿意到任何地方去。"土耳其的法官对赖尔德说过："按照你们民族的风气，你从一个地方漫游到另一个地方，一直到你对哪个地方都不感到高兴和满意。"我的国人对意大利浮华纤巧的玩物的迷恋也毫不逊色。整个美国似乎都要乘船前往欧洲。然而我们却不能总是带着轻松的目的——或是像我们所说的那样是为了游乐——去横穿大海和陆地。总有一天我们会丢掉对欧洲的热情,代之以对美国的热爱。文化终将吸引住那些出外旅游只是由于不知道还有什么别的花钱方法的人,让他们留在家中休息。事实早已证明,那个家庭的一帮子成员原本十分优秀,他们刚刚乘坐着设备齐全的马车跑来,他们从来没有像这样远离自己的家园和远离任何诚实的目标,有谁还能像他们一样令人可怜呢?每一个国家都曾相继地问过这个问题:"他们到这里来为的是什么?"直到最后,他们满脸羞惭,他们预感到在每一个城镇的门口都会有人如此发问。

举止亲切和蔼大有裨益,它能使人顺应任何环境。然而生命的最高奖赏,人生至高无上的财富,是生来就对某些追求具有一种强烈的感情——不管是编织篮子、制造砍刀、开凿运河、制定法令或是谱写歌曲——它能使他专心于工作,给他带来幸福。我毫不怀疑,在苏格拉底断言艺术家们表面上不是聪敏人而事实上是唯一真正的聪敏人的时候,他的意思就是如此。

在人类的儿童时代,我们幻想在自己的周围有地平线筑成的围墙环绕,就像被一个玻璃钟罩住一样。我们从不怀疑,只要我们能够长途跋涉,我们就能到达沉没的日月星辰沐浴的浴场。通过实验,地平线在我们的眼前飞去,把我们抛弃在一片无垠的公有土地上,看不见任何玻璃钟的庇护。不过,奇怪的是,我们竟然还是那样执着于那种玻璃钟式的天文学,固执地相信地平线围护着我们，犹如我们的家。我发现，人们在追求幸福时也有同样的幻想。我注意到，每年夏天在鸟儿刚刚交配之后，附近的人们就会重新开始去追求幸福。年轻人不喜欢城镇、不喜欢海岸，他们要到内地去，在有如他们心底一样幽秘的深山老林里寻找一幢心爱的农舍。他们登程上路去寻觅一个家园。他们到了巴克夏郡；他们到了佛蒙特州。他们凝望着农场——漂亮的农场，高高的山腰，可哪里又有与世隔绝的清静？这个农场靠近这里，那个农场又靠近那里。它们远离波士顿，可它们不是靠近阿尔巴尼，就是靠近伯灵顿，或是靠近蒙特利尔。他们深入一家农场去踏青，可这里的住房狭小、破旧、简陋。居民们深感不满，现已纷纷离去。这里的天空过于寥廓；这里的原野过于旷荡；这里显得过于惹眼。这位年轻人渴望僻静。当他来到那座住房前，他穿房而过。可那房子并不具备他所寻求的清幽静穆。"啊！现在我明白了。"他说道，"清远幽深必定与人同在，唯有朋友才能给人以深远之感。"是呀。然而这个年代朋友奇缺，朋友难寻，寻着也难交：他们一个劲儿地离你而去；他们也同样陷入了这个飞来飞去的世界的旋涡；他们也同样有他们的约会和当务之急。他们正在启程前往威斯康星；他们收到了发自不来梅的信：下次再见吧，会很快见面的。人们学会这一课真是太慢太慢了：这世上只有一个幽深的去处，只有一个内在的去处，那就是他的目的。当欢乐、灾难或天赋能够为他显现那目的时，那么森林、农场、城里的店铺商人和马车夫就会满不在乎地同预言家或朋友一道为他反射出这种目的深不可测的穹苍以及它那人口稠密的幽静。

旅行的好处只是偶尔的、短暂的,但是当它能够收获到果实时,它的最佳果实就是交际;而交际是生命的主要功能。心灵里好客的热情有着巨大的差异!如果对他我们可以说一些连对我们自己都无法说的话,那他是多么的难能可贵呀。别人会在不自觉的情况下伤害我们,剥夺我们思想的力量,把我们关押和囚禁。如果能够心心相印,只需要一个聪敏人来做伴便已足矣。大家都能变得聪敏。同样,一个木头脑袋也会使他的伙伴变成木头脑袋。这位兄弟所具有的使人麻痹的力量真是奇妙。每当他走进办公室或是公共场所时,社会就会瓦解,人们就会一个接一个溜走,空留下那间房子听凭他随心所欲。何为不治之症,不就是轻佻的习惯吗?一只苍蝇就和一条鬣狗一样不可驯服。然而滑稽、呆傻或游手好闲式的愚蠢却不难忍受。正像塔列兰说过的那样:"我发现荒谬特别地令人精神振作。"一个恶毒而又好强的傻瓜常常会令全家人的理智都受到污染。我就曾经见到过一个原来十分平静和通情达理的家庭,他们一家人都成了这样一个无赖的牺牲品,因而变得精神失常,无比疯狂。由于一个反常人常常顽固地坚持错误的己见,甚至连最优秀的人都有可能被激怒,因此,我们必须能够抵挡住荒谬。然而对荒谬的抵挡只会令刻毒的傻瓜勃然大怒,他坚信自然和万有引力都是大错特错,唯有他才是真正正确的。所以,所有与他同住的那些人很快也会变得反常。无论他们具备什么样的美德和多么勤奋，他们都会成为这一位作恶者的反驳者、非难者、解释者和修补者。就像一只即将颠覆的船只，或是一辆失去控制的马车，不单单是愚蠢的水手或马夫，就连每一位乘客都会不自然地采取古怪而又可笑的姿态，以平衡车船，避免翻倒。作为一种补救，在这种病情尚未加剧时，我建议使用淡漠和真理：让所有的真理都以绝对冷漠的态度来发言或行动，否则，真理本身就会变得愚蠢。但是，当这病症已是根深蒂固，发展到恶性时，截肢才是唯一安全的疗法。就像水手们说的，你得砍掉，然后再跑。怎么样才能和并不相宜的伙伴们一同生活呢？——因为，大多数时间我们就是和这种人生活在一起——经验所教给我们的并不比我们最初所具有的自我保护的本能更实用。那种本能就是：不要把你自己同他们的任何举止联系或混合在一起，就让他们的疯狂毫不受到反对地消耗光——你就是你，我就是我。

交际是一门艺术。在这门艺术中，一个人会发现整个人类都是他的竞争对手，因为所有的人活着的时候每天要做的事情就是交际。我们思想的习惯——就说正在进化的人吧——不能令人满意。在寻常人的经历当中，我恐怕这种习惯是卑劣的、肮脏的。他们能够知足的那种成功是一种讨价还价，是一种有利可图的职业，是在与对手竞争时所取得的优势，是婚姻、世袭的财物、遗产和类似的东西。带着这样的目的，他们的交往仅仅限于表面：政治、贸易、个人的缺陷、夸大其词的坏消息以及雨。这是多么的孤单可怜呵。他们也感到悲凉和受伤。现在，如果能够有一个人来临，他能够用思想照亮这幢黑沉沉的住宅，为他们显示出他们天然的财富，他们的天资，他们每个人又是多么的不可或缺，他们具有何种战胜自然与人的神奇力量，他们有什么捷径可以进入诗歌、宗教和掌握那些用以塑造性格的力量；如果他能够在他们的身上唤醒对真正的价值的感觉，他的指点能够求得新的生活方式、新的书籍、新的人物、新的艺术和科学——那么，我们就能够从那种蛋壳包裹着的生存状态中走出来，进入辽阔无垠的天空，看到头顶上的苍天之顶和脚底下的大地之底。我们不会再每天都幽禁在那几箱、几筐知识当中。我们将来到大海的岸边，把双手浸没在它那奇迹一般的波浪之中。这种情况对人的影响是奇妙的。他们不再是过去的他们。他们都已去过加利福尼亚；他们回来时全都变成了百万富翁。生活中没有什么书籍和快乐可以与它相媲美。如果有人问我们生活中最美好的经历是什么，我们会说，是同富有智慧的人们开诚布公地交往上一两次。我们的交往一次又一次地告诉我们：我们属于那些比我们迄今所见识过的社会圈子更为优秀的群体。有一种精神的力量正在召唤着我们。它的法则要比目前任何称之为哲学或文学的东西更为灵验，更值得我们去欢欣鼓舞。在令人激动的交往中，我们会瞥见整个宇宙，我们会忽然间领略到灵魂所固有的力量——那一切犹如我们在安第斯山脉所看到的那种景致：万里长空电光闪烁，刺破了黑暗。而在我们独自的沉思冥想中，这种体会是极其难得的。就是由此我们有时候能够获得大量的天启神谕。在我们思想贫乏的时刻，我们的记忆就会回来搜寻。

在意志和气质的认同之外，还须加上友谊的协议。在生活当中，我们的主要愿望就是有某个人能够让我们尽我们所能。这就是一个朋友的功劳。同他在一起我们很容易变得伟大。他的身上有一种强大无比的磁力，能够吸引我们身上所有的美德。他把存在的大门敞得大大的！我们可以向他询问多种多样的问题！我们的理解是多么的透彻！所需要说的话又是多么的微少！这才是唯一真正的社会。阿里·本·阿布·塔勒布，一位东方的诗人写出了这样一种可悲的真理：

> 朋友何止成千却无一位可有空闲，
> 冤家独此一人偏又处处窄路相逢。

不过，在这个问题上，没有几位作家说得比哈菲兹更好。他暗示这种关系是对精神健康程度的检验："除非你了解友谊，否则你无法知道任何秘密，因为圣洁的知识决不进入任何不健康的肌体。"同样，生命之于友谊也显得过于短暂。友谊是一件严肃、高贵的事情，有如宗教，或不啻一位女王的驾临；它可不像一位马车夫的晚餐那样可以在奔驰的途中享用。友谊如同爱情一样需要谨慎。虽说高雅的灵魂从未忽略过这一点，可他们却没有加以表达。同第一流的人物在一起，我们的友谊或者良好的理解力远远超越了一切疏远、身份和名望的偶然不同。然而，我们却没有为这生命中最大的好处作好准备。我们关心着自己的身体；我们积敛着钱财；我们把房顶加固得十分坚牢；我们给自己备办了丰足的衣物；然而有谁曾经明智地规定过他决不能缺少最有价值的财产——朋友呢？我们清楚，我们所有的训练都是为了使我们能够适应与朋友交往，可是我们却没有朝着它迈出步伐。我们还要多长的时间来坐等这些恩人？

回顾5年来的生活，你是怎样进餐或者穿戴，你是住在底楼或是顶楼，你是否拥有花园和浴室、好牛和好马，你是乘坐一辆干净的马车或是乘坐一辆荒唐可笑的货车——这一切都无关紧要，它们会很快地被忘却，留不下任何印象。但是，就在那时，我们是否交了可敬可亲的朋友却十分重要，几乎如同我们这5年来的一切所作所为一样重要。看看吧，在所有的交往中邻里的关系占有压倒一切的重要性。正如合适的或不合适的婚姻组成了我们的家庭一样，也正是那些——也只有那些——住在我们的旁边，与我们具有相同社会地位的人将会成为你们终生的朋友——无论是多么糟的朋友，只要这些人就住在你的跟前；而所有其他那些人，不管他们多么纯朴，多么意气相投，不管他们在心里立下了多少誓言，誓死与你终生为友，他们都会渐渐地、彻底地失去。你无法系统地与这种微妙的社会环境打交道。一个人可以费大神劳大力地把人们聚到一起，组织俱乐部和辩论会，然而却没有带来什么效果。不过，毫无疑问，我们身上还有许许多多的美德尚不自知，而团结与竞争的习惯却能够教育人们，使他们达到最佳状态。生命若是和聪敏的、富有成果的伙伴们一道度过，那生命就会丰富两倍或是十倍。显而易见的推论是：在人们去购买房子和土地时，事先应稍事商量和进行有效的深思熟虑。

然而我们也与那些处在其他层次之上的人们共同生活：我们同依赖于我们的人一起生活。这不仅仅是指那些孩子们。我们需要把知道的一切知识教给他们；我们要把赢得的一切利益赋予他们。这也同样是指那些为了钱而直接服务于我们的人们。不过，那些古老的教导是有道理的。虽然服务是用金钱来衡量的，但却别让那种关系成为一种雇佣关系。让你自己成为别人需要之人。别刻薄任何人。这一点在美国的社会生活中正在获得新的重要意义。我们的家庭服务通常是一阵愚蠢的喧噪声：一方提出无理的要求，另一方则尽力推托。人们曾在火车上问一位智者到城里去有何差事，他回答说："我奉命去找一位天使做厨师。"一位女士对我抱怨说：她有两个女仆，一位心不在焉，一位身不在焉。随着每一船无知的、怀有恶意的移民涌入住宅和农场，这种邪恶与日俱增。很少有人察觉到：男仆或者女仆的服务质量取决于男主人或女主人。如同一个荡妇在这一个家里曾经是一位保护神，在另一个家里就成了一个恶妇。一切明白人都是自私的。因而天理就使劲拉扯着每一项契约以使它的条件显得公平。如果你的提议只是为了你自己，另一方就必然会对你有些苛刻。如果你的举止为人慷慨大方，那么对方即便是自私和不公平的，他也会例外地干一次于你有利的事情，同你真诚地打交道。当我向一位铁工厂老板问到铁路型材中为什么会有锻渣和炉渣时,他说:"呵,好铁总是有的。如果说这些铁中有锻渣,那是因为在付款中有锻渣。"

不过,为什么要不断地增加这些没完没了的话题及其例证呢?生活给每个人都带来了他的任务。不论你选择的是什么技艺,如代数、种植、建筑、诗歌、贸易或政治——在同样的条件下,只要你选择的是你所擅长的,那么这一切都可以遂你所愿,甚至取得卓异非凡的成功——你都应该从头开始,一步一步地循序渐进。只要你能有条不紊地采取一切步骤,扭曲铁锚和编织炮管就会如同编织稻草一样容易,煮沸花岗岩石就会如同煮沸开水一样方便。无论在哪里出现了失败,那里就必定会存在某种轻率,必定会有某人迷信运气,必定会有某一步骤为人们所忽略;而自然对此从不饶恕。幸福生活条件的获得,对于每个人都可以是平等的。对于你来说,它们的魅力就在于它们保证会在你力所能及的范围之内。我们的祈祷是预言家。我们必须忠诚,我们必须执着。执着地追求其目标的生命是多么令人崇敬呀!年轻人的抱负是美好的东西。你们关于生活的见解和计划是有希望的,是值得称赞的,但是你们能够持之以恒吗?我担心,在芸芸众生之间不会有任何一个人能够坚持;或者说,在千百人当中只会有一个人。当你责备他们背信弃义,提醒他们回想起坚定不移的决心时,他们早已忘记了他们曾经立下过誓言。个人是漂泊不定的。在他们努力成为某种新人的行动当中,他们是毫无责任感的。人类是伟大的;理想是崇高的，但人却是动摇不定的，完全不可靠的。英雄者乃毫不动摇地坚持一个中心者。人们的主要区别似乎就是：有的人可以承担起一些义务，你可以信赖他，他可以完成那义务；而另一个人则并非如此。由于他的内心里没有一种法则，你就没有办法把他同他的义务束缚在一起。

人们不可避免地会提及美德和地位的种种特点，将它们加以夸大。然而一切最终都依赖于正直：那种正直可以使才能相形见绌，可以让人割舍才能。明智并不表现在你臣服于你的手段之中。为了地位，为了培养才能，人们付出了高昂的代价。但是，就巨大的利益而言，表面的成功毫无价值。人之所以仍然十分可畏，之所以不可抹杀，是因为他的态度——不是功绩，而是力量——不是在特定的日子里和公共场合里所采取的态度，而是在任何时候（既是在静止的时候，也是在动作的时候）都采取的态度。老百姓和霍恩·图克都说过："如果你想变得强有力，你就必须装得强有力。"我更愿意和过去的先知一起这样来表达："你想追求伟大的目标吗？那就别去追求。"或者，像别人在评论一位西班牙王子时所说的那样："Plus on lui ôte, plus il est grand。"（你从他身上拿走得越多，他就越显得伟大。）

修养的秘诀，就是要认识到：有一些伟大的东西会不断地再现，既在最偏远的穷乡僻壤里再现，也在五光十色的都市生活里再现。我们所要关心的就应该只是这些伟大的东西；我们要逃避一切虚假的牵累；我们要用勇气成为我们自己；我们应该热爱一切纯朴的和美的东西;我们应该独立自主,愉快地与人们相处——这一切,另外还包括服务于人的愿望,即多少能够造福于人的愿望,就是最最重要的东西。

一

美

外貌与面容永不会有如此甜蜜；

塞伊德（Seyd）的眼前唯有优雅的魅力，

不似石头那般鼾睡，

却在蓝天闪耀、翱翔、隐没。

他在四处追逐着美丽，

在火苗上，在风暴中，在云朵里。

他拍击着湖水以娱悦他的眼睛，

就用那绽开的波浪碧绿的涟漪；

他投进卵石，侧耳倾听：

那一刻的乐曲由小石子奏起。

崇高的音乐常常为他而鸣响，

响自飘带般的地带和领首的极地远方。

他听见了一种没人能够听见的声音

来自漂泊的星球，来自宇宙的中心。

颤动的地球颤动出和谐的音韵，

大海的潮涨潮落奏响史诗般的谐音。

在激情的巢穴里，在悲痛的深渊中，

他看到强壮的爱神埃洛斯正奋力穿行，

去暴晒黑暗，去解除诅咒，

去照亮无边无际的宇宙。

他就这样把他的日月贡献给爱，

他蔑视赞美，他忠诚不渝地把爱崇拜。

鬼鬼祟祟的野心和躲躲闪闪的名利，

是那样施展他们的诱惑，却徒劳无益！

他认为这样的牺牲要比活着更幸运，

他宁愿为美而死，不愿为面包而存。

植物生长的螺旋式上升趋势也影响到了我们的教育。我们最想知道的事情，我们的书籍却迟迟不能解答。我们是那样地炫耀我们的科学，然而它距离自己的目标又是那样的遥远，仿佛是有意敬而远之！我们的植物学尽是些名称，却没有任何力量。连诗人们和传奇小说家们都谈到了芸香草的疗效，可植物学家对他的那些莠草的功效又了解了一些什么呢？地质学家暴露出地层构造，一一掰着手指讲来头头是道。但是他知道人们把房子建筑在地层里时会在他们身上发生什么样潜移默化的影响吗？他知道住在花岗岩层上的人们会受到什么样的影响吗？他知道泥灰岩和冲积层上的居民们又会受到什么样的影响吗？

如果鸟类学家能够告诉我们一群群栖息在秋天的大树上的鸟儿叽叽喳喳的是在商量什么，那么我们走近他时就会有一种新的感觉。然而他的记录缺少与鸟儿的共鸣，不过是一本乏味的字典。他的成果是一只僵死的鸟。鸟的魅力不在于它的重量和尺寸，而在于它同自然的联系。你所展示给我的皮毛与骨骼已不再是一只苍鹭，而是一堆骨渣，或是一瓶用以收缩它的身体的气体，就像但丁或华盛顿那样的结局。生物学家幻想着自己已经取得了长足的进步，那段进步的距离却把他引入了歧途。小男孩虽然在凝视着海滩上的贝壳和草原中的花朵时叫不出它们的名称，但却比那位以精通术语而自豪的家伙目光更敏锐。占星术引起了我们的兴趣，是因为它把人和宇宙系统联系在一起：他不再是一个茕茕孑立的乞丐，他能够触摸到最遥远的星辰，星辰也能够触摸到他。不管占星术是如何的轻率，也不管从事占星术的冒牌货和商人是怎样欺骗了他，那种暗示却是真实而又神圣的。灵魂供认了它与大千世界的联系；气候、世纪、邻近的和遥远的万物都亦属于它的传记。化学嗜好拆毁，但它却不建造。炼金术试图把一种元素转化成另一种元素，以延长生命，以供给力量，那才是走向了正确的方向。我们所有的科学都缺乏一种人的意义。租房者已经超过了住户。我们在昆虫、雄蕊和芽孢上耗费了那么多的岁月，却毫无结果。而人的力量一旦有秩序地正常展开，却可以带着自然一道前进，并且放射出光芒照亮她所有的隐秘。对于我们，人类心脏的重要性远远超过了显微镜的仔细观察，它也大得无法用天文学家巨大的数字来加以衡量。

我们是多么的轻浮和多疑。人们自以为是鸡毛蒜皮，卑鄙恶劣；然而一个人却有如一束雷电。一切狂风暴雨都会穿越他的宇宙倾泻而下。他是滔滔的洪水，他是熊熊的烈焰。他感觉到地球的两极就是他滴滴的鲜血：它们都是他个性的延伸。他的职责只能用那种与他的生命化为一体的仪器来衡量；而一个真正完美的人就会感觉到哥白尼式的宇宙的中心。令人好奇的是，我们信仰的深度只与我们生活的深度相一致。我们以为英雄们所发挥的可怕力量不会超越他们在表面上所玩弄的那种使我们感到有趣的力量。一位有着深刻见解的人相信奇迹，也等待着奇迹。他相信魔法。他相信雄辩家可以瓦解他的对手；他相信恶毒的目光会凋残；他相信心灵的祝福可以使创伤痊愈；他相信爱情可以激发才能，可以战胜一切磨难。神秘的磁力可以从一颗伟大的心灵里源源不断地流出，去吸引伟大的事件。可我们所推崇的却是非常微贱的功利：一位顾虑周到的丈夫，一个孝顺能干的儿子，一位选举人，一位公民。我们藐视任何喜好幻想的个性。我们也许只计算人在金钱上的价值——他的智慧，他的感情，都被视作某种汇票，可以毫不费力地就兑换成豪华的卧室、名画、音乐和美酒。

科学的动机原本是要把人朝着四面八方延展，直至进入大自然，直到他的双手能够触摸到星辰，他的两眼能够透视地球，他的两耳能够领悟到野兽和鸟儿的语言以及风的含义；直到他能与世间万象心心相印，天空和大地都能与他交谈。然而现在，我们的科学却并非如此。这些地质学、化学和天文学好像是要使我们聪敏起来，其实却把我们留在了原地。发明只对发明者有益，对其他任何人能否有所帮助却令人怀疑。科学的公式就像你笔记本中的纸片一样，除了对主人还算有用，对别人却毫无价值。英国和美国的科学妒忌理论，憎恨爱情和道德目的这一类名义。这种不人道的行为也受到了报复。科学所造就的是一些什么样的人呢？有位男孩并未受到引诱。他说，我可不想成为我的教授那种人。植物收藏家榨干了所有作为他的标本的植物，但他同时也失去了体重和体液。他把所有的蛇类和蜥蜴都装进了他的药瓶，而科学也同样如此地对待他，把他装入了一只瓶内。我们对医生的依赖是一种对自我的绝望。这些牧师们患了支气管炎，似乎可以证明他们的精神也并不健康。麦克里迪就曾经认为这种疾病源于他们那种虚假的嗓音。一天，一位印度王子蒂索正在森林里骑马。他看见了一群麋鹿在那儿嬉戏。他说道："瞧呀，这些正在吃草的麋鹿有多么幸福呵！为什么舒舒服服地吃住在寺庙里的僧人们就不能同样地也享受娱乐呢？"回到家中，他把这种想法告诉了国王。第二天，国王把君权授予了他，说道："王子，你可以有7天的时间管理这个王国。7天之后，我将把你处死。"第7天结束时，国王问道："你是由于什么原因变得这么憔悴？"他回答说：

"是由于死亡的恐怖。"君王又说道:"活着吧,我的孩子,变得聪敏起来。你对自己说,7天之后我将被处死,因此你停止了娱乐。寺庙里的那些僧人们每天都在不停地思考着死亡,他们又怎么能够投身于有益于健康的消遣呢?"但是,科学家或医生或牧师们并不比别人更容易成为他们职业的牺牲品。磨坊主、律师和商人致力于他们自己的琐事,他们最终也并没有变得更有力量。我们在人们身上所追求的那种先验、那种宏伟的目标、那种善于接受新生事物的灵魂、那种能够应付任何事变的能力,他们究竟具备与否呢?或者,他们只能对磨坊、商品和诡辩有所反应?

除了人之外,没有什么东西能够真正地令我们感兴趣;而在人的身上,也只有他的优越性才能令我们感兴趣。虽然我们已经意识到在自然界中有一种至善至美的法则,然而对于我们来说,它的魅力却只能通过它与人的联系,或者通过它在人的心灵里扎根这个事实来展示。100多年以前,在温克尔曼诞生时,伴随着这种枯燥的、部门的、事后的科学,一种研究美的热情开始兴起。也许,源于它的某些火花还能在另一个方面点燃一场大火。人的知识,风度的知识,器宇的力量,以及我们对个人影响力的感受,这一切永远不会落后于时尚。这些事实属于一门我们无须书籍就可以研究的科学。这门科学的老师和各种主题永远就在我们的身旁。

我们喜欢非难一切的习惯是那样的根深蒂固,因而我们在这方面的大多数的知识都属于病理学上的一个篇章。大街上的人群所提供的常常不是天使或救世主,而更为常见的是堕落分子;但是他们都证明了那种透明性。每一种精神都建造它自己的房屋。凭借着这幢房屋我们就可以对它的居民做出一种明察秋毫的推测。不过,自然也同样赋予了我们以每一种优雅和漂亮的痕迹。儿童们那可爱的脸庞;校园少女的那种美丽;"16岁的那种甜蜜可人的真挚";出身高贵、富有教养的少男们的那种高傲神态;年轻人在男子气勃发的初期所具有的那种容貌与风度,以及透过这种容貌与风度所能看到的那些激情荡漾的经历;还有所有那些陪伴着我们度过了一生的著名朋友们的各种各样的力量——我们知道这些东西曾经是怎样地使我们热血沸腾,使我们浑身酥软,使我们激动万分,使我们备受激励,使我们仿佛扩充了自身。

美是一种形式。智慧更喜欢采取这种形式来研究世界。一切特权都是美的特权,因为这世间有许多种美,例如大自然的美,人类容貌与体态的美,风度的美,智慧的美,方法的美,道德的美,或者灵魂的美。

古代人相信在每个凡人出生时都会有一个天才或是恶魔占有他,成为他的向导。他们相信,在人们的眼里,那些天才有时候就是一束火焰,火焰的一部分融入天才所统治的身体内——在一个恶人的身上,那火焰就落在他的头上;在一个好人的身上,那火焰就与他的血肉融为一体。古代人以为,就是这同一位天才在他的监护人死去的时候会进入一个新生儿的体内;而他们就自称是依据着船的航行来推测舵手。我们今天也隐隐约约地认识到了这种相同的事实，尽管我们是以自己的方式来给这种事实命名。我们说，每个人都有资格根据他的最佳表现受到评价。我们就是如此衡量我们的朋友。我们知道，朋友们间或也会愚蠢一时，但我们对此却并不在意，而是等待着天才的再次出现。那是肯定会出现的，也会是十分精彩的。从另一个方面讲，每个人都会认识一些好像是受到邪祟驾驭的人。他们就算是施展出所有的能力，也永远不会显示出行动自由的气派，不能给我们留下如此的印象。他们也清楚这一点。他们的眼睛窥视着你，看你是否发现了他们这种可悲的困境。我们幻想着，只要我们能够念出那句咒语，只要我们能够使他们从邪祟中摆脱出来，云彩就会卷起，那位小小的骑手就会被发现，就会从座位上跌落下来，他们就会重新获得自由。补救的方法似乎从来就离人们不远，因为朝着思想迈进的第一步就足以举起这座必然的大山。思想是一只被幽禁的气球，它能炸裂这颗行星。对于那个囚犯来说，某些物体所具有的美就是那种友好的火焰，它能扩充思想，它能让囚犯了解到自由和力量正在等待着他。

美的问题把我们的思想从事物的表面带到了事物的本质。歌德说过："美是神秘的自然法则的显现。除了这种表现以外，自然法则是我们永远也看不见的。"正是这种深不可测的本能的作用塑造了所有对艺术品的强烈爱好。尽管这种爱好大多是十分肤浅和荒唐的，它却每年都引导着大批爱慕虚荣的旅行者前往意大利、希腊和埃及。每个人都把他在美的科学中所获得的每一件东西看得比他的财产还要重要。即便是这个最最讲求实用的世界上的最最讲求实用的人，只要是人们只给他提供商品，他也就仍然不会感到满足。相反，一俟他看见美，生活就具有了一种非常高的价值。

许多哲学家的噩运给我敲了这样一个警钟：切莫企图给美下一个定义。我宁愿为它列举出一些特征。我们认为美归属于纯朴的东西。那种纯朴毫无冗余的部分，它能恰到好处地满足它的目的；它与万物息息相关；它是诸多极端的中央。它是最为永恒的特征，它是最具有向善趋势的特征。我们说，爱情是盲目的。在绘画中，丘比特的形象就有一圈绷带遮盖着他的眼睛。盲目——是呀，因为他看不见他不愿意看见的东西。然而，宇宙中目光最敏锐的猎手也是爱情，他所追求的他都能找到，也只能找到他所追求的东西。神话的作者们告诉我们，武尔坎被描绘成一位跛子，丘比特被描绘成一位盲人，目的是要让人们注意到这个事实：他们中的前一位实际上是四肢健全，而另一位则目光敏锐。在真正的神话中，爱情是一位不朽的孩童，美则是引导着他向前的向导。美是年轻灵魂的舵手——当我们说这句话时，我们就已经表达了我们所能表达的最为深刻的含义。

对于我们来说，自然的形态和色彩除了能够引起感觉上的快乐之外，它们还具有一种新的魅力。这种魅力表现在：我们发觉自然每增添一种装饰，其目的都不是为了装饰，而是标志着某种更加健全的生命力，或是某种更加出色的行动。鸟儿、野兽或者人类优美的形体,意味着结构本身包含着某些非凡的特质。或者说,美不过是一种源于我们自身属性的诱惑。植物学中有这样一种规律:在植物中,同样的效能都因循着同样的形态。这是一条可以最为广泛地应用的规律,对于一种植物来说是如此,对于一条面包来说也是如此:不管是创造什么样的构造物或者有机物,它越是能够真正地适应于它自己的目的,它就越是美。

通过欣赏希腊和哥特式艺术所获得的教益,通过欣赏古代和拉斐尔前派绘画所获得的教益,要比所有的研究都更有价值。也就是说,一切美都必须是官能的。外在的修饰只是一种畸形。正是由于骨头本身的健美才能最终形成双颊桃红的漂亮脸蛋;也正是由于体格的健壮才能使双目显得炯炯有神。优雅的仪表,以及弥足优雅的举止,究其本源,都是来自身材的大小、骨骼的连接铰合及其调节搭配。猫和鹿的行止坐卧就天生不可能粗俗。舞蹈教师也永远无法教会一个形体丑陋的人走出优美的舞步。鲜花的色彩源自它的根茎;海贝的光泽生来就固有。所以,我们在鉴赏建筑物的时候并不欣赏油漆,并不欣赏任何变易,而是希望能够显出木头原有的纹理。我们拒绝建起任何毫无支撑作用的壁柱和圆柱,而只是容许房屋真正的支柱显出它们朴实的本相。每一步必要的或是有机的行动都会令观看者感到满足。一个人把一匹马牵到水边,一位农夫播撒种子,田野里翻晒干草的劳作,木工建造木船的活计,还有锻炉旁的铁匠,以及任何一种有用的劳动——所有这一切在智者的眼里都是相称合宜的。但是，如果这一切行为的目的只是为了让人观看，那么这一切就难免显得庸俗。船只航行在大海上是多么的美丽！然而剧院里的船，或是乔治四世为了美化弗吉尼亚海域的风景而保存在那里的船——他还用每小时一个便士的报酬雇用了一些人身着合适的服装守护在那里——又是多么的难看！一营步伐坚定地走向战斗的士兵，一个庆祝我们节日的游行队伍的方块，这两者之间的效果是多么的不同呵！在一次阅兵式中，在一列兴高采烈地举着节日旌旗的队伍里，我看到一个男孩抓起了墙角下一个锈蚀斑斑的旧平底铁锅，把它平平地举在一根棍子的顶上，让它旋转，让它表演出一切可以想象得到的最最优美的曲线；而这种令人震惊的美却吸引开了人们对人为修饰的游行队伍的注意力。

　　神话的作者们还曾表达过另一个意思。在希腊人的神话里，维纳斯是由海水的泡沫生成的。任何呆滞刻板的或束缚于局限之中的东西都不会令我们兴致勃勃，唯有那种与生命一道流淌，那种正在行动或是正在努力着想要超出界限之外以达到某种目的的东西才能令我们兴趣盎然。宫殿或圣殿之所以能够赋予眼睛以快感，是因为一种秩序和方法已经输入石头之中，因而它们能够说话，能够用几何图形来表达；因而它们能够随着这种表达而变得温柔或崇高。美是演变的那一刹那，仿佛这种形式恰巧要流入其他形式。任何凝滞、堆砌或者对某一特征的过分注重——例如长长的鼻子，尖尖的下巴，驼起的背——都是对流动的反动，因而是畸形。虽说任何一种匀称的形态都是一种美，然而如果那形态可以流动，我们就可以求得一种更为卓越的匀称。平衡的打破促使眼睛渴求着匀称的恢复，并且观察着它重获平衡的每一个步骤。这就是流水的魅力，海浪的魅力，鸟儿飞翔的魅力和动物运动的魅力。这就是舞蹈的理论，即在不断的变化中凭借着渐进的和灵活的动作——而不是凭借着猝然的和生硬的动作——去恢复失去的平衡。有不少经验丰富的人曾经向我谈起过审美趣味的问题。他们说：时髦遵循着一种依次渐进的法则，它从来不会随心所欲。新的时尚永远不过是朝着与原有时尚相同的方向又迈进了一步。一只训练有素的眼睛就能够有所准备，它可以预测新的时尚。这种事实说明了我们自己的做法为什么会犯下种种错误和引起反感的原因。在音乐中，当你奏出一个不和谐的音时，有必要用一个或两个中间的音符来调谐和松弛一下听觉，使之再次达到和谐。许许多多原来是基于明智判断的有效试验本来注定要成功，它们之所以失败，只是因为它们过于唐突和仓促。那位巴黎的女帽商要用她那间傲慢的闺房的布料来打扮世界。我猜想，她将会知道如何使布鲁姆女装顺从于人类的眼睛，并且通过颜色层次适当的调配，使这种服装战胜潘趣他本人。我无须说明这同一种法则的适用范围有多么广，我也无须说明人们可以希望它发挥多么大的作用。如果这种规则能够得到遵守，所有那些由进步党派所提出的、略微显得有些刺耳的要求，就会轻而易举地、毫无疑问地得到承认。所以，我们可以很容易地想象到这种情况：只要是逐渐地去争取，在这个世界上，妇女同样可以非常自自然然地演讲、选举、争论、立法和驾驶一辆马车。这种漂流或流动享有一切循环的运作所具有的那种美,譬如水的循环,血液的循环,行星的周期性运行,植物一年一生的生长规律,以及大自然的作用与反作用。如果我们能够始终遵循着这种规律,我们思想中的那种对于天天向上的行为的追求,就足以证明我们的不朽。

为了达到同样的目的,神话的作者们还曾表达过这样一种意思:美骑在一头狮子身上。美以需要为基础。美的线条是精打细算的结果。蜂巢得以建筑的角度,正好可以用最少的蜂蜡去获得最大的强度;鸟儿的骨头或翻羽也能以最轻的重量去赋予翅膀以最大的力量。米开朗琪罗说过:"这是对冗余的荡涤。"自然的结构中没有任何一颗粒子可以舍弃。每当自然运用植物去创造一种新颖的色彩或形状,她都有某种迫不得已的缘故。我们的艺术通过更为精巧的布置来节省物质。它把一堵墙上可以省去的每一盎司多余的部分都加以割舍,把它所有的力量都集中在圆柱的诗意之上,以此来达到美。在修辞中,这种删繁就简的艺术是其力量的主要秘诀。一般来说,能够以最简单的办法说明最伟大的道理,这正是修养极高的证明。

真实是第一位的,也是永恒的。Rien de beau que le vrai。(所有的美都是真实的)在一切设计中,艺术都表现在要使你的对象突出;然而在选择突出的对象时就已经有一种先在的艺术。艺术的一切都不是偶然的。相反,哪些民族创造了艺术,艺术就来自于那些民族的本能。

美是一种可以恒久不变的品质。在我所知道的一幢房子里，我曾注意到在壁橱和壁炉台上有那么一摊鲸蜡。就是因为涂蜡的人把它涂成了一只兔子的形状，它在那上面就保留了一共有 20 年。我猜想，不管它会被挪动到哪里，它也许还会毫无变化地保留一个世纪。就让一位艺术家在一封信的背面胡乱地涂上几行文字或画上几个人物吧。在那片纸从危险之中被拯救出来，或是收入代表作选辑，或是装入画框，镶上玻璃之后，那么它就可以依据着那几行文字所表现出的美而成百上千年地保留下去。它越是美，它也就越是保留得长久。彭斯写了一篇诗稿，将它寄给报纸，人类就会照管这些诗行，以保它们永不遗失。

正像笛声比马车声传得更为遥远，你可以看到美的形态也肯定会激起人的幻想，进而无穷无尽地模仿和复制下去。你能数得清罗马梵蒂冈宫绘画馆中的阿波罗神像、维纳斯神像、塞姬神像、沃威克的花瓶、巴台农神殿和维斯塔神殿有过多少复制品吗？这是一些令所有人都感动的艺术品。在我们的城市中，一幢丑陋的建筑物很快就会被推倒，永不再重复。而在丑陋的建筑物灭绝的同时，任何美的建筑物却会被人们加以复制和改进，直至所有的石匠和木工都来再造和保留那些令人愉快的形态。

巧妙的艺术设计，或者大自然巧妙的制品，是美的前兆和先驱。那种美在人的形态中达到了它极致的状态。所有的人都是美的热爱者。不论美走到哪里，它都制造喜悦和欢乐。所有的一切都能获准同它在一起。它在妇女的身上达到了自己的高峰。伊斯兰教徒们说:"上帝把三分之二的美丽都赋予了夏娃。"一位漂亮的妇女是一位真正的诗人。她能驯服她那野性十足的配偶。她能把温柔、希望和口才种植在她所接近的人们的心上。由于美必定会具有一种说不出的安详,伴随着美一道同行的就必定会有某些优越的条件;然而我们所珍爱的却正是美的责备和傲慢。大自然希望妇女能够吸引男人;但是大自然又常常十分狡猾地把一丝嘲讽注入她的面庞,仿佛是在说:"是的,我愿意具有吸引力,可我想吸引的却是那种比我迄今所见的稍强一些的男人。"法国15世纪的回忆录对保利娜·德维吉耶的名字大加赞颂。她是一位贞洁的、完美的少女。她那迷人的美貌令她的同代人燃烧起了无比的热情,以至她的家乡土伦城的居民们得到了市政当局的帮助,强迫她每周必须至少有两次在阳台上公开露面。每当她展示自己时,人群的聚集就会对生命带来危险。在上个世纪的英国,康宁姐妹的声誉也毫不逊色。姐妹当中的伊丽莎白成了汉密尔顿公爵夫人,而玛丽亚则同考文垂伯爵结了婚。沃尔波尔说:"星期五,当汉密尔顿公爵夫人在宫中受接见时,宫里聚集的人群是那样的拥挤,甚至连客厅里的贵族们为了瞧她一眼都爬上了桌椅。在他们的家门口,聚集着大批民众,看着他们走进自己的轻便马车。当得知他们将要到剧院里去时,人们早早地赶到那里,抢占位置。"沃尔波尔在另一个地方还说:"大批的人们成群结队地去看汉密尔顿公爵夫人。有700人甚至在约克郡的一家客栈里和周围整夜守候,为的就是在第二天早晨看着她跨进自己的马车。"

不过,我们为什么需要用阿戈斯的海伦、科林娜、土伦的保利娜或者汉密尔顿公爵夫人的声誉来安慰我们自己呢?我们都非常了解这种魔术。不管软弱的眼睛是多么长久地端详着美丽的眼睛,都不会有任何损害。妇女同我们四周美丽的自然息息相关,坠入情网的年轻人常常把她们的美貌同月亮和星辰、同森林和海洋、同夏日的壮丽混为一谈。她们用自己的言谈和容貌医治我们的尴尬。我们看到,她们在智慧上也能影响最最严肃的学者。她们可以美化和净化他的心灵,她们能够教导他在枯燥和艰难的研究中采用一种快乐的方法。我们同她们交谈,我们希望她们能够听我们说话;我们唯恐让她们感到疲乏,因而我们练就了一种谈吐机敏的本领。这种本领已经超越了交谈的内容,它已演变成为一种谈吐的习惯和风格。

自然对美的永恒的追求,说明美是一种常态。米拉波画像的背景是优美的,可他的面容却丑陋。我们每天都能看到俊美的脸蛋,但这些脸蛋在铸造时却受到了损伤。这就证明:如果我们的祖先不曾违背过法则,我们应该都有美的权利,我们本来也应该是美丽的,就像每一朵百合花和玫瑰花那样美丽。然而,我们的身体并不适合我们,有如漫画一般讽刺着我们。如此而然,短腿就决定了我们只能迈出小里小气、装模作样的步伐,这对短腿的主人来说无疑是一种人身攻击和侮辱。然而长腿也使人永远处在一种不利的境地,迫使他不得不垂下身去屈就人类一般的水平。马休尔曾经嘲笑过一位与他同时代的绅士，说他的相貌就像一张人们常见的水下游泳者的面孔。萨阿迪也曾如此描绘过一位教师：他是"那样丑陋和执拗，正统的人只需看他一眼，就会扰乱他们狂喜的心境"。十全十美的脸蛋极为罕见。相反，脸蛋倒是以雕刻的形式记录下了上千种古怪和愚蠢的逸事。肖像画家们说，大多数的脸蛋和体形都是不规则、不匀称的：要么是一只眼睛蓝，一只眼睛灰；要么是鼻梁不直；要么是一边的肩膀比另一边高；要么是头发分布得不均匀，等等。无论是就肉体还是就精神而言，人都是一件由破布烂衫拼凑成的东西。这些破布烂衫是从善的和恶的祖先那里多少不等地借来的，所以从一开始人就不是一件合适的东西。

在希腊人中有这样一种看法：一个漂亮的人凭借着这种漂亮就足以显示出不朽的诸神对他有某种悄悄的偏爱。当一位妇女具有这样美丽的身材时，我们就能宽恕她的傲慢。无论她在哪里站立、行走，或者在墙上留下一个身影，或者端坐着让艺术家画一幅肖像，她都给予了这个世界一种恩宠。不过，并不是美激发起最最深厚的感情。没有恩惠的美犹如一个没有鱼饵的钓鱼钩。无法表达的美就会疲倦。阿贝·梅纳热曾经这样评论勒巴约伊总统："他什么事情都不称职，只配坐在那里让人画他的肖像。"有一句希腊的格言，说的是爱情的力量并不表现在追逐美丽，而是表现在这种时候：对一个容貌不佳的人也能燃烧起同样的欲望。脾气暴躁的老绅士们如果碰巧体验过由漂亮的人们所引起的一些令人无法容忍的可厌之事，如果他们曾经看到过如此之多的插瓶之花；或者，如果他们在无数的痛苦被成功地误认为是矫饰之后，还能认识到情感上哪怕是一丁点儿的错误就能让你衣服上所有的美丽都化为乌有；那么，他们就会肯定：丑陋的秘密并不在于参差不齐，而在于乏味无趣。

凡能闪射出伟大品质的形态，不管它有多么难看，我们都会热爱。假如号召力、口才、艺术或者发明存在于一个最丑陋的人身上，那么通常令人不快的一切事情就会变得令人愉快，就能赢得人们更加崇高的敬意和惊叹。伟大的演说家是一位形容枯槁、微不足道的人物，但是他的大脑却极为发达。德雷斯主教这样评论德布荣："他生就一副公牛的面孔，却有着一只雄鹰的敏锐。"传说牛顿的朋友胡克"是英国所有人中最难看，也是许诺最少的人"。"由于我奇丑无比，"杜盖克兰说过，"我就必须大胆果敢。"本·琼森告诉我们："菲利普·锡德尼爵士这位人类的宠儿相貌并不可爱。他的长脸具有高贵的血统，却被满脸的疙瘩所糟蹋。"那些统治人类命运达千万年的人们，譬如那些左右人们命运的行星，也并不英俊。一个人如果能够把一座小小的城市发展成为一个伟大的王国；如果他能够使面包变得便宜，能够灌溉沙漠，能够挖掘运河连接海洋，能够征服蒸汽，能够赢得胜利，能够引导人类的信念，能够扩大知识的范围；那么，他的鼻梁是否本应与他的脊椎骨保持平行，或者干脆说他有没有鼻子，这都毫无关系。至于他的腿是否笔直，或者他的腿是否截了肢，这也无足轻重。人们将会把他的畸形看作是一种修饰，从整体来看反而具有一种优势。这，就是表达的胜利；它降低了美的身价。它用以使我们着迷的力量是如此美妙、友好和令人陶醉，相形之下，连那些备受羡慕的人也显得平淡无味，同他们一起度过我们一生的想法因而也就变得毫无根据。有些人的脸是那样地善于变化表情，思想的波动是那样地容易使他们的脸膛骤然发红和荡起微波，我们甚至无法看清他们的五官究竟是如何。每当面部轮廓迷人的美感失去了它的力量，那是因为一种更为迷人的美感已然出现，一种内在的和持久的神态已经暴露出来。这时候，美仍然像从前一样骑在那头狮子的身上。这时候，"世界（也依然）是为了美而得以创造"。在他们那个风狂雨骤的时代，意大利的艺术家们在公爵、国王和暴民中间建立起了一种天才的专制统治。这些艺术家的生命证明了人们在任何时候都是多么忠实于一种比他们自己更为聪敏的头脑和方法。一个人即便能够在他的石头门柱上雕刻出这样一个头像，它能凭借着它的美、它温厚的性格和高深莫测的含义每天都把一群人吸引在自己的周围——一个人即便能够建起这样一幢十分对称和朴素的农舍，因而使得所有豪华的宫殿显得低廉和粗俗；一个人即便能够这样地利用自然，让她把一切力量都用来服务于他：他不再浪费精力，而是充分地利用几何学；他劈开高山，让它泉水的喷涌作为他庄园里的射水泵；他转动日月，使它们仿佛只是在装饰它的田园——这一切都仍然还在美的合法的管辖范围之内。

人体的光彩虽然有时候也会令人惊奇，但它充其量不过是在韶华鼎盛时期短短的几年里或者几个月里美的爆发。一般来说，它很快就会衰退。但是，我们仍然是这种美的热爱者，只不过我们把兴趣转移到了内在的优点上面。这种内在的优点不仅在奇特的和非凡的才能中令人钦佩，在风度的世界里它也是令人赞叹的。

不过，美的那种至高无上的属性仍然需要注意。事物可以是漂亮的、雅致的、鲜艳的、优美的、俊俏的，但是，除非它们能够对着想象说话，否则，它们就不是美的。这就是美依然在逃避一切分析的原因。它还没有被人们据为己有；它还不能被人们把握。蒲洛克勒斯说："它飘浮在形状的光线之上。"严格地说，美并不在形状里，而在心灵里。它可以顷刻间抛弃它的所有者，飞向天边的某个目标。假如我能够把手放在北极星上，那它还能有那样美丽吗？大海的确可爱，然而当我们沐浴在海洋里，美就放弃了我们身边所有的水。因为，想象和理智无法在同时得到满足。华兹华斯说起过"一种永远不曾在海上或陆地上出现过的光明"，这句话说得非常贴切。它的意思是：这种光明是由观察者来供给。威尔士的吟游诗人是这样告诫他的妇女同胞：

她们一半的魅力会随着卡德瓦隆一道死去。

那种构成了美好事物本质的崭新品德，要么是一种广大无边的品质，要么是一种可以暗示出个体与整个世界之间相互联系的力量。因此，它能把目标从可怜的个人存在中拯救出来。

每一种自然的特征——海洋、天空、彩虹、花朵、乐调——其中都有某些东西不是属于个人的，而是属于宇宙的；其中都有某些东西能够谈到一种中心利益，正是那种中心利益是自然的灵魂，因而也就是美的事物。在一些精选出来的男人和女人身上，我发现他们的神态、言谈和举止中有某些东西不属于他们本人和家庭，而是具有一种人道的、包罗万象的和精神的特征。我们像热爱蓝天一样热爱他们。他们的暗示宽广无垠；他们的脸庞和风度带有一种说不出的宏伟庄严，宛如时间和正义。

想象的功绩在于它显示了每一种事物都可以转化成另一种事物的可能性。有一些事实，它们从前只具有一成不变的通常意义，但是现在，它们突然间扮演起埃琉西斯人的神秘仪式的角色。我的皮靴、椅子和烛台竟然是经过伪装的仙女、流星和星群。自然中所有的事实都是智慧的名词，构成了永恒的语言及其语法。每一个字词都有双重、三重乃至百重的用法和意义。什么！难道我的火炉和胡椒瓶都是假底吗？我恳求你的宽恕，我尊敬的鞋盒呀！我并不知道你就是一只珠宝盒。粗糠和灰尘开始闪烁火花，它们的全身披上了永生的衣衫。能够察觉到一个事实的表征意味或是象征特性是一件其乐无穷的乐事，而这种乐趣是赤裸裸的事实或事件所无法给予的。生活中唯有那些伴随着某些突发的想象一道颤动的日子才是最最难以忘怀的。

诗人们常常用自然的景物、花园、宝石、彩虹、清晨的霞光和夜晚的星辰来修饰他们的情人。这样做不无道理。因为，一切美都会指向某种同一性。凡事若不能对我表达天空和海洋、白昼和黑夜，就或多或少是被禁止的，是错误的。每一个美丽的物体，都会有某种浩瀚的和神圣的东西注入其中：在音乐的曲调中，或是在深不可测的空间里注入了多少，就会在被轮廓限制着的结构中（譬如说在冒出地平线的群山中）注入多少。偏光显出身体秘密的建筑，而当心灵的千里眼睁开时，就会时而是这一种颜色、形状或姿态，时而是另一种颜色、形状或姿态；就会具有一种刺激性，仿佛是一种更为内在的光线已经射出，暴露出它在事物框架深处所拥有的东西。

这种转化的法则我们并不清楚；或者说，我们并不清楚一种好看的外表或姿态为什么会令人销魂，一个字词或音节为什么会令人陶醉。但是，我们却熟悉这个事实，那就是：眼睛一次微妙的触摸，一种文雅的风度，或是一行诗句，可以在我们的肩膀上插上一对翅膀，仿佛命运之神靠近了我们，搬走了妨碍我们的大山；仿佛命运之神屈尊降贵，亲自为我们画了一条只有心灵才能知道和拥有的更为真实的界限。这，就是诗人们所赞赏的那种美的崇高力量；"Vis superba formæ."（这，就是一种崇高的美）。——在平静和精确的轮廓之下，这就是那种浩瀚的和神圣的东西：美把所有的智慧和力量都藏在它那平静的天空里。

一切崇高的美都在自身中包含有某种道德元素。我发现，古代的雕刻如同马库斯·安东耐诺斯一样讲求伦理道德。美永远同思想的深度成正比。粗鄙的和低贱的本性不管怎样打扮，也仍然好像是污秽狼藉的屠宰场，而高贵的品格却可以赋予青春以光彩，赋予起皱的皮肤和花白的头发以威风。作为真理的崇拜者，我们无法选择，我们只能服从。而那位同我们一起享有道德情感的妇女，她的头发在我们看来也一定会显得崇高。因此，这世上有一架不断攀缘向上的文化阶梯，它从一块闪闪发亮的宝石或一块鲜红的色斑所能给予眼睛的第一个愉快的感觉开始，上升到自然风景美丽的轮廓和细节、人类容貌和体态的特征、言谈举止中的特色和思想的标志与象征，再上升到智慧不可言喻的奥妙。不论我们从何处启程，我们的步伐都是朝向那里：一匹佩戴着马饰的骏马所引起的喜悦将会升华；我们将会上升到牛顿的水平，像他一样感觉到我们所骑乘的这个星球不过是一只从一株更大的苹果树上掉下来的更大的苹果；我们将会上升到柏拉图的水平，像他一样感觉到这个星球和宇宙不过是一个一切可分解的统一体的原始的早期表现——它是那架通达心灵圣殿和阶梯上的第一级台阶。

一

幻想

流吧，流吧，可恨的波浪，
可恨、可恶，又可敬，
这是人生浮沉的波浪：
没有抛锚地。
不是鼾睡，不是死亡；
它们似乎是要活着死去。
你出生的房间，
你年轻时的朋友，
苍老的男人和青春少女，
白天的辛苦和酬劳奖赏，
一切都正在消失，

正在逃向童话，

谁也无法将它们停下。

瞧，那些星星穿越了它们的身体，

穿越了奸诈的大理石雕刻品。

知道吗，那遥远的星辰，

万古千秋永不坠落的星辰，

它们也同样漂泊不定，

它们在穹隆中努力效仿

温柔而光明的闪电，

还有萤火虫的飞翔。

随着那环流的波浪

当你确实重又回返，

你看见那微光，

在荒野中消散，

竭尽了全身的气力

要去变化和流动，

气体却变成了固体，

幻象和虚无

复原成为事物。

无穷无尽的纷乱

是事物的规律，世界的本相——

因此你会第一个知道：

在狂暴的骚动中

> 应该骑上普罗透斯,
> 你乘着他驶向力量,
> 驶向忍耐和坚强。

几年以前,我在一群情投意合的朋友们的陪同下,花了一个长长的夏日去考察肯塔基州的马默斯洞窟。几条宽敞的地下通道为头顶上的城镇和县区提供了一个坚牢的石造地基。我们在这些通道里摸黑,穿行了6至8英里,从洞口来到了供旅游者们参观的钟乳洞最幽深的去处——这是一个由一块天生无缝的钟乳石形成的凹处或洞穴,我记得是叫作"塞雷娜的闺房"。我失去了一天的光明。我看到高高的穹顶和无底的深渊;我听见看不到的瀑布的流水声。我们在游满盲鱼的深深的回音河里荡起双桨,划行了3/4英里;我们越过了"忘河"和"冥河"这些小溪;我们拼命地来回划着,音乐和枪声在这些令人惊恐的地下通道里掀起了阵阵回音。我们在刻蚀出来的洞穴里看到了每一种类型的石笋和钟乳石:冰柱、橘花、茛苔叶、葡萄和雪球。我们把蓝色的烟火射向晶石一般的大教堂的拱顶和悬钟乳,仔细观看了由水、石灰岩、地球引力和时间这四位"工程师"同心协力在黑暗中所能创造出来的所有杰作。

钟乳洞的神秘和风景也同样具有那种属于所有自然景致的威严。相形之下,我们煞有介事地拿来与它们相比的那些华美的东西就显得羞不堪言。我特别注意到自然所特有的那种巧于模仿的习惯:她在崭新的乐器上重又哼出她的老调,她让黑夜模仿白昼，她让化学模拟植物的生长。不过，我接着又注意到：这个钟乳洞所能奉献的最好的东西是一种幻想。这也是我现在仍然记忆犹新的主要印象。在到达所谓的"星洞"时，向导把我们的照明灯全都收了过去，或是熄灭，或是放在一边。我抬头向上望去，我看到——或者说是好像看到——我们头顶上的夜空布满了星星，或银光闪亮或微光朦胧，甚或好像有一颗彗星也燃烧着奔突在它们中间。所有的参观者都被这种奇观和欢乐所感动。我们那些爱好音乐的朋友饱含着激情唱起了一首优美的歌："寂静的夜空星光灿烂……"而我则坐到岩石地面上去欣赏这幅恬静的图画。黑暗的洞顶高高地悬在我们的头顶之上，那上面散布着一小片又一小片的水晶，它们反射着半隐半露的照明灯光，因此就造成了这种壮观的效果。

我承认，我并不太喜欢人们用这种戏剧化的手法来竭力放大钟乳洞的雄伟庄严。但是，在那之前和从那以后，我有过许多次类似的经历。我们必须满足于这种快乐，而不要过分好奇地去分析这一类场合。我们同自然的交流并不仅仅限于看上去似乎像什么。浮云、日出和日落的壮丽、彩虹和北极光并不像我们儿时想象的那样和谐。我们自己的构造意识在其中起到的作用太大了。理智到处进行干预。它把自己的结构同一切它所传达的东西都混在一起。从前，我们幻想地球是一块固定的平面。在赞美日落时，我们并没有扣除眼睛所具有的那种变圆、调配和绘画的力量。

我们的这种构造意识同样也干预和创造了我们大多数的欢

乐和痛苦。我们的第一个错误就是相信环境给了我们喜悦，而事实上是我们自己把这种喜悦给予了环境。生活是一种乐极忘形的境界。生活犹如笑容一样甜蜜。寒冷的鱼塘旁整日湿淋淋的渔夫，铁路交叉线上的扳道工，田野里的农民，沼泽地一般的稻田里的黑人，大街上的纨绔子弟，森林里的猎手，陪审团旁边的律师，舞会上的美女——所有这些人都把某种快乐归功于他们的职业，可实际上正是他们自己付出了这种快乐。健康和胃口把甜蜜的感觉分给了砂糖、面包和肉类。我们以为我们的文明已经有了长足的发展，但我们却又回到了我们的初级阶段。

我们的生活有赖于我们的想象，有赖于我们的崇拜和情感。这个孩子在成堆的幻想中穿行，可他却并不愿意打破这些幻想。这个小男孩的幻想对于他来说是多么的甜蜜啊！男爵和打仗的故事是多么的可爱！虽说他寄生于英雄之上，可他又是一个多么了不起的英雄！他受了那些富于想象的书籍多么大的恩惠呀！他的朋友，他所受到的影响，再好也莫过于司各脱、莎士比亚、普鲁塔克和荷马。成人的生活是为了其他目标。然而有谁敢断言那些目标就更为真实？甚至连大街上平淡乏味的生活也充满了折射的光。即便是在最枯燥的市参议员的一生中，幻想也会进入所有的细节，为它们添上一层玫瑰色彩。他会模仿他所崇拜的人们的神态和行为，并且在他自己的眼睛里变得高大。他清欠一个富翁的债务要比向一个穷人还钱快得多。他盼望州里或社会上的某个头面人物能够朝他点头和致意；他会珍视那人所说的一切。也许，他这辈子也不过就是如此这般地和那位头面人物套过近乎，但他最终在死去时若能享有这种由他的眼睛和幻想所带来的乐趣，他就会更为满意。

世界旋转着，生活的喧嚣永不停息。在伦敦，在巴黎，在波士顿，在旧金山，狂欢和化装舞会正在达到高潮。没有人抛弃他的假面具。那玩意儿的完整性和虚构性若是被打破，难免不是一种鲁莽。神魂颠倒的篇章非常冗长。色彩真是了不起。呵，不！上帝才是画家。我们责备批评家并没有错。他破坏了我们太多的幻想。社会并不热爱它的揭露者。达兰贝尔的话虽然有些尖刻，却又不乏智慧。他说："头晕眼花的状态之所以令人非常烦恼，是因为它让我们看清了事实的本来面目。"我发现，人们在生活的各个方面都是幻想的牺牲品。儿童、年轻人、成人和老人，一两个新奇的小玩意儿就能带走他们。幻想女神约甘尼德拉、普洛透斯、莫墨斯（或者叫"吉尔菲的嘲弄之神"，因为力量之神常常有众多的名字）要比泰坦巨人更为强壮，要比阿波罗更为强壮。没有谁曾经偷听过诸神的对话，也没有谁曾经出其不意地捕捉过诸神的秘密。生活是一连串的教训。必须生活，才能理解这些教训。一切都是谜，谜底又是另外一个谜。幻想的枕头有如暴风雪中的雪花一样铺天盖地。我们从一个梦中醒来，又进入了另一个梦境。幻想的玩具的确是多种多样，而且根据复制品的质量精致程度分出了等级。有才智的人需要一种巧妙的诱饵，酒鬼则不费吹灰之力就可以逗乐。然而每一个人都沉醉于他自己的狂乱。壮丽的游行队伍每时每刻都伴随着音乐、旌旗和徽章在前进。

在这些屈身于喧腾尘嚣的兴高采烈的队伍中间，不时会走来一位满眼忧愁的男子。他的两眼缺少必要的折射力；他无法为这种壮观的景象罩上应有的荣光。他正受着一种癖好的苦苦折磨：他把各种各样炫耀夺目的水果和花朵都追溯到了同一株树根上。科学是一种对同一性的探求；科学的怪念头潜藏在所有的角落里。在州交易会上，我的一位朋友抱怨说：我们果园里所有种类的特级梨子好像都曾经过某个人的挑选。而这个人又似乎对某种特殊的梨子有一种奇特的兴致，他只栽种有着那种香味的梨子；他的梨子都是同样的。我还记得另外一个年轻人和糖果商的争吵。当他绞尽脑汁想在商店里挑出最好的糖果时，在那种类无穷无尽的什锦糖果中他却只能品尝出三种或者两种味道。那又怎么样呢？梨子和蛋糕总有某种好处。只是因为你自己不幸有了过于敏锐的眼睛和鼻子，你有什么必要破坏别人在梨子和蛋糕中找到的那种享受呢？我曾经结识过一位幽默家。他在喋喋不休的唠叨中偶尔也能显示出一星半点的见识。他让朋友们都感到震惊，因为他坚持认为上帝只有两种属性：力量和爱笑。他以为每个虔诚的人都有责任去造成和维持滑稽幽默的局面。我认识一些绅士。他们是大学的校长、州长和参议员；他们和社会有着生死攸关的利益关系，可他们的同情心却是冷冰冰的。他们自以为有必要签署每一份戒酒誓约，有必要同为刊印和传播《圣经》而设的圣经公会、传道团体以及和事佬们一齐行动,有必要对每一条好狗喊上一声"嘘!走!"我们决不可以过分礼让,但我们在这方面又都有着善良的冲动。我承认,当男孩子们进入我的院子,请求我准许他们采摘七叶树坚果时,我就加入了大自然的游戏。我假装不太情愿地同意了他们的请求,同时又生怕他们随时都会发现那些所谓的七叶树坚果不过是一些冒名顶替的漂亮的假货。然而这种慈悲心肠毫无必要。他们把那些令他们魂销心醉的东西堆得老厚老厚。他们年轻生命的屋顶就用这些茅草来覆盖。我昨天在简陋的茅舍中所看到的那些孩子们的命运,将会是在一无所有和冷酷残忍的现实里泪流满面。但是他们却仍然像那些有着最幸福的命运的孩子们一样,带着那种虚浮的梦幻缠住那茅舍不放。他们还侈谈着什么"可爱的茅舍,许许多多欢乐的时光从这里飞逝"。算了吧,反正这种茅草盖顶的农舍是这个国家的习俗。在幻想的王国里,妇女们要尤其如鱼得水。她们自己已然神魂颠倒,她们还要让别人也神魂颠倒。她们凭借着克劳德—洛兰凸镜来观察世界。即便有什么人能够做到这一点,他又怎么敢于毁掉她们赖以生存的舞台侧面布景、舞台效果和典礼仪式呢?感情的领域太悲惨、太可怜;它的气氛总是易于陷入蜃景。

我们不应该为我们不幸的婚姻受到太多的责备。我们生活在幻觉中,这种圈套是专门布置出来用以钩住我们的脚,而所有的人或迟或早都会被它钩住。然而伟大的母亲对我们曾是那样狡猾，仿佛她觉得她还应该给我们一些赔偿，因此她悄悄地在人类婚姻的潘多拉之盒中置入了一些深奥的和重大的利益，以及一些伟大的欢乐。我们在孩子们的美貌和幸福上找到了一种快乐，那种快乐使得身体无法再容纳心脏。即便在最不相称的婚配中也总是混淆着某些真正婚姻的因素。假如爱尔兰人和他的荡妇能够现在就开始着手，他们同样也能够获得诸如相互尊重、体贴周到的相互扶助这样一些正常合理的关系；他们同样也能够学会一些东西，并且更加明智地为人处世。

不错，我们完全可以指指这一位或点点那一位，说他们是彻头彻尾的疯子，好像我们自己有什么人已经免除了疯病。待在藏书室里的学者并没有免疫。我一生听了不少的演讲和争论，读了不少的诗和五花八门的书，同不少的天才们交谈过，却仍然会上任何一页新书的当。只要张三或者李四或是其他什么人发明了一种新的风格或神话，我就会幻想假如这个世界是用这些我从来没有想到过的颜色加以装扮，那么它就会变得非常勇敢和合理。接着，我就会用这种新的颜料乱涂一气，可是那颜料却粘不上去。就像小商小贩在你家门口卖给你的胶合剂一样，他可以把你摔破的陶器粘在一起，而你却永远也没有办法从他那儿买到任何一点儿可以在他走后仍能把东西粘在一起的胶合剂。

那些能够让世界感觉到他们存在的人要利用他们生来的某种命运，他们也知道如何去运用。但是除非他们能够掀起幕布的一角，或是能够把他们透过幕布所看到的那些不管是怎样零星半点的东西都暴露出来,否则,他们就不会让我们对他们产生浓厚的兴趣。实干家的魅力在于,在实干之外还能有一点儿诗意和风趣,仿佛他们宁愿用缰绳牵着力量这匹良马步行,尽管他们本可以骑上去狂奔。波拿巴是凭借着理智行事,恺撒也是如此。最棒的军人、船长和铁路工人在其无须履行其职责时也都有着一种柔和平静的风度。就让我们和和气气地承认幻想的存在吧。有谁敢说他不是幻想的玩物?对于那些无法如此超然处世的家伙们,不管上天赋予了他们什么样的力量,我们都会在他们身上烙下诸如"妖魔缠身"、"雷电击顶"和"命运的傻瓜"此类的污名。

由于我们是通过象征和间接的方式受到教诲,那么知道在这种教学中有规律可循不无好处:幻象中有一种固定的等级,层层向上排列。我们戴着粗糙的面具从低层开始攀缘而上,一直升到最最精妙和美丽的层次。红种人告诉哥伦布说:"他们有一种草药可以消除疲劳。"但他却找到了这样一种幻觉:"从东面抵达印度群岛"要比任何烟草都更能镇静他的崇高精神。难道我们对物质不可测知的信仰不是比麻醉剂更能令我们镇定吗?你们玩耍着稻草人、各种球类运动、滚木球戏、马和枪炮、房地产和政治,可在你们的面前却有着更为高雅的游戏。时间不正是一种漂亮的玩具吗?生活将会为你显示出那些面具,它们将会比你所有的狂欢节都更有价值。那边的山必须要迁移至你的心灵里;猎户星座微细的宇宙尘和朦胧模糊的星云,"开阳(即大熊星座 80 星)不祥的岁月",必须从天而降，在你平凡的思想中得到处理。假如你渐渐发现是你自己照亮了这个光辉灿烂的历史，照亮了这种历史的游戏和游乐场；假如你渐渐发现太阳的光线竟然是从他那里借来的——那情形又会是怎么样的呢？我们正在学会提出的这些问题是多么的可怕！前人曾经相信一种魔法，那种魔法可以吞没圣殿、城市和人类，使所有的迹象都荡然无存。我们现在也正在发现一种魔法的秘密，这种魔法可以把人们心灵中曾经抱有的一神论思想和信念统统扫除殆尽，不留一丁点儿痕迹；而这些思想和信念却正是人们和他们的祖先过去赖以生存的东西。

世间有理智的欺骗、激情的欺骗以及情感和智慧的结构性的、仁慈的幻觉。世上存在着爱情的幻觉。这种幻觉在被爱者身上所赋予的一切东西都是爱人者和他或她的家庭所共同拥有的东西，是爱人者和具有相同性别、年龄、条件的人所共同拥有的东西——不，是爱人者同人类心灵本身所共同拥有的东西。爱人者所爱的正是这些东西，而安娜·马蒂尔达却得到了这些荣誉。就好像某个人总是被关在一座塔上，只有一个窗户可供他遥望天空和大地的风貌，因此他就幻想他所看到的一切奇景都属于那扇窗户。世上存在着时间的幻觉。这种幻觉根深蒂固，有谁能够破除它？或者有谁敢于坚信表面上逐个产生的思想只不过是分散在因果系列中的整体呢？智者发现每一个原子都带有自然的一体性。他发现心灵通向全知全能；他发现：在无穷无尽的奋斗和攀登中，变形是整体的变化，因而灵魂在某个行为已经完成时并不知道它自己正在实施这一行为。有的幻觉甚至可以欺骗上帝的选民。有的幻觉甚至可以欺骗奇迹的创造者。尽管他创造了自己的身体，对此他却矢口否认。尽管这个世界由于思想而存在，思想却在世界的面前畏缩不前。我们接受了一个又一个的精神法则，但同时我们又抵制那些接踵而来的法则，虽然必须接受它们。然而我们所有的退让只会强迫我们去获得更多新的东西。当科学最终把空间和时间仅仅作为思想的形式来对待，当科学最终把物质世界仅仅看作是假设的东西；如果最终甚至连我们的思想都不是终极事物，而且我们的财产，甚或我们的自我中心倾向这一类虚荣都会随着其他东西渐渐消逝；相反，不停地流动和攀登也都能达到这些终极：每一个昨天曾经是终极事物的思想，今天都会屈从于一个更广泛的概括——那么，这一切会带来什么样的益处呢？

在这样变幻无常的生存环境中工作，也就难怪我们的判断是模糊的和漂浮的。我们必须工作，我们必须得出定论，但我们却猜不出我们的言行具有何种价值。云彩时而只有你的手掌那么大，时而却能覆盖整个县区。托尔本该喝干天堂中兽角杯里的水，本该同老妇人角力，同善跑者洛克赛跑，但是不久他却发现自己是在喝干大海，是在与时间搏斗，与思想赛跑——那个故事把我们描绘成了这样一些人：我们正在这些表面看来是无聊的琐事中与大自然至高无上的能量做着斗争。我们以为自己落入了坏人和肮脏的环境当中：不是要还清数目不高的债务、付清买鞋的账单和赔还打破的玻璃，就是要购买锅碗瓢盆、购买肉商的肉和砂糖、牛奶、煤球。"诸神呵，赋予我一些伟大的任务吧！我会因此而显示我的精神。"仁慈的上天却说："并非如此。努力地工作和耕耘吧，翻新你们破旧的外衣和帽子，编织一条新鞋带。不久以后，它们就会成为伟大的事情和最佳的美酒。"是呀，这一切都是幻影。假如我们能够低声下气地竭尽全力编织出一码长的棉线带，很久以后我们就会看出它根本不是什么棉线编织的带子，而是我们编织出的银河，我们用的棉丝线就是时间和自然。

我们不可能记录下变幻无常的大风的顺序。我们又怎么能够识破我们变化多端的情绪和感情的规律呢？我们的情绪和感情无时无刻不在产生着差异。昨天的天空还是我们的眼睛所需要的苍穹，可今天却又成了一只把我们禁闭在其中的蛋壳；我们甚至无法看见我们的命运之星究竟是什么，究竟在哪里。人类生活的首要事实日复一日地从我们眼前隐去。忽然迷雾又卷起，暴露出这些事实，因此我们后悔浪费了许多美好的时光。如果这些事实的线索能够早一些露出端倪，这些美好的时光就可以节省下来。道路的突然爬高为我们展示出峰峦起伏的群山和所有的顶峰。一年到头这些山峰就是如此地耸立在我们的身旁，可我们的心灵却毫无察觉。然而这些变化并非漫无秩序。我们各自都紧紧跟随着我们各种各样的命运。如果生活仿佛是一连串的梦幻，那么在梦幻中也一样能够做到惩恶劝善。好人的幻想是美好的幻想；恶的思想和恶的命运所鞭打的正是散漫的意志。如果我们违反了法则，我们就会迷失重要的现实。就像医院里的病人，我们只是从一张病床转到另一张病床，从一种愚蠢转向另一种愚蠢。这些为世人所抛弃的家伙,这些号啕大哭、愚不可及、怠惰麻木的东西,他们的结局不可能具有太大的意义。他们从一张病床被抬到另一张病床,从毫无意义的生活抬向毫无意义的死亡。

在这个幻想的王国中,我们满怀渴望地摸索着支柱和基础。在自己的家中,只会有严格、忠诚的行为方式,所有的欺骗和幻觉都被彻底排除。不管别人对我们玩弄何种游戏,我们对自己却决不能玩弄任何游戏,而只能私下地与终极的诚实和真理交往。我们把真诚和诚实这样一些纯朴的和孩子气的美德看作是性格中所有崇高东西的根源。说你所想,保持本色,偿清你的各种债务。我宁愿让人们承认我的话如同我的契约一般可靠,而我是有偿付能力的,我宁愿成为我无法跃过或驱散或瓦解的那种人,也不愿意追逐宇宙中所有的盛名。这种现实就是友谊、宗教、诗歌和艺术的基础。我把那种引导着我们的骗局放置在一切幻想的顶部或底部。这种骗局仍然在引导着我们去为了表面的东西而工作和生存,尽管我们在清醒的时候坚信正是我们真实的本质有益于朋友,有益于陌生人,有助于我们的命数或命运。

如果是根据人们的谈论来判断,一个人会以为富有或贫穷非同小可。我们的文明主要看重这个。然而印第安人却说,他们认为满脸忧虑、终日劳苦、怕热怕冷、躲在家里的白人并不比他们有任何优势。决不要站在错误的位置上,而是要以自然的力量来支撑他的一切行为,这是每一个人的永久利益。财富和贫穷是一件可厚可薄的衣服，我们的生活——我们所有人的生活——也同样是如此。因为，我们在不断地超越着环境，品尝着生存的真正特性；就像在我们的职业中，它们只是在操作方法上有所不同，它们表现出来的法则却是相同的；或者就像我们的思想，它们并不穿着丝绸，也不品尝冰激凌。我们在每一个时刻都和上帝面面相对，我们清楚自然的滋味。

古希腊的哲学家赫拉克利特和色诺芬尼就是以这种同一性的问题来衡量他们的力量。阿波罗尼亚的第欧根尼说过：除非原子是用相同的材料制成的，否则，它们决不会相互调和，相互发生作用。不过，是印度人在他们神圣的作品中表达了对本质上的同一性和对幻觉——他们认为多样性就是那种幻觉——的最生动的感觉。"'我是'和'这是我的'这些影响着人类的观念，不过是世界母亲的欺骗。啊，万物之主！请驱散这种源于无知的自以为是的知识。"他们认为，人类的至福就在于从幻念中摆脱出来。

以一种比喻的方式来陈述真理可以激发智慧；以幻想来包裹生活的法则可以鼓励意志。然而真理和公理的统一性却不会被伪装给打破。在这些问题上永远不需要有任何混淆。无论是在由众多角色和执行者构成的熙熙攘攘的生活中，或是在世界各民族的舞台上，抑或是在缅因州或加利福尼亚州最不起眼的小村庄里，相同的生活环境为每一个新来者所提供的都是相同的选择。而且，按照他自己的抉择，他便把自己的命运限定在无限的自然里。波斯人曾经在一句话里投入了相当丰富的心理学和伦理学思想，我们很难再超过他们。他们说：

> 既然你们必须受到愚弄，虽说你们
> 是聪明人中最聪明的人；
> 那么就做美德的傻瓜，切莫做
> 罪恶的弄臣。

宇宙中没有偶然，没有无政府状态。一切都成系统，都有等级。每一位神都坐在他的领域里。年轻的凡人进入天空的大厅，他在那儿与众神独处。他们把天恩和天赋倾洒在他的身上，并且示意他走上他们的宝座。顷刻间，幻想的暴风雪开始不停地降落。他自以为是来到了一大群民众之间，他们忽而倾向于这一边，忽而又偏向到那一边，而他则必须顺从人群的摇摆运动和所作所为；他自以为是贫穷的、孤独的和渺不足道的。疯狂的人群到处乱撞，一会儿狂暴地要求做这件事，一会儿又是那件事。他算什么人，他又怎么会想到应该抗拒他们的意志，并且为自己而思想而行动呢？新的变化每时每刻都在发生；新的骗局每时每刻都如阵雨般倾泻，令他迷惑，让他分神。不久以后，有那么一瞬间，空气会变得清澈，云彩会略微消散，众神仍然在他的周围，坐在他们的宝座上——他们与他独处。

注释

1. 本诗译文引自方重译《乔叟文集》下卷 368 页,原为散文体。现依照爱默生所引改为诗体。——译者注

2. 参见《马太福音》第 5 章 28 节。——译者注

3. 19 世纪,鸟粪曾经是重要的肥料,引发欧美诸国的贸易争夺甚至引发战争。在英美文学中,鸟粪常被隐喻为剥削和哀伤。——编者注

4. "任何与人类相关的事情,若作为一个整体加以考虑,都从属于确凿事实的体系。个体的数目越多,个体的影响力也就越会消失,从而使一系列依赖于因果作用的普遍事实占据了主导地位。社会就是依据那些因果作用得以存在和保留的。"凯特莱。——作者原注

5. 译文引自方重译《乔叟文集》上卷 30—31 页。——译者注

6. 拉丁文:金钱如同血液。——译者注

7. 见博蒙特与赫奇尔(Beaumont and Hercher):《被驯服的驯兽人》。——作者原注

8. 贝朗热。——作者原注

9. 密耳弥多涅人是古希腊神话中跟随阿喀琉斯参与特洛伊战争的部落,是蚁族的后裔,身量矮小,成群行动,出刀飞快,速度惊人。——编者注

10. 安狄米恩为希腊神话中月神狄安娜所爱的美貌牧童。——译者注

11. 兰道:《培利克里斯与阿斯帕西亚》。——作者原注

12. 乔武是莎士比亚戏剧中的人物,代表正义、酒、信、剑、钱、狗。——编者注

13. 引自《伊利亚特》,第 21 章 1 节,455 页。——作者原注

14. Mathen 一词此处指蛾子或昆虫。——作者原注

15. 默林:亚瑟王传奇故事中的预言家与魔术师。——译者注